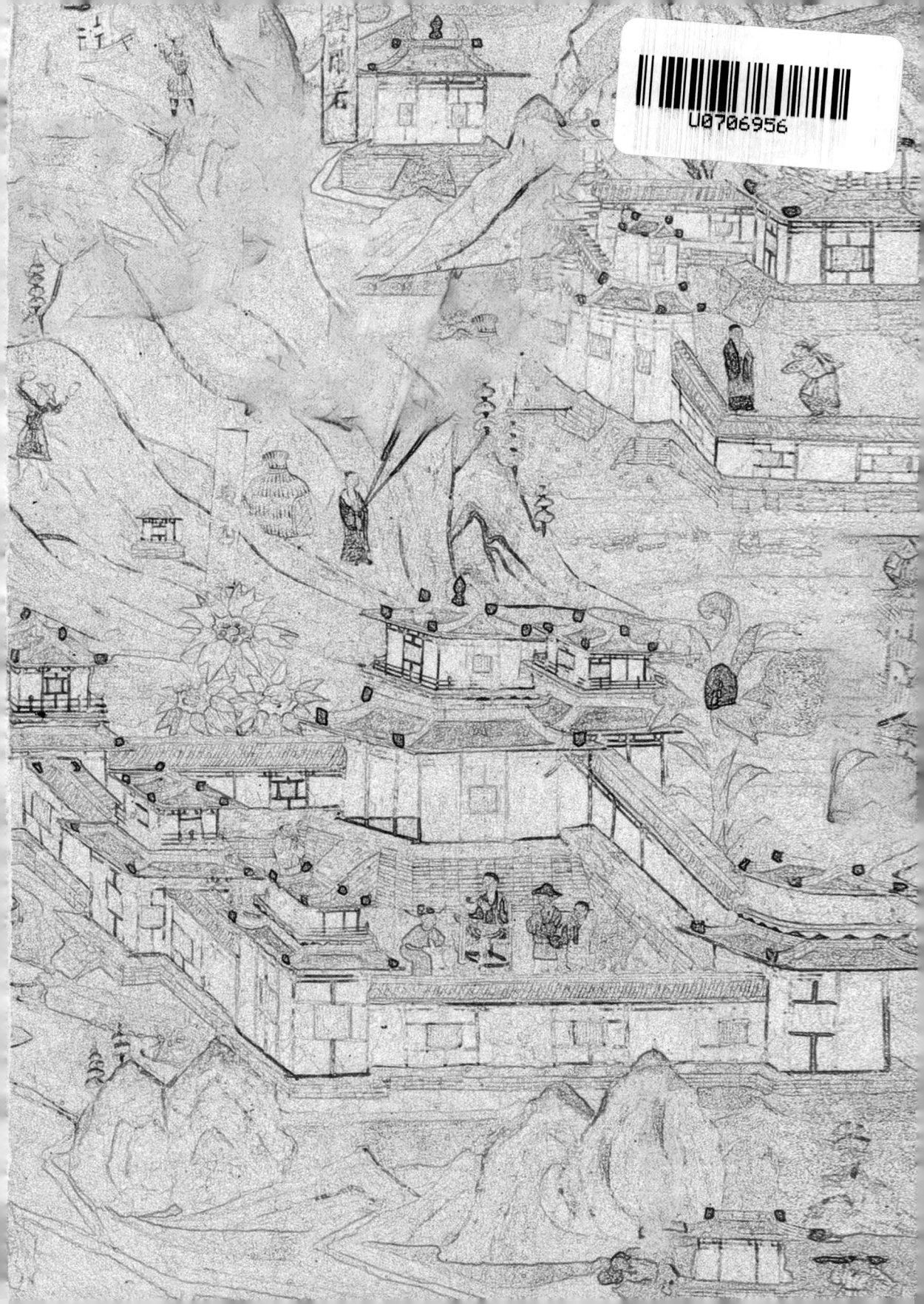

中国作协2020年度定点深入生活项目

非我 —— 著

出敦煌

Travel all over
Dunhuang

敦煌文艺出版社

图书在版编目（CIP）数据

出敦煌 / 非我著. -- 兰州：敦煌文艺出版社，2021.5（2023.8重印）
ISBN 978-7-5468-2013-2

Ⅰ. ①出… Ⅱ. ①非… Ⅲ. ①散文集－中国－当代 Ⅳ. ①Ⅰ267

中国版本图书馆CIP数据核字（2021）第069921号

出　敦　煌

非　我　著

责任编辑：田　园
装帧设计：马吉庆

敦煌文艺出版社出版、发行

地址：（730030）兰州市城关区曹家巷1号新闻出版大厦

邮箱：dunhuangwenyi1958@163.com

0931-2131556（编辑部）

0931-8773112　0931-2131387（发行部）

三河市明华印务有限公司印刷

开本 787 毫米×1092 毫米　1/16　印张 23.5　字数 320 千

2022 年 4 月第 1 版　2023 年 8 月第 2 次印刷

印数　3 001~20 000

ISBN 978-7-5468-2013-2

定价: 58.00 元

如发现印装质量问题，影响阅读，请与印刷厂联系调换。

本书所有内容经作者同意授权，并许可使用。

未经同意，不得以任何形式复制转载。

出敦煌

从阳关，或者玉门关离岸

研判天时地利和人和，还得问卦天相和狼烟

九九八十一难，九九八千一百难

所有的苦难都在葱岭之上涅槃

在帕米尔之葱岭

一条来自东方江南作坊的丝绸

遇到了鹰，看见了雪山

还有中亚的皇庭和地中海沿岸的城堡

以及那些饥渴难耐的金币和跃跃欲试的眼神

也看见了整个世界

丝绸：东方的性调+西方的手感

一个东方民族的气韵让整个世界为之迷恋

前言

问：你是神吗？

答：不是。

问：你是神的儿子？

答：不是。

问：你是神派来的？

答：更不是。

问：那？

答：是……觉悟。

已涅槃，入彼岸。

他，就是佛。

问：你为什么来敦煌？

答：因为，佛。

问：你为什么爱敦煌？

答：因为，佛。

问：你为什么离开敦煌？

答：也因为，佛。

转过身，别敦煌。

他，已是佛。

问：你从哪里来？

答：不知道。

问：你到哪里去？

答：不知道。

问：我们，还会相见吗？

答：不知道。

他身后，步步生莲。

佛，生敦煌。

目录

CONTENTS

上篇：丝绸之路西域之南道

003	楼兰古国：	迷惑在天地间的城郭
035	罗布荒原：	聆听人类的苍天之耳
067	向度昆仑：	玉意王朝的决然西顾
093	西域客栈：	我在喀什等着你归来
123	葱岭向上：	塔什库尔干云端面相

下篇：丝绸之路西域之北道

155	交河故城：	西域大地的城堡名片
183	边关如故：	千年屯守的西域子民
211	龟兹乐舞：	丝绸古道的音乐国都
237	死亡之海：	塔克拉玛干千年守望
267	月光如银：	大唐诗人的家国情怀

外篇：丝绸之路西域之王道

301　西域西域：东方王朝的边际视野
333　丝绸丝绸：利箭挺度的东方文明

The Southern Route

of the Silk Road

in the Western Regions

上篇　丝绸之路西域之南道

西域：在地球的北纬
被一条柔软的丝绸绑架

敦　煌
不是终点，也不是起点
在阳关和玉门关两个大汉把守的关隘处安检分装
上船。上马。上驴。或者上驼。
再经西域三十六国或者更多的筑墙为国的城邦
再三千里路舟楫，再落满霜露和月光
直奔葱岭

葱　岭
在帕米尔之上，丝绸被再次打散和捆扎
用珠宝、香料、金币或者一筐植物的种子
置换或典当
经过粟特人和波斯人的洲际快递
再三千里路跋涉
到中亚西亚到欧洲罗马和埃及开罗
入驻皇宫

一条丝绸经九千里路云和月
一根蚕丝已经堪比一部《圣经》

楼兰古国：迷惑在天地间的城郭

古阳关——

一个浮凸在千年长河岸边的孤垛

一个寻找西天的地理坐标

站在赭红色的山峦，越过烽燧的暗示，望西天

远方，是一条门禁似的荒山

荒山，将一条地平线紧锁

那条地平线曾无数次弯折了我流畅的想象

仿佛一轴秘藏了神咒的经卷

谁点向了她的穴脉，神谕的手指——

弯弓、箭镞，行囊和马蹄

葡萄、酒杯、珠宝，月光和梦

空蒙、苍茫、别离、思念和泪

闪闪而来，滚滚而去

我看见了月光下的西域

和高处的葱岭、帕米尔高原

我看见了楼兰、焉耆、龟兹、姑墨、疏勒和撒马尔罕

我看见了若羌、且末、和田、皮山、莎车和塔什库尔干

千年的时空帷幕叠垂在眼前

古西域三十六国，珍珠一般复活在我的视线

出阳关

月光之夜，马蹄轻扬，暗渡楼兰——

楼兰，王治扜泥城，去阳关千六百里，去长安六千一百里。户千五百七十，口万四千一百，胜兵二千九百十二人。辅国侯、却胡侯、鄯善都尉、击车师都尉、左右且渠、击车师君各一人，译长二人。西北去都护治所千七百八十五里，至山国千三百六十五里，西北至车师千八百九十里。地沙卤，少田，寄田仰谷旁国。国出玉，多葭苇、柽柳、胡桐、白草。民随畜牧逐水草，有驴马，多橐它。能作兵，与婼羌同。

——《西域传·上》

元凤四年，大将军霍光白遣平乐监傅介子往刺其王。介子轻将勇敢士，赍金币，扬言以赐外国为名。既至楼兰，诈其王欲赐之，王喜，与介子饮，醉，将其王屏语，壮士二人从后刺杀之，贵人左右皆散走。介子告谕以："王负汉罪，天子遣我诛王，当更立王弟尉屠耆在汉者。汉兵方至，毋敢动，自令灭国矣！"介子遂斩王尝归首，驰传诣阙，县首北阙下。

封介子为义阳侯。乃立尉屠耆为王，更名其国为鄯善。

——《西域传·上》

楼兰，西出阳关的第一座城池。

那些以墙围城的国家，宛若上帝不小心撒落的一把碎玉，嘀嘀嗒嗒滚落在西天苍茫的流沙地带。按照几千年来亚欧大陆上游牧民族和农耕文明参照丛林法则交相演绎的刀光剑影来看，它们的生是偶然，死是必然。

我没有金玉良言，或者要对历史说三道四。

告别敦煌，西出阳关，诗意地说，也许是行囊、弯弓、箭镞和飞马的暗示和引渡。或者说就是使命，是自由灵魂对一片尘封大地的轻声叩问。还或许是告别敦煌一不小心的转身，就被惯性推送到古阳关的口岸。又恰逢一个月光之夜，漠风卷尘，这实在是适合暗渡。

我跟那个消失了千年的楼兰，不期而遇在2018年8月15日的夜晚。

满天明亮的星星给我送行，还有一条不算灿烂的银河。朋友赐我与酒，丝绸之路河西走廊上的葡萄发酵后的琼浆，只是没有夜光杯。当我举瓶畅饮，我就看见阳关的烽燧之后，那条被一座荒山紧锁了的地平线，恍若一扇城门被轰然洞开。

我来不及跟朋友拥抱，就别离。

正如唐朝那个名叫王维的诗人，他跟那个叫元二的朋友，在渭水岸边的小楼里以酒作别后，元二就再无下文。王维倒是因此别诗而名垂千古，他也因此给阳关这座边关赋予了郁结千年的凄离之气。那气息漫过千年，淹没了我的敦煌之别。这气息，漫过我的脚踝，也许还要淌过我身后的千年。我实在不能要求过多，朋友已经给了我美酒。美酒如玉，我满肠美玉，马蹄轻扬，纵驰而去。

朋友在阳关的岸边，淡隐淡远。

越过那座荒山，王维兀立在我的面前。

是的，在阳关，谁也别想撇开王维那忧伤凄迷的目光。

至于元二，我知道他只是王维的一个朋友，不是文人，是兵家。这在后来杜甫的诗文中偶然可以看见他的身影。杜甫有《送元二适江左》诗，自注云："元曾庆孙、吴（即兵家孙武、吴起）举"，可见这是一位懂得兵法的人。安西是何处呢？唐朝的安西即安西都护府，府治在龟兹，即今新疆库车县地，是唐朝守边重镇。天宝六年（747年），唐玄宗命高仙芝为安西四镇节度使，元二去安西，就是奉命到高仙芝兵营任职。

还有诗人岑参，也曾在安西都护府任职。岑参将在后边的章节里隆重登场。

现在王维横在了我的马前。

王维，生于701年，卒于761年，唐代著名诗人；字摩诘，号摩诘居士。

曾知道王维才华横溢，才思敏捷，既能写诗又会作画。

他有人缘。初到京城，就受到了京城名流的喜爱。做官后，偷闲修筑了一座小院，用来修养身心。为官之时也是半官半隐。这源于他内心藏着一匹自由的白马。这样的生活肯定悠闲且舒适，但也必定是波澜不惊。可是到了晚年，他依然得不到平静。

安史之乱，王维被叛军所捕。无奈，只能在叛军的麾下苟且偷生。

在此期间，他写过很多追忆往日生活和念及先皇的诗，这些诗文倒成了他的保命符。

叛乱被平定后，因曾做了叛军的官，王维被问罪判刑。但他以自己所写的诗文为证，得以换回一命。早年，心怀壮志，想要建功立业，谁知安史之乱，家国动荡，让他意志消沉，万事看透，避开红尘，开始吃斋念佛，不问世事。

隐居，使他的诗文清新自然，淡泊宁静以致远。

这大概是所有古文人的精神归向，入世，出世，归隐。有一个小院或者一片树林归隐，那是古文人的福气。对于王维，我们过多地将他锁定在"劝君更尽一杯酒，西出阳关无故人"上是不确切的，他有些经典名句令人经久难忘。

大漠孤烟直，长河落日圆。萧关逢候骑，都护在燕然。

——《使至塞上》

独在异乡为异客，每逢佳节倍思亲。遥知兄弟登高处，遍插茱萸少一人。

——《九月九日忆山东兄弟》

红豆生南国，春来发几枝。愿君多采撷，此物最相思。

——《相思》

空山不见人，但闻人语响。返景入深林，复照青苔上。

——《鹿柴》

独坐幽篁里，弹琴复长啸。深林人不知，明月来相照。

——《竹里馆》

君言不得意，归卧南山陲。但去莫复问，白云无尽时。

——《送别》

一身转战三千里，一剑曾当百万师。

——《老将行》

空山新雨后，天气晚来秋。明月松间照，清泉石上流。

——《山居秋暝》

行到水穷处，坐看云起时。偶然值林叟，谈笑无还期。

——《终南别业》

除李白、杜甫那类云端之上的诗人，还真数不出几个在浩瀚文海中不被淹没，历经千年依然闪烁着如此金光的诗句的诗人。作为一个诗人，王维值当了。

我正准备下马，问候这位唐朝诗人，可是一个恍惚，眼前哪有什么王诗人。我也分明记得，王维在阳关博物馆门前，以大理石的质地，袍迎长风，高举酒樽，眼望西天，手指归路。是的，他已然在边塞之地，为一首诗而被固化。

苦寒边塞之地，自古就是诗人作家的产床。在悲寒的肃杀之境，思想是肉身里唯一的坚硬的骨骼，它能激励斗志，也能宽慰心身。在西部大漠边关里，唯有文人将他们的思念、情感、肝胆和热血反哺磨砺为诗，也只有诗歌这样弱小而又坚硬的东西，才能胜过铁蹄、弯刀、长矛和箭镞，穿透历史长河而永存。锦衣和座椅，早就在坟头塌陷之前腐朽。

谁也较量不过时间。在时间面前，谁都将俯首并一败涂地。是的，王朝多少代，王侯几人知，唯有诗如故，千年锦绣披。我们随便撩开一件边塞诗歌的外衣，就能看见一个王朝的表情和体态，也能体味一个朝代的兴盛和衰惫。那些金光闪闪的王朝早已化作泥尘，唯有诗歌在历史的江河里愈淘洗愈光亮华丽。

初出阳关，王维挡在我的马前。这是一位让阳关厚重的诗人，也因此阳关担负了千年生死别离的要义。一个诗人的情义，让阳关这个边塞口岸改变了自然属性。在这里，一声珍重一杯酒，一声爱恋一生情，那都是以天地为誓言的。生离，也许就是死别。当我的目光与他碰撞，他觉得交代什么都是多余的。王维一闪而过，为我让开了一条大道。

王维，为我送行。

眼望前路，我知道没有归期。但必须顺着天意，顺着王维的手臂指向，去激活一个大唐时代的密码，这是我自找的使命。有些使命，天意；而有些使命，人意。

月下阳关，淡入烟波浩渺的彼岸。

西域深处，一座城池已经鲜活。

出阳关，告别西汉和大唐。

这是两个值得摘帽顶礼的朝代，他们有雄阔的视野和胸纳万象的从容。

大汉的疆域在张骞的凿空首旅后，一个王朝将权利的边际线延伸到了阳关和玉门关的口岸。后来的朝代有些糟糕，零零碎碎，满地鸡毛。河西走廊，关关停停，关闭它们的锁就是战争。当政治和主体意识变得强硬，经济就只能软着陆。所以，河西走廊上的要塞敦煌借以一条丝绸的柔软，将世界几大文明绞缠在一起的好日子并不多见。马蹄声处，锦书难托。

作为一个汉族的后裔，一枚汉文化哺育的卵，我当然为大汉大唐这样的气度而击掌。在阳关和玉门关的口岸处，顺着烟波浩渺的疏勒河，大唐携丝绸包裹的长矛刺穿了葱岭和帕米尔高原的长空。为了安定这片动荡的土地，参照数百年前的汉武大帝，设置了安西都护府。当然，远在汉武大帝时期，大汉的统治力已经稳固在葱岭和帕尔米高原。

在这之前，西域常常阻梗。追其因，就是天堂很远，匈奴很近。

虽然二次凿空西域后，汉朝频频派人到西域，一年中出使多则十余次，少有五六次；每次出使的人少有百余、多则数百不等，出现了"使者相望于道"的空前盛况。

但是，匈奴在西域的统治还没有根本动摇，一些国家慑于匈奴的压力，故意刁难汉使，"禁其食物"。汉使"非出币帛不得食，不市畜不得骑用"。几个位于交通要道上的国家，还常常攻劫汉使，以兵阻道。

道理说不通的地方，拳头要说话。

元封三年(前108年)，汉发兵击姑师(今新疆吐鲁番、鄯善、奇台一带)、降楼兰(今新疆若羌一带)。太初三年(前102年)汉远征大宛取胜，自此：

"西域震恐，都遣使来贡献。" ——《汉书·西域传》

为此，汉庭在敦煌到盐泽(今罗布泊)之间设立了交通亭站。

我在关于敦煌的长篇散文《再敦煌》中曾对敦煌的"悬泉置"做了细致描述，从这个交通接待站出土的文物可见，那里曾接待了回鹘公主，一次使用的杯子就达3000多只。还在轮台(今新疆轮台东南)和渠犁(今新疆库尔勒)等处屯田，置使者校尉，以保护汉与西域诸国间的交通，天山以南地区楔入了汉的意志。

匈奴虽然仍盘踞在天山以北，但已不能"自安"。公元前60年，匈奴西边日逐王率众到汉西域地方长官郑吉处投降，天山以北也归属于汉。汉"并护北道"，始设"都护"，匈奴在西域的统治至此全面结束。

草原上的雄鹰，逐水而西去更远。

"汉之号令班西域矣！" ——《汉书·郑吉传》

公元前60年，就是在匈奴西边日逐王率众到汉西域地方长官郑吉处投降的那一年，为了管理统一后的西域，西汉在乌垒城(今轮台县境内)建立西域都护府，正式在西域设官、驻军、推行政令，开始行使国家主权。西域从此成为中国领土不可分割的一部分。

西域都护府总共历经23任，公元前60年到公元107年，总计167年。

首任长官叫郑吉。之后是：韩宣、第三任、第四任、第五任、甘延寿、段会宗、廉褒、第九任、韩立、段会宗、第十二任、郭舜、孙建、第十五任、第十六任、第十七任、但钦、李崇、陈睦、班超、任尚、段禧。

其中有八任姓名不得而知。

他们都是封疆大吏，他们都是铁血男儿。

他们都是山河巨臂，他们都是西域星辰。

他们是中原政权的触须和手臂，忠实地代表汉朝皇室统领河山。他们的身影，就是一个王朝的威仪。在他们的治理之下，丝绸之路出了阳关玉门关之后，依然一路畅通。哪里有阻碍，哪里就将被大刀修复。大汉以铁的意志，贯通着东西方经贸往来和文化交流的大通道。和谐的身后，总是以刀枪为哨的。这世上自从有了政权和边界，和平就只是战争的休止符。

自段禧后，西域都护府的历史使命尘埃落定。

直到唐朝。

这个锦衣玉袍的皇朝，这个至今都令华夏民族引以为豪企以复归的朝代，它的雍容和华贵，彰显了汉民族农耕文明达到顶峰的状态。那状态是李白唐诗豪迈的状态，也是贵妃醉酒后娇媚的状态；那状态是世界之都长安城的繁华状态，也是气吞山河江山永固八方来朝的状态。唐朝的背影，时至今日依然令人想入非非。

但是，从来就没有不设防的江山。

公元642年，一个接近于西汉的边陲治理机构"西域都护府"的"安西都护府",在高昌的交河古城置。吐火罗立碑记述,唐朝建立伊始,西域诸国便纷纷遣使至长安申明其归唐之意。

贞观四年(630年),原属西突厥的伊吾城(今哈密)主就率所属的七城归顺唐朝,唐朝于此置设西伊州(后改称伊州)。

这是唐朝在西域设立的第一个行政机构,初领伊吾、柔远、纳职三县。

贞观十三年(639年),唐朝军队打败了阻塞西域贡道、与唐朝作对的高昌(吐鲁番)麹氏王朝,于其地置西州,下设交河、天山、柳中、蒲昌、高昌五县。

还在天山北部建立庭州,下设蒲类、轮台、西海、后庭等属县。与此同时,唐朝还以交河城为治(642年移治西州),设立安西都护府。

安西都护府,是唐朝在西域建立的第一个统领天山南北各地事务的高级军政管理机构。

安西都护府另设有四个军镇,即龟兹、疏勒、于阗、碎叶,并统辖北庭都护府(吉木萨尔)。派遣吐火罗道置州县使王名巡视葱岭以西,在于阗以西、波斯以东十六国,设置16都督州府,统辖80个州、110个县、126个军府。

在此时,安西大都护府的管辖地包括安西四镇、濛池、昆陵都护府(西突厥故地)、昭武九姓、吐火罗乃至波斯都督府,管辖包括今新疆、哈萨克斯坦、吉尔吉斯斯坦、塔吉克斯坦、乌兹别克斯坦、土库曼斯坦东部、阿富汗大部、伊朗东北部、印度东北部等地。

这是汉庭最广阔的一次边界抵达,也是最后一次最深远的边界抵达。

李白有诗《战城南》云:

去年战桑干源,今年战葱河道。

洗兵条支海上波,放马天山雪中草。

万里长征战，三军尽衰老。

匈奴以杀戮为耕作，古来唯见白骨黄沙田。

秦家筑城避胡处，汉家还有烽火燃。

烽火燃不息，征战无已时。

李白这首诗有怨恨，但因此可以认为唐朝军队曾越过阿富汗到达阿拉伯海边。

条支，西亚古国名，在今伊拉克境内底格里斯河和幼发拉底河之间。公元前64年，条支亡于罗马。公元97年，班超派甘英出使大秦（即罗马）至此，因临海受阻而返回。

唐朝设条支都督府，即在今阿富汗喀布尔与加兹尼一带。

在阿拉伯海饮马，这事只有后来的草原民族成吉思汗干过。汉民族，以此为界，立地成佛，面部朝东。纵横历史的天地，安西都护府确实达到了安定西部的作用。

但安史之乱，将大唐王朝的气数散尽。

唐朝安西大都护府极盛时期所辖范围很大，距离长安太远，且西域地区多为番将镇守，叛乱经常发生。安史之乱时期大量边兵被招入内地平叛，使得西域地区轻易丧失，彼时吐蕃又十分强大，俯冲而下青藏高原，河西陇右尽失。公元790年，唐朝彻底失去西域安西北庭。

安史之乱后，那个不爱江山爱美人的玄宗皇帝偏安四川，慌乱之中让太子继位安抚河山。但是，社会矛盾加剧已经无力粉饰太平，为了稳定局面分封了更多的节度使，节度使也拥有更大的权力，使得藩镇割据更加无法消除，中央政府实际管辖范围大大缩小。内患之下，朝廷已经无力收回西域。

安史之乱，彻底腰斩了唐朝。

安西都护府的辖地，从古至今都是贫困、动荡、极端宗教与恐怖势力横行。

一片土地，总有被历史深植的基因。

那种基因，很难解脱。

打马西去，去楼兰。

至今都是如此，出了阳关后，就感觉抵达了天边，到达了天尽头，也似乎靠近了生无所依、活无所托的垂败。这当然不是王维他们古诗词所赋予的情感，确切地说，就是地理的反射作用。打开中国地图，中国整个北方，包括内蒙古高原、黄土高原、河西走廊、青藏高原、新疆大地，都是一片黄。这种黄，是荒芜凋敝的底色，是人类生存的极限。

眼前流沙如海，是库姆塔格沙漠，是古尔班通古特沙漠，是塔克拉玛干沙漠。

库姆塔格沙漠是出阳关的第一片流沙。库姆塔格沙漠，维吾尔语是"沙子山"的意思，位于甘肃西部和新疆东南部交界处，大致位置北接阿奇克谷地—敦煌雅丹国家地质公园一线，南抵阿尔金山，西以罗布泊大耳朵为界，东接敦煌鸣沙山和安南坝国家级保护区。

著名的丝绸之路大海道也在这条道上。

库姆塔格沙漠的南缘就是唐代连通沙州（敦煌）和西州（吐鲁番）的古丝绸之路的另一通道大海道。唐代文书称：

大海道，右边出柳中县（今鄯善鲁克沁镇）界，东南向沙州（敦煌）一千三百六十里。常流沙，行人多迷途。有泉井，咸苦，无草。行者负水担粮，履绕沙石，往来困弊。

因为环境艰苦、道路险远,唐代称库姆塔格沙漠为"大患鬼魅碛"。大海道也因此而成为丝绸古道中最为神秘和艰辛的险途。如今,库姆塔格沙漠已设立三个国家级自然保护区,他们分别是新疆罗布泊野骆驼国家级自然保护区、甘肃安南坝野骆驼国家级自然保护区和甘肃敦煌西湖国家级自然保护区。

相对于库姆塔格沙漠,古尔班通古特沙漠和塔克拉玛干大沙漠,面积更广,更雄浑。特别是塔克拉玛干大沙漠,在以骆驼作舟商贸往来的年代,九死一生已经是上帝的仁慈。但是,人们的智慧无穷,他们自敦煌阳关出发,经过大海道,走楼兰,去若羌、且末、于阗、皮山、莎车,到疏勒,越过葱岭上了帕米尔高原,这就是所谓的丝绸之路南线,也就是绕塔克拉玛干大沙漠南沿而进。还有一条呢,就是从玉门关出发,经哈密、高昌、焉耆、龟兹、姑墨,到疏勒,上葱岭和帕米尔高原,就是所谓的北线,绕着塔克拉玛干大沙漠北沿走。两条弧线最后形成了一个椭圆形的闭合。

出发点都一致,敦煌。

交汇点都一致,葱岭。

向葱岭,是我西出敦煌的坐标指向。

吹去沉寂千年的黄沙,我不乏深情地梳理着古丝绸之路的路线图,抚摸着地球北纬度上那条彩色的丝绸大动脉,虽然,她早已消失,成为西域羊皮经卷里的记忆。但,当中华民族站在决意西望的历史关节处,我愿意亦如祖先们筚路蓝缕的背影,向葱岭,并站在帕米尔高原之上,替一个国家回望祖先曾经走过的路。

千年时空有点长。这西去的流沙苦寒之地,它成千上万年都这副模样。它不露声色,早已轻轻地擦抹掉了那些伤痛和泪痕。

所以——

千年之前，这片土地就是这副模样。

千年之后，还是面容依旧。

张骞赴流沙九死一生，他踏破西域大漠，万古流芳。

王维没有抵达，他用一句诗就界定了西去后的大沧桑和大悲凉。

细君公主也走过，她哭诉着变成一只鸟儿也要回故乡。

当然，从这条路上，我还看见法显、玄奘的背影，看见卫青、霍去病、班超的长剑，看见岑参、高适的忧伤，也看见了李白那匹自由飘逸的白马。他们踏流沙西去，要么是寻找精神的救赎让灵魂皈依，要么是肩负家国使命，踏铁蹄踏破楼兰，要么是放纵诗情，替一个国家表述豪迈、哀怨抑或忧伤。

当然，还有那滚滚而来、滔滔而去的商队，他们沉潜流沙深处，宛若静水深流。他们用丝绸对接了几大古文明的语言；他们用珠宝镶嵌了地球北纬度文明飘带的情感。这，才是丝绸之路的核心要义。战争，让一条丝绸沾染鲜血，也让一条丝绸过度忧伤。而丝的吐纳者和缔结者们，奉承的只是"春蚕到死丝方尽"的大美情操，并愿为天下守太平。

东方文明，用一根绵软而又劲道十足的蚕丝，让刀枪入库，让马放南山；让铁血温婉，让大地锦绣。

这，也是东方民族的精神内核。

从敦煌去楼兰，八百多公里。

八百多公里都是无人区，天上鸟影难见，地上兽迹难觅。

自古至今，这都是一条险阻重重的死亡之路，它的界碑是白骨。

《周书·高昌传》："自敦煌向其国，多沙碛，道里不可准记，唯以人畜骸骨及驼马粪为验。又有魍魉怪异，故商旅来往多取伊吾路。"

《隋书·裴矩传》载其所撰《西域图记》也是这样记叙的：

自高昌东南去瓜州一千三百里，并沙碛，乏水草，人难行。四面茫茫，道路不可准记，唯以六畜骸骨及驼马粪为标，检以知道路。若大雪即不得行，兼有魑魅。

寻着大漠里的白骨为坐标吧，一路向西。

这是一条无数人用生命开拓出来的大道。

凌厉的风时刻改写着大漠的容颜，也改写着生命的指向。

一个人倒下了，黄沙将他轻轻覆盖。

一只骆驼倒下了，黄沙将它轻轻覆盖。

一群人倒下了，黄沙将他们轻轻覆盖。

一群骆驼倒下了，黄沙将它们轻轻覆盖。

生命几乎难以留下痕迹。在这里，生命唯一的形态就是死亡，继而瞬间被固化。沙漠里超高的蒸发量帮助了这些生命体保持了基本形态，不会被微生物分解。所以，一路上可以发现同类的尸体风化后的标本模样。从他们被风化的程度就可以编制一部编年体的史记，有的刚刚倒下不久，脚上的耐克鞋标非常清楚；有的衣服的植物纤维已经被风化成了碎片，裸露出焦干的尸体；有的皮肉已经被风蚀干净，只剩下白的骨骼。当然，有的骨骼已经不健全，就只剩下一节腿骨，或者一只骷髅。

物尽其用，沙漠里的甲壳虫已经在骷髅深处安家，进进出出。

还有那些大型的沙漠动物，它们在进化的道路上尽可能匹配沙漠环境，并求得生存。但是，它们的进化速度远远慢于沙漠的死亡威力。倒下的有沙鸡，有黄羊，有野骆驼，有野马，还有一些飞鸟。那些飞鸟估计是从沙漠的上空季节性迁徙的鸟类，突然被沙漠里的热浪席卷，头晕眼花，一个跟头就栽了下来。

栽倒在沙漠里，死亡就是归乡。

或者说，在沙漠里，死亡就是生命的另一种表情。

沙漠表现出的不惊不诧、不悲不喜、不徐不疾、不愠不躁，令所有生命都淡然；即便死亡，也从容。沙漠已经过滤了过于复杂的情绪，冷静得背离人情。

所以，当从这条路上走过，就会发现人类强大的意志穿透力强于刀枪剑戟，强于任何物质。也可以说，丝绸之路所承载的文明和价值，是无法用珠宝和黄金来等量的。当珠宝和黄金归还于矿物和重金属的状态，它们就只能沦落为价值系统的客体。人类最宝贵的品质和最伟大的力量，是对未知空间的诗意猜想和强力拓展。也许会借物质为手段，但最终物质的行为又将演化为精神的情操，成为人类世界最耀眼的皇冠。

走向古楼兰，远远地就看见了水。水，叫罗布泊。

罗布泊，由于形状宛如人耳，被誉为"地球之耳"；又被称作"死亡之海"。《山海经》称之为"幼泽"，也有称泑泽、盐泽、蒲昌海等。

罗布泊蒙古语又名罗布淖尔，意为多水汇集之湖。

众多的历史资料表明，罗布泊曾是汪洋。因罗布泊位于塔里木盆地的最低处，塔里木河、孔雀河、车尔臣河、疏勒河等大河最终都汇集于此，为中国第二大咸水湖。水是生命的象征，曾经，它的湖畔就有丝路之路上最著名的一座城池，楼兰。筑城而国，因此为楼兰古国。楼兰古国锁丝路之咽喉，地理位置十分重要。由于气候变迁及人类水利工程影响，导致上游来水减少，直至20世纪70年代末完全干涸，现仅为大片盐壳。

罗布泊诞生于第三纪末第四纪初，距今已有1800万年，水泊面积约5000多平方公里。曾经,敦煌、哈密、鄯善、吐鲁番、库尔勒、若羌、且末、和田、阿克塞、肃北、瓜州、尉犁、民丰、于阗、墨玉、玉门、铁门关等都是罗布泊湖水摇荡的水岸之城。

据郦道元《水经注》记载,东汉以后,由于当时塔里木河中游的注滨河改道,导致楼兰严重缺水。敦煌的索勒率兵一千人来到楼兰,又召集鄯善、焉耆、龟兹三国兵士三千人,不分昼夜横断注滨河,引水进入楼兰,缓解了楼兰缺水困境。到公元4世纪,曾经是"水大波深必汛"的罗布泊西之楼兰,到了要用法令限制用水的拮据境地。

1921年塔里木河改道东流,湖水偶有增加。

1931年,湖水面积1900平方公里。

1942年,湖水面积达3000平方公里。

1962年湖水减少到660平方公里。

1970年以后,彻底干涸。

罗布泊,历史彻底将它改写成"死亡之海",将它演绎成水的传说。大地赤裸的伤痕是敲给人类的警钟。可以故意视而不见听而不闻,但警钟就在那里,回音就在耳畔。

草原民族逐水草而生,有水的地方就风吹草低见牛羊。在曾经巨大的罗布水岸,那是一个童话般的美丽世界,也就是耳熟能详的古西域三十六国之一的楼兰古国。在历史的长河里,那些筑墙为城的奴隶制国家,或者部族部落式的国家,都早已被人类前进的车轮碾于尘埃深处,成为一个个古远的传说。

传说,它们代表人类曾锦绣于西域大地,珍珠一般闪烁在葱岭和帕米尔高原。

因为死亡,更加神秘。

因为繁盛，引人追随。

罗布泊一度吸引了国内外很多的探险者。探险家们到罗布泊写下了许多地理专著和探险名篇，罗布泊因此走向世界。意大利商人马可·波罗、俄国探险家普尔热瓦尔斯基、瑞典地理学家斯文·赫定、美国人哥丁顿、英国人斯坦因、法国人伯希和、日本人橘瑞超和，都考察过罗布泊，并留下精彩篇章。

稍稍远望，就能看见古楼兰那座城池，也能看见斯文·赫定的背影。

楼兰古城最早的发现者，是瑞典探险家斯文·赫定。

1900年春季，斯文·赫定正在罗布泊西部探测，他的维吾尔族向导阿尔迪克在返回考察营地寻找铁锹的时候，遇到风暴，迷失了方向。但这位机智勇敢的维吾尔族向导，凭借着微弱的月光，不但回到了原营地、摸到了丢失的铁锹，而且还发现了一座高大的佛塔和密集的废墟，那里有雕刻精美的木头半埋在沙中，还有古代的铜钱。阿尔迪克在夜幕中发现的遗址，后经发掘，就是楼兰古城。

1901年1月至3月，斯文·赫定返回现场，进行再次挖掘，发现了一座佛塔和三个殿堂以及带有希腊艺术符号的木雕建筑构件、五铢钱、一封佉卢文书信等大批文物。随后他们又在这片废墟东南部发现了许多烽火台，烽火台延伸到了罗布泊西岸一座被风沙掩埋的楼兰古城。

楼兰：地理坐标为东经89°55′22″，北纬40°29′55″。

古城平面近似正方形，边长在330米左右，几乎全部被流沙所掩埋。

城墙用黏土与红柳条相间夯筑。

有古运河从西北至东南斜贯全城。

运河东北有一座八角形的圆顶土坯佛塔。

塔南的土台上，有一组高大的木构建筑遗迹，曾出土汉文、佉卢文文书及简牍、五铢钱、丝毛织品、生活用具等。

运河西南的中部,有三间木构土坯大型房址,房中及其附近曾出土大量汉文文书、木简及早期粟特文和佉卢文文书,估计为衙署遗迹。

其西的一组庭院,可能是官宦宅邸,南边分布着矮小的民居。城中出土的各种文书、简牍,被称作罗布泊文书。

在20世纪初的考察过程中,大量楼兰文物被国外考察团带走。

对这些流沙掩埋的碎片进行拼接,大体可以还原出楼兰古国这座城池的前世今生。

汉朝时,这里曾经是一个人口众多、颇具规模的古代王国。史料确切记载,它于公元前176年以前建国,公元630年消亡,有800多年历史。它的直辖范围东起古阳关附近、西至尼雅古城、南至阿尔金山、北至哈密。拿今天的话说,幅员相当辽阔。

公元前126年,张骞出使西域归来,向汉武帝上书:

楼兰,师邑有城郭,临盐泽。

楼兰,成为闻名中外的丝绸之路南支的咽喉门户。

中国内地的丝绸、茶叶,西域的马、葡萄、珠宝,最早都是通过楼兰进行交易的。它是中转贸易的关隘,坐收渔利。况且,流沙几万里,一路艰险,许多商队经过这一绿洲时,都要在那里休憩。

把这转口贸易干得最带劲的是粟特人。

粟特人原是生活在中亚阿姆河与锡尔河一带操古中东伊朗语的古老民族。

古西域三十六国的疏勒国,是丝路贸易集散地和中转站。粟特人闻着丝绸的气息而来,到此经商并定居。直到11世纪喀什噶尔城郊还有大批操粟特语的村落,在《突厥语大辞典》中有明确记载,说这些土著居民操"坎杰克语"。

突厥称西域康居国为"坎杰克",而康居正是粟特人的故乡。

粟特人建立过许多绿洲城邦,但从没有建立过统一的国家,因此长期受周边的强大外族势力控制。但粟特地区处于中亚西部丝绸之路干线,因此粟特人成为独具特色的商业民族,他们通过漫长的丝绸之路频繁往来于中亚与中国之间,成为中世纪东西方贸易的承担者。史载:

善商贾,好利,丈夫年二十去旁国,利所在无不至。

不辞劳苦,沿丝绸之路东西往返,由之形成了许多粟特聚落。

粟特人主要商业内容是从中原购买丝绸,将丝绸贩卖到中亚西亚和地中海沿岸,再从西域向东方倒卖珍宝,如锦瑟、美玉、玛瑙、珍珠等。因此,粟特人以鉴宝著称,往来都不空载。他们还贩马,大汉和大唐王朝对西域天马的渴望,胜却美女。当然,他们还搞人口贩卖,不过这种贩卖当时居然得到了官府的保护。那时候是奴隶社会,奴隶作为一种财产是可以买卖和运输的。他们以非法手段抢掠或拐带中原妇女,也将西域的美女贩运到中原。那些被贩卖的妇女,大多成为歌舞伎,或者干脆成为妓院的头牌。

粟特人的商业活动包括丝绸、珠宝、珍玩、牲畜、奴隶、举息等,覆盖了一切重要市场领域,几乎控制了丝路贸易的经济命脉。他们商业成功的秘密,除了精通业务、善于筹算、不畏艰险、谙熟各种语言以外,还与许多经商手段有密不可分的关系。儒家文化重农抑商,严禁汉人从事国际贸易,这为粟特人创造了独霸丝路贸易的有利条件,由之成为巨富,家拥万金者比比皆是。就是帝国的达官贵人、官宦子弟在他们面前都是穷酸相,乃至"京师衣冠子弟"也不得不拜在他们的华袍之下。

粟特人是商业动物,只认钱不认人。

粟特人的孩子一降生就进行经商教育,学成便独立生活,与父母、兄弟分居。兄弟、邻居之间财产分得清清楚楚。

商业是一个城池生命力的最直接体现。

因为罗布泊这个水码头,楼兰才聚落而生。

因为丝绸之路的商业大道四方通衢,楼兰又因商而盛。

古楼兰城内,商贾云集,歌舞升平,一派人间繁华。

楼兰占尽天时地利人和。往东,是敦煌,是千里河西大走廊,是物产富饶的华夏之国;往西,是古西域三十六国,向葱岭,翻越帕米尔高原,便能望见整个中亚、西亚和更加广阔的欧洲大地。这样的地理优势带来了千般可能和万般繁华,一度也让楼兰这个城邦小国享受了天堂般的美好。

《汉书·西域传》载:

楼兰,王治扜泥城,去阳关千六百里,去长安六千一百里。

户千五百七十,口万四千一百,胜兵二千九百十二人。

地沙卤,少田,寄田仰谷旁国。

国出玉,多葭苇、柽柳、胡桐、白草。

民随畜牧逐水草,有驴马,多橐驼,能作兵,与婼羌同。

早于玄奘近三百年的东晋高僧法显,在公元399年从长安出发,经西域至天竺,游历20多个国家,收集了大批梵文经典,前后历时14年,于义熙九年(413年)归国。法显是中国佛教史上的名僧,卓越的佛教革新人物,是中国第一位到海外取经求法的大师,是杰出的旅行家和翻译家。

法显对楼兰国的记叙:

其地崎岖薄瘠。

俗人衣服粗与汉地同,但以毡褐为异。

其国王奉法。可有四千余僧，悉小乘学。

到了唐朝，也就是三四百年之后，当玄奘西天取经归过楼兰时，声名赫赫繁荣兴旺了五六百年的楼兰王国，史不记载，传不列名，突然销声匿迹。玄奘看到的楼兰国却是一座空城。

城郭岿然，人烟断绝。

楼兰国的消失，确切地说，跟罗布泊的水有着决然的关系。

兴，自天命；亡，自天命。

水，是整个西域大地众多城邦之国的护身符，而不仅仅针对楼兰。从很多肝胆诗句里我们可以得知这座古城的重要性。唐朝王昌龄的《从军行》诗：

青海长云暗雪山，孤城遥望玉门关；黄沙百战穿金甲，不破楼兰终不还。

唐朝张九龄《送赵都护赴安西》诗：

他日文兼武，而今栗且宽，自然来月窟，何用刺楼兰？

宋朝张元幹《贺新郎·寄李伯纪丞相》词：

倚高寒、愁生故国，气吞骄虏。要斩楼兰三尺剑，遗恨琵琶旧语。

明朝的姚茂良《精忠记·应诏》：

出匣龙泉血未干，平生志气斩楼兰。

陈毅元帅也曾拿楼兰抒怀：

镇江城下初遭遇，脱手斩得小楼兰。

诗词展示斗志，表达决心，不乏杀气腾腾之感。而所有的指向物都是"楼兰"。楼兰为何成为千夫所指？斩楼兰者又何许人？

在成百上千抗击西域名将中，傅介子走上了前台，入了经传。

傅介子，生年不详，卒于公元前65年，勇士，著名外交家，今甘肃庆阳人。

昭帝时，西域龟兹、楼兰均联合匈奴，杀汉使官，劫掠财物。傅介子要求出使大宛，以汉帝诏令责问楼兰、龟兹，并杀死匈奴使者。公元前77年又奉命以赏赐为名，携带黄金锦绣至楼兰，于宴席中斩杀楼兰王，另立在汉的楼兰质子为王。

在匈奴和大汉之间，首鼠两端，这是夹缝中求生存的"小国智慧"。但这种危险的游戏极有可能祸害自身，楼兰就是案例。汉时的楼兰国，有时成为匈奴的耳目，有时归附于汉，典型的墙头草，介于汉和匈奴两大势力之间，巧妙地维持着生命。由于楼兰地处汉与西域诸国交通要冲，汉不能越过这一地区打匈奴，匈奴不假借楼兰的力量也不能威胁汉王朝，汉和匈奴对楼兰都尽力施行怀柔政策。

大汉和匈奴都鞭长莫及时，楼兰左顾右盼踩着钢丝。

楼兰王也自有苦衷：

小国在大国间，不两属无以自安。

但这做派激怒了铁血男儿傅介子。

公元前77年，大将军霍光遣平乐监傅介子前往刺杀楼兰王。

傅介子到了楼兰，骗楼兰王说汉庭对他有赏赐，于是楼兰王高兴地与介子饮酒。酒醉后，介子和两名壮士便杀了他，并传达汉庭的谕令：

楼兰王负罪于朝廷，天子遣我来诛杀他，现在当更立在汉朝的王弟尉屠耆为新王。汉朝的军队马上就能赶到，你们如果轻举妄动，不过是自己招来灭国之灾罢了！

傅介子便斩下楼兰王的首级，归汉复命。汉立楼兰新王，赐宫女为夫人。

自此之后，楼兰更其国名为鄯善，迁都扜泥城，今新疆若羌附近。

汉庭从来没有对西域诸国包括楼兰进行有效的管辖和治理，都是"胡人治胡",这样的君主与仆从关系十分脆弱。利剑悬头三尺,他们就是良民;当汉庭内乱无力顾及,他们又大多做了别国的帮凶。楼兰国,公元前就被迫"改名换姓"。当然,作为水岸之城的楼兰,依旧繁盛了好几百年。

水岸楼兰,至今都是沙漠里的千年盛景。

对千年前的那座城池,人类只有通过残存在地下的文物进行反推、假设和演绎。

1980年,考古学家在罗布泊铁板河曾发现了一片墓地,墓中出土有一具中年女性干尸,体肤指甲保存完好。她有一张瘦削的脸庞,尖尖的鼻子,深凹的眼眶,褐色的头发披肩。她身上裹一块羊皮,毛织的毯子,胸前毯边用削尖的树枝别住,下身裹一块羊皮,脚上穿一双翻皮毛制的鞋子,头上戴毡帽,帽上还插了两支雁翎,被世人称为"楼兰美女"。经用她身上的羊皮残皮做碳14鉴定,表明是一具距今3800年的古尸。

专家认定,她有欧罗巴人的血统。

楼兰美女,是一个美丽的历史暗示。

他们来自何方,考古界至今众说纷纭。塔里木河盆地的人类活动已有一万年以上的历史,假若把遗弃在塔里木河塔克拉玛干大沙漠中的古城连接起来就会惊奇地发现,所有的古城包括楼兰王国在内,消失的时间都在公元4至5世纪。尽管众多学者付出了巨大心血,但诸如楼兰古城的兴衰与消失至今还是个谜团。

楼兰,是个充满神秘色彩的名字。曾经的辉煌,奠定了它在世界文化史上的特殊地位。楼兰文化不仅属于中国,而且属于世界,属于人类。

发现楼兰,斯文·赫定是首功之臣。

斯文·赫定探险西域发现楼兰之前，早有一个威尼斯商人的后代，一个名叫马可·波罗的年轻人，沿着祖辈经商走过的路线，即古丝绸之路，翻越帕米尔高原，越过葱岭，经过古西域和千里河西大走廊，到了成吉思汗的元上都。他将一路见闻写成了闻名千古的《马可·波罗游记》。这本游记仿若魔盒，激发了西方世界探险家们壮怀激烈的探险乐趣。

于是，才有了后来的哥伦布发现新大陆。

哥伦布对新大陆的发现，启动了大航海时代的到来。

大航海时代开启的海运，又改写了陆上丝绸之路的命运走向。

因为一条以丝绸为载体的贸易之路，激活了全球财富的目光。不管是从城堡出发从驿站回归，还是从港口出发从海岸回归，这些都改变不了人类对财富的追逐和争夺。只能说，这个世界是物质的。当物质达到坚硬的边界时，精神的高光点才会浮凸，才会熠熠生辉。没有物质奠基的精神，只能是坐而论道。"道"必须以物质作为支撑，一切才皆有可能。

回望过去，从马可·波罗少年的背影说起。马可·波罗的家乡威尼斯是一个古老的商业城市。他家祖辈也是世代经商，父亲和叔父常奔走于地中海东部，进行商业活动。1260年，马可·波罗的父亲和叔父经商到过伊士坦布尔，后来又到中亚的布哈拉，在那里他们遇到了一个波斯使臣，并和使臣一起到了中国，见到了元世祖忽必烈。1269年，马可·波罗15岁，他的父亲和叔父从东方回到了威尼斯。他们从东方带回的各种见闻给年幼的马可·波罗心中种下了种子。

有梦想就会花开。

两年后，他的父亲和叔父再次动身去中国。于是年轻的马可·波罗以意大利威尼斯商人的身份，踏上了东行之旅。可以梳理一下马可·波罗自西而东的

行走路线图:

由威尼斯起程,渡过地中海,到达小亚细亚半岛。

经由亚美尼亚折向南行,沿着美丽的底格里斯河谷,到达伊斯兰教古城巴格达。

由此沿波斯湾南下,向当时商业繁盛的霍尔木兹前进。

继而从霍尔木兹向北穿越荒无人烟的伊朗高原,折而向东,到达阿富汗的东北端。

翻越帕米尔高原,来到喀什。

沿着塔克拉玛干沙漠的西部边缘行走,抵达叶尔羌绿洲,继而向东到达和阗和且末。

再经敦煌、酒泉、张掖、宁夏等地,于1275年夏抵达元代上都。

马可·波罗等人到达大都,并居住十多年。

循着这条古老的丝绸之路,马可·波罗很具体地将东方古国介绍给了西方。

马可·波罗,成了西方世界探险界最为耀眼的星辰。

望着那颗灿烂的星辰,再次被激励出发的人,叫哥伦布。

哥伦布是意大利著名航海家,是地理大发现的先驱者,他年轻时就是地圆说的信奉者。相信地球是圆的这很重要,因为出发点也就是回归点,故乡永远在脚下。他十分推崇曾在热那亚坐过监狱的马可·波罗,并立志要做一个航海家。1492年到1502年,十年间他四次横渡大西洋,终于发现了美洲新大陆。

哥伦布在茫茫大海中用坚强的意志绘下的航海路线图,将地球的圆形描述得十分具体,因此名垂青史。

而这时,陆上丝绸之路开始淤塞、撂荒,并逐渐被历史淡忘。从泉州出发,七下西洋的郑和,开启了中华文明的海洋丝绸之路,那是中华文明与世界接轨的另一条大道。由此,世界几大古老文明在地球北纬度的碰撞,自中世纪后,慢慢开始完成呼叫转移。

大海开始喧嚣,人类的现代文明在浪花里已经启幕。

清理一下亚欧大陆板块几千年来的恩恩怨怨,就可以清晰地看见几个文明最终的归乡。

草原帝国驮载的游牧文明,跟以稻黍为生的农耕文明缠斗了几千年。其结果是,马背上的射雕者不得不走下马背,寻找一座城池,缔结城市文明。弯刀收割头颅,只能暂时地将一座城池变成牧场,而文明的强力衍生又会将弯刀锈蚀。当匈奴、突厥还有成吉思汗的后裔们踉跄走下马背,一时还有些措手不及。就在他们错愕的瞬间,历史马上完成转身,将他们拥有的铁血时代晾在原地。

农耕文明跟游牧文明缠斗了几千年,在反反复复的死而复生中,埋葬了白骨,舔舐了鲜血,擦掉了泪痕,又开始在白骨、鲜血和眼泪上春耕秋收。在黄河流域、长江流域岸边的村舍里,他们固执地参照着老祖宗的说教,过着规规矩矩的日子。他们固执地回到祖先遗传的章法里,在那温顺的血液里寻找安详。虽然也不乏你死我活,但谁也夺取不了他们脖子下安详的枕头。

直到清王朝将华夏文明圈养成一窝没见过天光的老鼠模样。

直到海洋文明来敲门。

咚咚咚!咚咚咚!

来敲门的不是彬彬有礼的手关节,而是大炮。

措手不及,哭爹喊娘。于是,一个习惯于农耕、安枕于说道的民族,在海洋文明借以强蛮的敲门下,不情不愿地打开了已经破旧的老城门。当1840年鸦片战争燃起硝烟唤醒国民时，人们终于发现自以为是的王国早已落后。西方世界走进了蒸汽机时代，他们用科学的思想、手段和方法，认识并改造了农耕世界。

那个时代，叫现代文明，也叫海洋文明。

游牧文明。农耕文明。海洋文明。

三种文明在地球上缠斗不休，至今中国人的血液里还念念不忘旧恨，偶尔还添新仇，这让一个民族很难定位清楚。我们也老是在向世界宣布老祖宗的孔孟之道是最高的道德标准，但自己往往又将老祖宗束之高阁当作了摆设。

纠纠结结。犹犹豫豫。摇摇摆摆。迟迟疑疑。

哥伦布的远航是大航海时代的开端。新航路的开辟，改变了世界历史进程。它使海外贸易的路线由地中海转移到大西洋沿岸。从那以后，西方终于走出了中世纪的黑暗，开始以不可阻挡之势崛起于世界，并在之后的几个世纪中，成就海上霸业。

全新的工业文明，成为世界经济发展的主流。

在那个时代，整个欧洲都在不断地为各种层出不穷的地理大发现兴奋不已。探险家们不断向地图中的一个个空白点迈进，并因为测绘了一个无人区、一条水系、一座山峰的高度而名扬世界，人们普遍被一种情绪所鼓舞：希望去认识未知世界的热情。

人类对地球未知世界的探索就成了最时尚的思想方式和生活方式。

当然，探索本身也藏了一个国家的暗示。

中国著名诗人海子有这样浪漫的句子：

给每一条河每一座山取一个温暖的名字

陌生人，我也为你祝福

愿你有一个灿烂的前程

愿你有情人终成眷属

愿你在尘世获得幸福

我只愿面朝大海，春暖花开

以及大航海时代对发现新大陆的诗意憧憬。他们提前践行了诗人的浪漫主义，他们最乐此不疲的就是面朝大海春暖花开，拿着指南针，拉着皮尺，给每一座山每一条河取一个温暖的名字。他们认为，这是以现代文明的方式给予人类最特殊的贡献。这种贡献，可以享受皇家荣誉。

探险家荣归故里，论功授爵。

我们知道，无论是斯坦因还是伯希和，或者斯文·赫定，他们都是超一流的文化学者、考古学家和探险家。正是因为他们对世界地理之谜产生了旺盛的想法，才有了古西域文化遗址的发掘和敦煌文化的连接与修复。他们为人类史做出的贡献，不亚于发现一次新大陆。他们最伟大的荣誉，就是吹去地球北纬度那条丝绸飘带上落定了数百年的尘埃，让人类几大古文明在这条绸带上再次如星辰一般夺目耀眼，熠熠生辉。

可以说，他们对接了人类史，他们修复了已然黯淡的人类文明。

躬下腰，斯文·赫定"噗"地吹去塔克拉玛干大沙漠沉积千年的流沙，如梦如幻的楼兰被再次呈现在人类面前，让世界为之轰动。他，可谓西域大地上的历史坐标，无人可比。他一生两项功绩誉满天下，一是发现楼兰古城，一是填补了世界地图上关于西藏的大空白。

移焦在公元2018年8月21日的时间点，在千年时光之岸的阳关，眺望着悠远的罗布荒原，畅想着楼兰古国的光荣和梦想时，我首先对那个来自北欧的瑞典人——斯文·赫定先生表示敬仰。

在此66年前,斯文·赫定离开人世,永驻西域。

他是西域之子。

罗布荒原：聆听人类的苍天之耳

罗布泊

大水的湖岸，只剩下一圈波纹密布的边界

将生呈现给荒原，将死呈现给荒原

将荒原呈献给荒原

匆匆掩埋掉炊烟、楼阁、城堡、酒肆、教堂和大巴扎

还有婴儿的啼哭、歌姬的吟唱、骡马的哀鸣、教堂的钟声

还有那先祖们身影叠加的墓地

就一路落荒而去，攀缘着孔雀羽毛的路径溯流而上

在某片千年不死、死了千年不倒、倒了千年不朽的胡杨林深处

隐遁。绝迹。成仙。入秘

大水一夜撤走，水岸发呆

没有告诉史记，也没有告诉列传

甚至也没有作别古丝绸之路上的

三苗人、匈奴人、突厥人、回鹘人、粟特人

吐火罗人、波斯人和华夏人

措手不及,魂不守舍

苍天留下"如耳"的听觉器官

一千年、两千年;或者一万年、数万年

都在搜听荒原深处魂灵闪跳的声音——

鄯善当汉道冲，西通且末七百二十里。

自且末以往皆种五谷，土地草木，畜产作兵，略与汉同，有异乃记云。

且末国，王治且末城，去长安六千八百二十里。户二百三十，口千六百一十，胜兵三百二十人。辅国侯、左右将、译长各一人。西北至都护治所二千二百五十八里，北接尉犁，南至小宛可三日行。有蒲陶诸果。西通精绝二千里。

小宛国，王治抒零城，去长安七千二百一十里。户百五十，口千五十，胜兵二百人。辅国侯、左右都尉各一人。西北至都护治所二千五百五十八里，东与婼羌接，辟南不当道。

——《西域传·上》

楼兰古国消失得太突然，一同消失的还有那古西域三十六国。

他们像是共赴一场预谋，遵从誓言，践行约定，谁也没有走漏一丝风声。

那些筑墙为国的城池，被成百上千年浩浩荡荡的流沙深埋。古丝绸之路上的如链珍珠，一夜破碎，撒落在历史大河的深处，难觅踪迹，成为人类回望西域的缕缕伤痛……

站在21世纪18年的岁月之岸，我如同罗布荒原一样，只能呆耸、惶恐成荒原。应约穿越西域大地，我告别阳关和玉门关，翻越一际荒山，从罗布泊曾经的水岸出发。横亘在眼前的是如今被商业开发的叫"魔鬼城"的一座城池。

书面语，它应该叫雅丹。位于敦煌180公里外，是进入罗布荒原的通道。雅丹属于古罗布泊的一部分，也是敦煌——疏勒河断陷盆地的中心部位，距今约6500万年，地质上属于新生代。由于岩层垂直节理发育，较松软岩层在大自然疾风暴雨的漫长风化中，导致了雅丹风蚀地貌的形成。

在那里，能体味到大自然的风哨。风哨之声是令人恐怖的，也正如人们称之为魔鬼的呻吟。春冬之季，那里是昏天黑地的风吼。风在地上，在空中，搅拌成巨大的气团，簇拥着，浪荡着，诡异地翻着跟头，一浪一浪地翻滚而去，再一浪一浪地翻滚而来。刹那间，布满黑色石子的戈壁上，风起云涌，大地震颤，天地浑然，万物隐退，只剩下鬼哭狼嚎声，一浪叠加一浪，一浪高过一浪，呼啸苍茫。

这种风哨，一刮就是一天，或者几天，或者一个春季，或者一个冬天。

这种风哨，能叫万物胆寒，苍生不欲生，天地混沌。

这种风哨，在古疏勒河注入古罗布泊曾经的水岸上，是大自然向人类的一个宣誓，一个警告，也是一个终极寓言。

撇开风哨，只看见魔鬼城里，有城堡，有楼阁，有孔雀，有飞鸟，有走兽，有狮豹，有船有帆有战舰，还有栩栩的人的模样。这是大自然的鬼斧神工，也是罗布荒原的奇葩。荒原用死亡呈现出精彩和奇妙，让人惊诧，让人喟叹，也让人思考。睹物思人，在极端的已让生命绝迹的荒原上，可能庄重，或者禅悟。不思考自然是短视的人类。思考，能将人的触须抵达生命的尽头，峰回路转，也许能看见水泊罗布的时代。

在那个湖水摇荡的时代，岁月静美如诗如画。

清代地理学家徐松在《西域水道记》记载罗布泊：

东起古阳关附近，西至尼雅古城，南至阿尔金山，北至哈密。

《河源纪略》卷九中载：

罗布淖尔为西域巨泽，在西域近东偏北，合受偏西众山水，共六七支，绵地五千，经流四千五百里，其余沙喷限隔，潜伏不见者不算。以山势撰之，回环纡折无不趋归淖尔，淖尔东西二面百余里，南北百余里，冬夏不盈不缩……

当罗布泊确考湖水面积满盈一万多平方公里的时候，敦煌、阿克塞、肃北、瓜州、玉门、哈密、鄯善、吐鲁番、库尔勒、铁门关、若羌、且末、和田、尉犁、民丰、于田、墨玉等都受恩于罗布泊湖水荡漾的滋养。

这是一圈可观的湖岸星群。

还有这样的记述，罗布泊人不种五谷，不牧牲畜，以小舟捕鱼为食。这是一个单一以鱼为食的民族，喝罗布麻茶，穿罗布麻衣，丰富的营养使罗布人健康长寿，八九十岁都如同壮年，甚至还有一百岁的新郎。罗布人结婚的陪嫁，有时是赠送一个小湖泊。那真是极尽浪漫的原始山河主义，可以拿一座山、一条河、一个湖泊作为嫁妆或婚礼。

我也愿意成为他们的新郎。

带着这份浪漫主义情怀和美好的期遇，我把此次驾长车，交给罗布大荒原。

我笔下的罗布大荒原概念，只是我的人文认知和情感圈定，不是严格地理学意义上的划定。若以罗布泊湖水摇荡的远古年份来界定，我认为罗布荒原既包括今天的库姆塔格沙漠、祁连山一部分山麓、阿尔金山的大部，从西藏羌塘无人区贯穿而来的阿尔金无人区，也包括米兰若羌等古城池，甚至北至鄯善、吐鲁番、库尔勒、铁门关都是罗布荒原的一部分。

在这片荒原之上，从来不缺白骨，飞鹰的抑或走兽的白骨。那些白骨，就是路标。

在这片荒原之上，从来不缺挑战，即便以生命为赌注，也阻挡不住行者的脚步。

在这片荒原之上，从来不缺传说，当生命在荒原上飞翔而过，最好的注脚就是传说。

好吧，收起这些诗意的联想和亢奋的思绪，我们开始行走，在现实的荒原大地，一路绝尘向西，并以时间之河为线，双驱并行。

说到罗布泊人，我在库尔勒的博物馆曾目睹了他们的容颜。

每到一处，我都愿意去拜访博物馆。博物馆是固化的史书，形象化的历史，当代的远古面相。盛世修史，如今的中国大地，小至县城，大至国家，都以恢宏的博物馆装点文化的门面。但也不可否认，今天的人类在博物馆可以反刍。其中，对罗布泊人的近距离观察，就在库尔勒的博物馆。其实，我没有想到罗布泊人安睡在库尔勒坚硬的博物馆里，以至于面对他们，我有些措手不及。

这座建成于1990年的地方博物馆，外形庄严、恢宏。在建筑设计上颇有艺术特色，博物馆以楼兰佛塔为设计主体，配以蒙古金刚舍利佛塔为建筑基底，隐喻该建筑在寻觅和沉思古老的楼兰文化，千年的历史文明将在这里再现。屋顶为打开的一部巨著，做了华盖。博物馆建筑物总共十层，地下一层为文物储藏室，地上九层中，一至八层分别为文化艺术品展厅、石油钻探及铁路建设历史文化展厅、屯垦戍边及核试验展厅、东归文化展厅、古楼兰文化展厅和地域民俗文化展厅。

在第一展厅，就跟古墓面对面。和静县察布乎沟口古墓葬和轮台县群巴克古墓葬出土文物，那些远古人类生产生活工具，那些坛坛罐罐的彩色纹饰，带着象形，些许会意，当然也很具象，老祖宗就在象形和会意中，成了传说。当然不用怀疑，我等也是后来人类的传说。能成为传说，也是幸运的。

陈列的物品无外乎就是石器、铜器、铁器、陶器、金银器、骨角器、玉器、钱币、刻石、文书、泥俑、毛织品、兵器及民族文物等。当然还少不了古尸，古尸是具象的人类自己，他们穿越一千年、两千年乃至三千年的时空，倏地一下就与你聚精会神的眼眸相接，令人措手不及。在这个庞大的博物馆里，我被东归文化展厅所震撼，当然也被楼兰文化所错愕。

东归文化牵涉蒙古民族的远征和回归，那是一部民族西征和东归的神话。我看见了反映东归壮举的碑文拓片，所印内容是乾隆皇帝亲撰。

拓片高2.84米，宽0.94米，碑于立承德避暑山庄普陀宗乘之庙的《土尔扈特全部归顺记》和《优恤土尔扈特部众记》，反映了公元1771年，游牧于伏尔加河流域的17万蒙古人为摆脱沙皇俄国的残暴统治，战胜艰难困苦，最终东归祖国之壮举。

鞑靼人东归是世界历史的一个大事件。其历史脉络是：

早在明朝末年，土尔扈特人为了寻找新的生存环境，部族中的大部分人离开新疆塔尔巴哈台故土，越过哈萨克草原，渡过乌拉尔河，来到了当时尚未被沙皇俄国占领的伏尔加河下游及里海之滨。在那片人烟稀少的草原上，他们安置家园，休养生息，建立起游牧政权土尔扈特汗国。

好日子似乎并不长。140多年后，也就是18世纪60年代，他们又决心返回故土。主要原因是来自沙俄帝国的压力，迫使他们东归。民族大迁徙少有自觉自愿，都是迫不得已。公元1767年，在首领渥巴锡的领导下，决意东归。

他们激励自己东归的口号是：

到东方去，到太阳升起的地方去，寻找新的生活。

土尔扈特东归，令圣彼得堡的女皇叶卡捷琳娜二世感到了耻辱，她立即派出大批哥萨克骑兵，去围追堵截。所以，一路剿杀，一路血拼，意志坚硬如铁。踏着亲人的鲜血和同袍的尸骨，渥巴锡剑指长天：

我们宁死也不能回头！

土尔扈特人归来的消息在大清的朝廷中引起争论。乾隆果决：既然土尔扈特部前来归顺，就该接纳，而不能因为害怕发生事端而拒绝他们。在土尔扈特部刚刚到达伊犁时，俄罗斯就通过外交手段与清政府交涉，要求其不能接受土尔扈特部进入国境。乾隆决绝回复：

尔等若要追索伊等，可于俄罗斯境内追索之，我等绝不干预，然其已入我

界,则尔等不得任意于我界内追逐,若尔等不从我言,决然不成,必与尔等交战!

乾隆的血性让沙俄的追兵止步。

一路上,他们战胜了沙俄、哥萨克和哈萨克等军队的围追堵截,17万土尔扈特人离开伏尔加草原至伊犁,仅生以半计。渥巴锡因积劳成疾,于公元1775年病逝。临终叮嘱部族民众要勤于生产,安守本分,毋生事端。为了妥善安置归来者,清政府将巴音布鲁克、乌苏、科布多等地划给土尔扈特人作牧场,让他们安居乐业。

土尔扈特部回归的英雄壮举,创造了举世闻名的民族大迁徙的奇迹,震动了当时的中国与西方世界。正如爱尔兰作家德尼赛在《鞑靼人的反叛》一书中所说的:

从有最早的历史记录以来,没有一桩伟大的事业能像上个世纪后半期一个主要鞑靼民族跨越亚洲草原向东迁逃那样轰动于世,那样令人激动的了。

很多年前看过《东归英雄传》的电影,令人热血沸腾。那种回家的精神令人敬仰。最主要的是,当我面对博物馆里那个率领数十万族人不惜九死一生回归东土的首领渥巴锡时,我被震惊。我震惊的是渥巴锡的年龄,时年,他33岁。

唯青春,能传奇。

这也是罗布荒原上史诗般的人类壮举。

很有必要对鞑靼这一民族进行解释:

鞑靼人(Tatars),分为白色人种鞑靼和黄色人种鞑靼,白色人种鞑靼指的是操突厥语的民族(如塔塔尔族),黄色人种鞑靼指的是操蒙古语和通古斯语的民族。

鞑靼一词历史上最早见于唐代突厥文碑铭和某些汉文记载，指的是居住在蒙古高原东部的操突厥语的塔塔尔部，是当时的古波斯人东迁而来。

鲁院同学河南作家安庆曾在北大图书馆给我推荐一本小说《鞑靼人的沙漠》，作者是意大利人迪诺·布扎蒂，当代著名作家兼画家，战地记者。很有必要对这本小说进行简介：

九月的一天早上，年轻的乔瓦尼·德罗戈从城里出发，前往巴斯蒂亚尼城堡服役。这个俯瞰着北方荒凉沙漠的古堡早已被世人忽视，生活空虚乏味。满腔热情的他渴望能够尽快与鞑靼人作战，建立功勋，证明自己和城堡的价值。然而鞑靼人却一直了无踪影。在漫漫无期的苦苦等待中，德罗戈的意志和生命被消磨殆尽。而此时，鞑靼人的进攻开始了……

《鞑靼人的沙漠》确立了布扎蒂的文学地位，为他博得了"意大利的卡夫卡"之美名。这部描写"期待"的卡夫卡式作品，展现了梦想的冷酷破灭，折射出人生的无谓与凄凉。

这本书可以翻来覆去地阅读品味。

当我走进楼兰文化展厅的时候，我再次被罗布荒原的历史所震撼。

古楼兰王国的历史，我已在本书开篇的章节里做了书写。楼兰在丝绸之路上作为中国、波斯、印度、叙利亚和罗马帝国之间的中转贸易站，当时曾是世界上最开放、最繁华的地方之一。最后它却突然神秘消失，成为千古之谜。寻访楼兰古国文明，必须得吹去那漫漫黄沙。有幸能在博物馆里，详尽地探究这一支族群的神秘文化。

在这里，能直接与两千年前的罗布人面对面。这是我见过陈列人体标本最多的博物馆。楼兰遗址和小河墓地出土的8具成人和儿童干尸，无疑是镇馆之宝。其中一件女性干尸甚至比80年代出土的"楼兰美女"还年轻，状态更良好。

进入楼兰文化博物馆时，在墙面上看见一个貌如天仙的女子头像浮雕，浮雕依据馆藏女性干尸为原图复原。女性干尸高约一米六五，长发披肩，深眼窝、高鼻梁，戴着一顶插着羽毛的帽子。历经千年岁月，眼睫毛依然清晰可见，肤色潜血。该女尸于2004年出土，雅利安人种，因难产而死，腹中还有胎儿。

由此，必须说到楼兰的墓葬。

1979年冬，考古学家侯灿、王炳华等人在罗布泊以东发现一片古代墓葬群。墓葬群位于孔雀河北岸小沙丘上，东西宽约35米，南北长约45米，面积约1600平方米。墓葬非常典型独特，被命名为太阳墓葬。太阳墓葬分为两种形制。

一种是掘于沙土中的土坑墓，土坑墓东西两端各有一根直立的木桩，伸出地表。

木棺呈船形，无底、两端立挡木。

在木棺顶板的外侧覆盖着羊皮或放置簸箕状草编织物。

大部分木棺内只葬一人，死者仰身，头朝东方。

尸身裸体，用毛毡包裹，头上戴尖顶毡帽，帽上插有鸟翎羽，足穿皮鞋。在尸体脖颈、手腕、腰部有玉、骨质珠饰。在胸口上部置一小包碎麻黄枝，草编小篓里面盛少量麦粒或白色浆状物。

随葬品有木质或石质人像，还有木质的盆、碗、杯、兽角、锯齿形刻木等。

还有用毛毡严密包裹、保存完整的小孩尸体。

另一种形制是地表上排列着整齐的环形列木桩，围绕墓室构成7圈同心圆，木桩由内向外排列，粗细有序。圆环之外，有四向展开的放射状列木，形成五六米的放射线。

从高处看，墓葬结构颇似光芒四射的太阳镶嵌在高地之上。

墓葬地表有7圈规整的环列胡杨树桩，由内向外，粗细有序，最小内圈直径两米左右，似一个圆圆的太阳，人被埋于"太阳"中心。以环圈为中心，又有7圈粗大树桩呈放射状排列，井然有序，似太阳光芒，蔚为壮观。

太阳墓葬内的主人全部为男性。

他们的入葬姿势也都一律仰身，身体伸直，头向东、脚向西。

太阳墓葬源于人们对于太阳的崇拜。

《史记·匈奴列传》有匈奴单于早晨迎拜太阳的祭仪记载：

单于早朝于营，拜日之始生，夕拜月。

《通典》也证实了他们的太阳崇拜：

事天神、火神，每日出，祀神而后食，其跪一拜而止。

太阳崇拜是最原始的拜日观念，其形式来自于太阳图腾。在我国北方古代少数民族中，契丹为最。契丹人曾被称为"太阳契丹"。他们十分崇拜太阳，这源于对光明、温暖、生命与力量的崇拜与赞美，对黑暗、寒冷、死亡的恐惧。

船型棺木直接与水有关。罗布泊曾是一方水域，人们的日常生活就是划船捕鱼，当然死后也希望在另一个世界也摇桨而生。

楼兰墓葬很多与"7"有关。阿富汗曾发现"黄金之丘"，也刚好有7座穴墓，其中一座是无葬墓，只出土了6具男女尸体。那被认为是贵霜人早期王族墓地。

贵霜人，即大月氏。

月氏人最早游牧于河西走廊西部，张掖至敦煌一带，势力强大，为匈奴劲敌。后被匈奴击败，西迁中亚阿姆河流域，征服巴克特利亚，统治整个阿姆河、锡尔河流域，建立贵霜帝国。贵霜帝国存世有400多年，疆域从今日的塔吉克绵延至里海、阿富汗及印度河流域。巅峰时，帝国人口500万，士兵20多万，乃欧亚四大强国之一，与汉朝、罗马、安息并列。

"7"是吉祥数字崇拜，源于中国北方的少数民族。"7"现在依然是中国权贵崇拜的吉祥数，"7"谐音"起"，官员们睡梦中想的都是"起"。而民间崇拜"8"，"8"的谐音是"发"，老百姓做梦想的都是"发家发财"。

跟"小河公主"面对面，虽时隔几千年，但我依然能感觉到那干枯的面容背后有一束活的灵魂。那束灵魂对视着我，间隔几千年，彼此是陌生的。她像在解读我，解读她的未来人类，就像我在解读她，解读我们曾经的先人。说实话，这种解读是迷茫的，面对面的遥远和迷茫，是人类的恐惧。有时候，我都感觉美女眨巴着长长的睫毛，似乎要睁开眼来。

我连忙撇过目光，脊背一阵发凉。

转过身，我的目光又被那个小孩干尸所牵绊，想走也走不开。

那是一个不到周岁的孩子，蜷睡在毛毡的襁褓之中。虽安静，但不太安详。他的眼睛很明确地告诉我他对死亡的恐惧和对死亡的无助，虽然他的眼睛只是一只眼窝，而里边什么都没有。即使什么都没有，也依然能感觉到空洞里贮满了很坚硬的东西，那就是死亡。死亡能否回环再生谁也说不清楚，虽然我一直相信死亡只是一种生命形态的短暂注释。

包括我，也只是一种生命形态而已。

孔雀河的河水，早已从罗布泊断流。

在库尔勒，孔雀河依然穿城而过，河水汤汤，夜晚被两岸的霓虹点亮，波光粼粼，散发出迷眼的灿烂和辉煌。是的，一切都不会永恒，一座城池，一个城邦，或者一条河，都跟永恒无关。永恒，只能演绎为一个贪婪的词汇。

断流之后，楼兰古国消失，楼兰人成了干尸。

断流之后，罗布淖尔成了罗布荒原，荒原成了今生。

当然，荒原也是一种生命的形态，虽然这种形态叫死亡。我不能对罗布荒原加以水淋淋的修饰，它们的本质是另一种貌相。

意大利商人马可·波罗、俄国探险家普尔热瓦尔斯基、瑞典地理学家斯文·赫定、英国人斯坦因、法国人伯希和等都考察过罗布泊，并留下精彩的文字。当然我认为，在那些探险家名字里最绅士最贵族的只能是斯文·赫定。

斯文·赫定（1865年2月19日—1952年11月26日），瑞典人，世界著名探险家，他从16岁开始从事探险，因为探险终身未婚，与姐姐相依为命，走完他的人生之路。他的名字，在他的祖国，不但路人皆知，而且为人们所热爱崇敬，与诺贝尔有齐名之誉。

斯文·赫定一生几乎都在中亚和中国西北探险，他一生致力于给每一座山每一条河取一个温暖的名字。那是欧洲人地理大发现后的贵族遗风，他们对地理的探求乐此不疲。他们很多人都有所愿，一座山或者一条河，因为他们的命名而永恒。

不妨看看斯文·赫定一生在中国西北大荒原上行走的履痕。

1890年12月—1935年2月，先后5次进入中国。

1894年4—8月，数次攀登慕士塔格峰，达到6300米处。

1895年4月—5月，从西向东穿越塔克拉玛干沙漠。

1896年1月—2月，从南向北穿越塔克拉玛干沙漠，发现两处遗址。

1896年2月—4月，考察塔里木河，进抵罗布泊。

1896年7月—11月，上青藏高原，穿越可可西里和柴达木盆地。

1899年12月—1900年2月，从东向西南穿越塔克拉玛干沙漠。

1900年3月，考察罗布泊，3月28日发现楼兰古城。

1900年4月—5月，考察罗布泊，漂流塔里木河下流。

1900年7月—12月，进入藏北高原考察。

1901年1月—3月，考察罗布泊，挖掘楼兰遗址。

1901年5月—12月，考察了西藏广大地区。

1907年9月，考察神山冈仁波齐峰，发现恒河源头。

1934年4月—6月，考察罗布泊，助手考古学家贝格曼发现了小河墓地。

1934年10月—12月，考察新疆到敦煌的线路，并探查丝绸之路的线路。

斯文·赫定的考察专著有《在亚洲腹地八年》《丝绸之路》《我的探险生涯》《亚洲腹地旅行记》等。这些探险巨著里，详尽记述了他在中国西部的探险生涯，包括西藏、新疆、青海、内蒙古等无人区。他的探险绝不是以"寻宝"为目的，这与斯坦因有本质的区别。在《亚洲腹地探险八年》中他就一再表示绝不与各国的古董商人进行任何交易。当他路过敦煌，看到被劫掠得千疮百孔的莫高窟千佛洞时，他极其愤慨！

斯文·赫定更在乎探险者的荣誉。珍惜荣誉，是贵族和骑士的品质。

这与另一个游荡在中国西部的英国探险家似乎有所区别，那人就是斯坦因。

斯坦因原籍匈牙利，犹太人，1904年入英国籍。世界著名考古学家、艺术史家、语言学家、地理学家和探险家，国际敦煌学开山鼻祖之一。他是今天英国所藏敦煌与中亚文物的主要搜集者，也是最早的研究者与公布者。他的许多著作至今仍是敦煌吐鲁番学研究者的案边必备之书。曾经分别于1900—1901年、1906—1908年、1913—1916年、1930—1931年进行了四次中亚考察，考察重点是中国的新疆和甘肃。

敦煌和吐鲁番的文物成就了斯坦因，是他将敦煌文化传播到了欧洲，引起了世界轰动。当然，也是他，盗取了敦煌文物的精华，是不折不扣的"敦煌文物大盗"。斯坦因就这样复杂地存在着，就像硬币的两面，得看上帝愿意给你呈现哪一面。

斯坦因著名的考古巨著叫《在中亚古道上》，它一出版便被我国著名敦煌学家向达教授译成中文《斯坦因西域考古记》。长时间以来，我的案头就置放着这本厚厚的书。我打开很多次，但没有一次从头读到尾，多种原因，绝不是因为没有吸引力。因为一旦走进去，我就产生两种决然情绪：

一是被折服。在书里，洋溢着一种虔诚的宗教般的探索精神，还有贵族一般的舍我其谁的牺牲精神。也可以说，我的身上没有那种精神。他，在一百多年前中国西北的地理山河里感动着我，令我心生敬意。

二是被震怒。当然我刻意地仔细阅读了斯坦因在敦煌猎宝的日记，他是欣慰的，喜悦的，自豪的，甚至也是有功于世界有功于人类的，但于我，虽然也是一百多年后的今天，即便作为一个旅居敦煌的敦煌人，也深深地被伤害。伤害里，沉淀着一个民族的悲哀，流淌着一个民族的泪水。

对罗布荒原的历史清理，离不开斯文·赫定和斯坦因这两个人。

我觉得斯文·赫定更值得珍视，但我也分明觉得几千年的罗布荒原上，除了那些沉睡的楼兰人和依然在塔里木河水湾里捕鱼为生的罗布人，巍峨高大如同"冰山之父"一样令人仰望的背影，就是这两个欧洲人。他们一个是斯文·赫定,另一个是斯坦因。

斯文·赫定和斯坦因在中国北方百年前的天空里非常著名,不仅仅是中国的衙门官员熟知其名,就连荒原上的骆驼、飞鹰和野兔也知道,还有那些石窟、经卷和雕塑也知道,甚至那些用于发电报的电线杆子也知道。不用赘述,他们比中国人更了解更熟稔北方这片荒原。

那好吧,我就说说另外一个人。

那个人就是继斯文·赫定、斯坦因之后的探险家,伯希和。

伯希和是法国汉学家。曾就读于现代东方语言学院,从师于汉学家沙畹。

《伯希和西域探险日记》也经常放置在我的书案之上,曾有一段时间,我就在斯文·赫定、斯坦因和伯希和的探险日记里辗转。这本日记是耿昇翻译,2001年由云南人民出版社出版,中国藏学出版社于2014年再版。记叙的是他1906年至1908年在西域探险的经历。

1906—1908年,伯希和与测量师路易·瓦阳、摄影师努比埃尔一起,考察了新疆巴楚的托乎孜萨莱、库车的克孜尔石窟、库木吐喇石窟、都勒都尔阿乎尔、苏巴什,然后经乌鲁木齐前往敦煌,从敦煌藏经洞中攫取到大量的写本文书。伯希和以其丰富的知识,获得了大量具有很高学术价值的文献和文物材料,使得法国收藏的西域和敦煌的文献和文物成为此后百年来各方学者探讨的热点。

看看他初到敦煌的日记:

1908年2月12日

12时07分,我们到达了悬崖峭壁上开凿的千佛洞。在河水流出大山之后不足1公里的距离中,由于转弯的原因,河流于此处基本上是朝西向,而不是朝西南—东北流动。其主要的石窟均位于南岸。

从安西州通向敦煌的道路：

从安西州到瓜州口子，30公里。

再从那里到甜水井子，35公里。

在此二地之间，于距瓜州口子15公里处，便是芦草沟。

从那里到格达（疙瘩）井子，35公里。

从那里到新店子，15公里。

从那里到敦煌城，20公里。

流到千佛洞的水是从石包城流出的，也就是说要经由水峡或水峡口。

就在这条路的朝向上，伯希和去了阳关，路过了南湖。

阳关当然是他不可能忽视的伟大的地理坐标。

1908年6月1日

在距离沙枣园子北部河床有20多公里处，我们重新走了从敦煌到南湖的大道。刚刚经过40—50公里，我们便到达了南湖的绿洲。

我们首先到达阳关城，这座防御工事的遗址已进入载波科夫和罗波洛夫斯基的大地图中了。那里在绿洲周围还有几座吐拉，它们可能就是"烽燧"。阳关的城墙是长方形的，可能是200×300米，带有某些残损的墙壁，但这些古墙壁很厚，用生坯砌成。

在大道上，从此就有一条河几乎是平行流动，差不多一直到南湖。它首先流动于大路之南，然后又穿过大路并转向了北部。

在阳关城墙角落之一中，有一座近代的墓，其一面是由和尔赓额（敦煌地区道台）于乙巳年书写的"阳关"两字。该碑当时是由敦煌县令汪宗翰所立。

伯希和记叙的地名，至今敦煌地界仍在使用。那些散发着尘灰气息的地名，也许已经被当地人使用了千百年。地名与地名之间的里程，也相当准确。

有些地名能留用至今，说不定还是伯希和记录的功用。比如说，有个"东巴兔"的地名，他在日记中是这样记载的。

1908年2月13日

8时30分，在东巴兔。气压628；8时50分，我们位于106°处出发；9时03分，44°；9时36分便在沿岳家口子前进，到达了位于峡口处的耕农家中。我们继续沿184°前进。9时40分，95°；10时13分，76°；10时20分，上口子，长有树丛。大山的出口在119°。大山向西北方向绕了一个大弧形弯子，但其弯度很小。10时37分，我们涉过了自上口子152°处流来的河水，继续70°处前行。10时50分，62°；11时，28°；11时05分，45°；11时30分至11时35分，我们略作停歇；11时45分，30°；12时50分，在我们左手的西部1公里处，有三对野马。又从那里分出一条岔路，即我们的驮马于76°处所走的那条路。我们与波科夫经26°处继续向塔泉的方向前进，并于1时00分到达那里。

这种记叙精确到每个经纬度，精确到每分钟，而且不厌其烦，由此可见伯希和及一众探险家们严谨治学的态度。似乎给我一个指南针，寻着伯希和的日记，就可以一步不差地找到百年之前伯希和的脚印。在整本书里，几乎都是这样的前行记录，偶看是枯燥的，其实不然，那每一个数字背后，都是人类对大地的丈量，和对未知的激情憧憬。

这已经不是日记，这就是小说。

还有他对世俗生活的记录：

1908年2月16日

裁缝今天未来，领事的儿子也未来。但我见到了领事本人。他原籍为吐鲁番，约于15年前出发赴罗布，自两年以来在本处。他曾在罗布做领事，而不是在这里，因为这里没有穆斯林的领事。本处直到两年前，几乎没有穆斯林。从此之后，又有了30—40人，却仍然没有乡约。共有三个穆斯林家庭经商，两三个家庭狩猎牦牛和野马，其他家庭则在山中淘金。他们在喀尔穆克人中从事绵羊交易，那里的绵羊很便宜。去年，人们从这里向吐鲁番运去一万只绵羊。去年，一只山羊价值3.5个米斯喀勒，一只母绵羊价值7个米斯喀勒，一只公绵羊价值1个撒尔或一两白银零两个米斯喀勒。现今，一只山羊价值7个米斯喀勒，一只绵羊价值1两白银，一只公绵羊价值两个撒尔。所有这些价格均采集自深山中的喀尔穆克人。

从这段文字来看，似乎更像是小说。

因为我看的是翻译体，货币单位很陌生，可能是古西域的单位，但"一两白银"这样的称呼，确是大清乃至民国时期官方的货币单位。这里边世俗的生活气息很浓烈，谈到了官衙、领事、民族、家庭、职业、生产形式、商品交易，还有物价的通胀等，信息量巨大，且充满人间烟火。

就在这天的日记里，还有这样的记载：

阿尔金山、祁漫塔格山和阿尔喀山等山脉的名称（这后两座山都是人们从且末出发时经过的山脉，也是人们在那里淘金的山），与我们地图中所载的地名完全吻合。那名领事不知道尕斯淖尔、尕斯库勒湖，但他却知道阿尔金山以南的一条路，因为他曾从若羌前往台吉钠尔，并且在那里遇到过很多汉人，也是在若羌见到过斯坦因。

这里记叙的是地理。

这些山的名字，阿尔金和祁漫塔格，如今就是我生活的地方。

还有尕斯库勒湖，那是花土沟的母亲湖，也是我人生记忆里最深刻的一汪倒映着蓝天的水。对，还有台吉纳尔，也就是今天的台吉乃尔，在涩北气田，很少有人知道，它确实是昆仑山下乌图美仁草原里的一个咸水湖。所以，在伯希和这段地理记叙里，每一个地名都有我生活的气息和温度。

好了，不再引述伯希和的地理日记了。总之，他和斯文·赫定，还有斯坦因，他们是真正的伟大的地理学家，他们不但用赤脚行走和丈量每一寸大地，还为每一个地理标点标注了经纬度和里程，并绘制成图。至于那些从游牧者或者是商人或者官衙领事的嘴里得来的地名，他们都以当地的语言进行记录，无论是蒙古语、突厥语，还是匈奴语，或者吐火罗语，最终成为我们今天使用的大地之名。

这些地理考察者，丰碑一样永远耸立在中国北方的大地之上。

站在荒原每一个地标之上，我向他们脱帽致敬。

我戴上帽子，兀的一座金光闪闪的大山，就横亘在我的视野。

这座山，名叫阿尔金。

按照汉语的理解，它是一座藏满金子的大山。其实，阿尔金在蒙古语的意思是有柏树的山。如此质朴真实的称谓，将我几十年来对阿尔金诗意的理解击打得粉碎。我只能一再地告诫自己，不要过多地自以为是。但对于阿尔金，我还是愿意给予它诗意和浪漫，它是一座藏满金子的大山。

关键是，事实也是如此。

抛开百度词条，阿尔金又确实是一座藏满金子的大山。曾在20世纪八九十年代，亲眼所见来自甘肃、青海、陕西、四川等地的淘金者们，每年数以百万计涌进西部大山——昆仑、祁连、阿尔金，用生命换取一个金光闪闪的梦想。有人梦想成真，但更多的人九死一生，能捡起一条命逃出大山已是万幸。金子的光泽，不会垂青每一个梦想者。

为此，我曾专门写过一个中篇小说，名字就叫《阿尔金》。至今我都认为那是我中篇里最硬核的一篇。我对朋友说,假若买彩票中得百万,我愿意拿出来投拍我的《阿尔金》,并偷渡出去参评外国奖。当然,这只是一个妄想而已,实则,那是我对一座大山的隐喻和象征。它是献给人类的。

回到地理的叙述中来。

阿尔金这座金光闪闪的大山,不仅是我从敦煌盆地跨越到柴达木盆地的必经之关隘,而且它跟祁连山首尾相连,只以一个高山垭口为界。在那个名叫"当金山"的垭口,人们习惯性对柴达木和敦煌进行前后张望,而我总是习惯性将祁连和阿尔金左右打量。这不仅仅是习惯,因为展臂相握的是中国北方最著名的两座大山。这在中国任何一个地方都不再有。我也一直觉得,山是大地的骨,荒原里假若没有一座山,那将是多么的荒芜。

阿尔金山是青海和新疆共有的一条山脉。

东端绵延至青海、甘肃两省界上,为塔里木盆地和柴达木盆地的界山。平均高度3000—4000米,西段较高,最高峰6161米。有小型冰川发育,若羌河、米兰河等发源于此,但水量不大;山麓的若羌、米兰等绿洲面积很小。气候干旱,植被贫乏,无常年有水河流。阿尔金山东接祁连山,两山之间的当金山口为柴达木盆地与河西走廊之间的交通要道,有公路通过,也有铁路从敦煌到格尔木在此交通。

1985年3月,阿尔金山成为国家级自然保护区,面积4.5万平方公里,是中国国内第三大自然保护区。由于保护区周围被高山隔阻,气候寒冷缺氧,人迹罕至,保留着以藏羚羊、野牦牛、藏野驴三大高原有蹄类野生动物为主要种群、保存完好的原始高原生态类型。

1987年,国家在这里建立了野生动物保护区。发现野生动物359种,高寒植物267种,国家一类保护动物12种,国家二类保护动物17种。保护区里生息着野骆驼、野驴、野牛、盘羊、藏原羚、藏羚羊、斑头雁、黑颈鹤、雪豹等珍禽异兽50多种，其中属国家级保护的珍稀野生动物多达15万余头。

因为偏僻，这些动物们所以幸运而生。

因为偏僻，这里是罗布荒原上广袤的无人区。

西藏之北的荒原，是由藏北无人区、可可西里无人区、阿尔金无人区、昆仑山无人区所并联。这四个无人区连片在一起，构成了世界上独有的超级无人荒原。也因为少有人烟和人为的破坏，无人区是野生动植物的天堂，风景优美令人惊叹，因此成为探险者的乐园。

在这荒原里留存有一个坚强的孤独的背影，名字叫杨柳松。

这位70年代生人，兼作家、旅行家、探险家于一身的杨柳松，被誉为新中国有史以来最强大的驴友，一位疯狂的自然探索者。他2009年初入羌塘，其后几年便一直以它为生活圆心，先后4次徒步穿越，单车自驾超过3万公里。2010年历时77天，他独身穿越羌塘无人区，最后抵达阿尔金无人区的花土沟。他将一路穿越写成《北方的空地》，后被改编为电影，名叫《七十七天》。

一个人在荒原的最深处，记录着反复无常的大自然，也记录着内心的孤独。

他说：

那时，以我对羌塘浅薄的了解，并没有闯进土豪晚宴的喜悦，而只是，对这片荒原，对身处大自然中的我，都充满了难以言喻的敬意。

面对荒原，人是匍匐在地的尘埃，不是征服，也不是超越，而是将自己恰切地融入每一片雪花，每一次风暴，每一次与鹰的擦肩而过和每一次与狼的不期而遇。那种感觉就是荒野的感觉，也是生命的感觉。只有独自置入其中，你才会发现人类所谓的伟大，都不值一提。

在大自然面前，跪拜，是所有生命最真实的形态。

荒原，从来不缺心跳的声音。

罗布荒原的地理延伸，似乎可以抵达更远。

这样说来，若羌古城也属于罗布荒原的范畴。

若羌古城距离楼兰，也只有200多公里。从花土沟西去，翻越阿尔金山，经依吞布拉克、巴什库尔干、红柳沟、墩里克、三十六团驻地，就到了今若羌，全程350公里。这条路叫国道315。实话说，路况很烂。路修好了，大车又非常多，全是由内地进南疆的物资。当然，要是越野车，这条路的刺激感还是相当到位的。

千年之前，丝绸之路在河西走廊受到阻隔转走青海道，那些载着丝绸、茶叶、瓷器、珠宝、黄金、香料的中世纪之前的特快专递们，驼峰逶迤，马蹄嘚嘚，走的就是从兰州到西宁，绕青海湖畔过来进入柴达木盆地，穿尕斯库勒湖，翻越阿尔金山，进入若羌。

进入若羌，就进入了丝绸之路西域之南线。

车马云集在若羌古城，歇脚之后，继续出发。绕昆仑山北沿，切塔克拉玛干沙漠南沿，穿且末、民丰、于阗、和田、墨玉、皮山、叶城、莎车，一鼓作气到疏勒、喀什，就进入了帕米尔高原，升至葱岭之巅。

喀什是一处很重要的驿站，无论自西向东去，还是自东向西来，它的位置都相当于敦煌，是一处集结再分装的口岸。从敦煌出发，丝绸走三路，南线、北线和北新线，但最后都在喀什照面。在喀什，丝绸与丝绸握手，瓷器与瓷器碰面，黄金与黄金联欢，彼此一番打躬作揖之后，再各走各的道，各找各的归宿。但无论怎么样，从东方西去的商贩们，他们都要在葱岭之上顶天行走，到了塔什库尔干，那个著名的石头城，再分道扬镳。

站在帕米尔高原之上的石头城，伸臂可触包括喜马拉雅山脉、喀喇昆仑山脉、昆仑山脉、天山山脉、兴都库什山脉五大山脉。大山云集，自生壮观。

站在石头城，在那里就看见了阿富汗、巴基斯坦、印度，也看见了撒马尔罕、德黑兰、伊斯坦布尔，甚至雅典、威尼斯、罗马。

也就是说，站在葱岭之上，就看见了整个世界。

古人对这片能看见整个世界的高地用想象力做了非凡的表达。

《山海经·大荒西经》：

西北海之外，大荒之隅，有山而不合，名曰不周。

不，表否定；周，周全、完整；山，高于地平面的自然隆起。不周山，就是不完整的山。这山一有名字，就不完整。共工氏怒触不周山，怒触的时候，这山就叫不周了。

古人的思想相当智慧，且表述含蓄准确。

想起来，如今这样的释义似乎过于浪漫主义，一点也不匹配古丝绸之路的十万艰险和十万泪水。但时间就是过滤器，它将很多丰富的细节和缠绵的柔情都毫不客气地过滤掉了，剩下的就是冷却坚硬的数字和被岁月风蚀的城堡。

就像此时，我站在罗布荒原之西，这个叫若羌小县城的街道上，面对古丝绸之路的繁盛和辉煌，脚下镶满大理石地砖的街道，整洁华丽但也单调、落寞。这是西域南疆跟很多小县城别无二致的模样，它承载的是现代社会的治理体系，集结的是曾经散居在河湾或者胡杨林深处的人类，他们依然做着几千年前祖先们做的事儿，耕种、稼穑、牧放、捕鱼、收获、储存。将金色的粮食碾磨、搅拌、揉捏、摔打、成形，用牛粪或者红柳的炭火烧烤、蒸煮，那些像太阳的馕饼和散发着强烈气息的韭菜羊肉包子，跟千年之前祖先的生活一个味道。

只是,时间已经间隔千年。

千年之隔,但世界并无多大变化。

丝绸,不再是西方皇宫贵族们垂涎的奢侈品。虽然,丝绸的色调和手感在现代纺织技术下更加精细,也更加富丽堂皇,肌肤的饱和度也会更加鲜活。但,丝绸作为一个国家的GDP,作为一个东方民族内在的性格特色,已经消散远去。

空旷,是脚下这个古西域城邦之国的气质。

若羌的维吾尔语为卡克里克,卡克里克的原词是卡克库都克,是四口井的意思。

若羌,西汉为西域婼羌、楼兰(鄯善)国地。光绪二十五年(1899年),置卡克里克县丞。光绪二十九年(1903年),改置婼羌县(属新平县)。自此,县名沿用至今。1958年汉字简化后,1959年经国务院批准,将"婼羌"改为"若羌"。

若羌,原为"婼羌",古属国名,为古西域三十六国之一。

历史上,若羌一直被匈奴、吐蕃、回鹘、蒙古族所统治,当然还有大汉。作为一个国家,它独立存世时间并不长,也就是一百多年。因此可以看出,小国难存。当然,这样的变奏,也是西域三十六古国的正常样式。在筑墙为国的城邦时代,一个国家的命运总是不停地被弯刀利箭改写。至于臣民,他们从来都不在乎城墙上今天谁在降旗、明天谁在升旗。反正,他们都是奴,他们一直都没有想过翻身做主人。

据中国著名考古学家黄文弼的《罗布淖尔考古记》说:

"婼羌"是部落名称,"羌"是族名,"婼羌"是由古代羌人的一个部落名称而形成的地名。

这么说来，现在岷江江畔，高守横断山的半山腰，筑寨为营的以"羊"为图腾的羌人，就是从远古的北方大漠逃窜而至。这是一个漫长的民族迁移史，考证其足迹已经不是我笔力所及。但我宁愿他们依然以独特的形式存在于伟大的地理河山之中。

在这片土地上居住过的人，除了羌人，还有塞种人、月氏人、匈奴人、罗布人、吐蕃人、突厥人、回鹘人。张骞出使西域后，西汉政府应鄯善王尉屠耆的请求，派一司马领兵在鄯善国伊循城（今若羌县米兰）屯田，汉族人开始移居若羌。随着丝绸贸易的发展，又来了从中亚过来的粟特人、波斯人等。后来还有哈萨克族人、乌孜别克族商人到此定居。近些年来，又有回族和东乡族安居于此。

多民族聚居，在西域三十六国并不少见。

若羌的红枣非常有名，又名灰枣。据说，若羌还能产水稻，这种南方的水生作物居然能在大漠深处生根发芽，实在令人讶异。不过，面对雪域昆仑，水的故事一切皆有可能。在若羌境内，居然有十几条著名的河流：

若羌河。瓦石峡河。塔什萨依河。米兰河。塔特勒克布拉克河。车尔臣河。塔里木河。孔雀河。玉苏普阿勒克河。阿提阿特坎河。依协克帕提河。色斯克亚河。阿其克库勒河。喀夏克勒克河。

顺着车尔臣河一路向西约200公里，就是且末古城。

且末位于塔里木盆地东南缘，阿尔金山北麓。东与若羌县交界，西与民丰相邻，南与西藏接壤，北部伸入塔克拉玛干大沙漠，与尉犁、沙雅县相望。

张骞出使西域，第一次将且末情况带回内地。唐时，玄奘自印度取经回国经且末，并对且末有过记载。且末跟左邻民丰、右舍若羌一样，都是古西域三十六小国。它们的成长，得看天时；它们的生存，得看人和。

且末古城早已被黄尘深埋，那是两千多年的尘沙，扔能捂住千年的秘密。

且末古城，位于且末县城西南约6公里的老车尔臣河岸台地上，遗址地表沙化无植被。于诸多原因，且末古城如楼兰、尼雅古城一样，成为世人神往和渴求的探险地，不同的是，且末古城却鲜为人知。

据史料记载，曾经有3万多楼兰人为了躲避战乱逃到且末，后来且末古城没有了，那些楼兰人自此也杳无音信。公元644年，玄奘在《大唐西域记》中记载，途经且末时，已是人去楼空。

《汉书·西域传》记载：

且末国、小宛国地。位于鄯善国以西720里，精绝国以东2000里。

北魏时期的高僧宋云在《宋云行记》中记载：

从鄯善西行1640里，至且末城。

城中居民可有百家，土地无雨，决水种麦，未耕而田。

125年后，当玄奘到达时，且末古城已人去楼空，但古城建筑保存完好。

如今，古城遗址已难觅其踪，连同那古城里的居民，彻底消逝于罗布荒原之上。且末古城，已经成为荒原的一部分，成为荒原的一道传说。

我曾在且末做过停留，那是十几年前，跟随一支筑路大军进驻且末地界。

从敦煌出发，走哈密、吐鲁番，从库尔勒南下横穿沙漠公路，经塔中走省道233，交割国道315折西，过安迪尔农场，到达一个不知名的小村庄，天已昏黑。先期到达的队伍有30多人，他们被临时安置在一处城堡一样的废墟里。天黑，没有参照物，只觉得四野一片苍茫，有野兔奔窜，也有荒原狼在干号。早晨起床细看，居然是一处被废弃的羊圈，脚底下是一层干硬的羊粪球。

间隔十多公里有一小镇，名叫库木卡克勒克，二三十户人家散落在315国道两旁，车轮碾过，尘土飞扬。一家供销社招待所被包下做了项目指挥部。晚上睡在床上，只觉得周身瘙痒，天亮时有人说有虫子，一抖被子，滚落出一串串白色的软体动物，吓得赶紧脱去棉衣、毛衣、内衣内裤，一阵猛抖，果然抖出不少这类生物。

我们赶紧撤离到民丰，坐飞机去库尔勒。

蜻蜓大小的飞机破破烂烂，飞机蒙皮上的铆钉都快要脱落的样子。眼睛一闭，上了飞机，穿越在塔克拉玛干大沙漠的上空也不想睁开。等叮叮当当一阵拖拉机似的颠簸之后再睁开眼，终于回到人间。

那时对摄影发烧，借公家机器和胶卷，练过不少手，然而似乎一张中意的也没有。2011年决意告别敦煌时，我将上千张照片和几百个胶卷统统付之一炬。是真的决意和一个时代告别，否则如何下得了手。在办公楼房后头的一只铁皮垃圾桶里，整整烧了一个多小时才将一段岁月化成灰烬，火焰烤得人脸通红，泛起两眼泪花。

突然，在那些照片中我看见几张少数民族孩童的照片，大约三岁模样，大脑袋，皮肤白得透亮，深蓝的眼窝里瓦蓝雪峰一样的眼仁，蜜糖一般地对着我的镜头欢笑。我突然记忆起，那是库木卡克勒克小镇一家馕饼店的孩子。大人们都不跟我说话，把我当作公路上的灰尘扬过，就这孩子没有胆怯，只要见我过去，就对着镜头甜蜜地笑着。当时是想寄照片回去的，只可惜没有留下地址。我将孩子的照片抽出，它至今仍在我的相册里。

想来，那孩子也已经十七八岁了。

这个长度的时间，足以改变掉他的容颜。

当大水干涸之后，罗布淖尔最终成为罗布荒原。

罗布荒原水岸那曾经宛若星辰的城邦，统统埋没于黄沙之下，成为坚实的大地。继存下来的，历经千年的风霜，也已经改变了容颜。这是时间的硬度，也是时间的锋利。

从卫星照片上看，罗布泊已经成为一只巨大的耳朵状的地貌。在它的腹地核心，层层叠叠堆积了很多传说，最靠近我们耳边的是彭加木和余纯顺，他们俩增添了罗布荒原的鬼魅色彩。我也曾被一支探险家队伍邀约去走一趟大海道，要不是对生命的过度纠结，我会赴约。

最终没去。没去有一个好处，那就是罗布荒原永远在我的联想里，在我的梦境里。我就守着那只"大耳朵"，回听罗布荒原十年、百年、千年乃至上亿年飞旋而来的声音。

我听到的，是天语。

向度昆仑：玉意王朝的决然西顾

张骞出使，西望万里

也许就是多看了一眼，便跟一块石头产生了眷恋

丝绸、茶叶、瓷器作价黄金、珠宝、香料

柔软的丝绸与坚硬的黄金结义

目光朝西，大道通天

马蹄裹银，丝绸镶边

多少个王朝西顾，多少代英豪固疆

自西汉到东汉，自唐朝到康乾

多少文人折柳渭水岸边，故人西去出阳关

僵卧孤村不自哀，尚思为国戍轮台

万里长云暗雪山

杯酒斩楼兰

北方的狼族驰骋于马，弯刀如镰

霍去病的马鞭呼啸，破空如箭

坐北朝南的王朝从来没有忘记自己的根脉向度

长安西望,枕戈待旦

玫瑰开放于黑血的土壤,石榴在鲜红中抱团

玉意西顾,马蹄如兰

西域诸国，各有君长，兵众分弱，无所统一，虽属匈奴，不相亲附。匈奴能得其马畜旃罽，而不能统率与之进退。与汉隔绝，道里又远，得之不为益，弃之不为损。盛德在我，无取于彼。故自建武以来，西域思汉威德，咸乐内属。唯其小邑鄯善、车师，界迫匈奴，尚为所拘。而其大国莎车、于阗之属，数遣使置质于汉，愿请属都护。圣上远览古今，因时之宜，縻不绝，辞而未许。虽大禹之序西戎，周公之让白雉，太宗之却走马，义兼之矣，亦何以尚兹！

——《西域传·上》

出民丰，往西——

去105公里，于田。

去300公里，和田。

去475公里，皮山。

去560公里，叶城。

去630公里，莎车。

于田、和田、皮山、叶城、莎车，这是丝绸之路南线重要的地理节点。其中于田，就是于阗，西域古国名。和田，旧称和阗，系古代尉迟部落名，紧邻姑墨，姑墨国即西域古国名。皮山，西域古国。叶城，西域古国名。莎车，西域古国名。

在如今315国道线，不到600公里的地段上，就串联着6个古西域国家。当然，在筑墙为城、圈城为国的朝代，这些国家的寿命都不长。而一个国家的寿命又都取决于国力。国力就是政治、军事、经济、科技和文化的总和。在那个年代，决定其命运的往往是军事。军事又以经济为支撑，没有经济实力就难以雄养一支所向披靡的军队。而军队又来自人口，没有人口做红利，又很难振兴经济。这就印证了古代原始社会，或者奴隶社会，包括封建社会，自然科学还没有被充分激发的朝代，谁拥有了人口，谁就能称王。这也就是耳熟能详的"人多力量大"的来由。

很可惜的是，这些西域古国，无一例外地早已消失于昆仑山下塔里木盆地的茫茫沙漠。

但是也很有必要再次对这些古国进行检索：

民丰：

西汉为精绝、戎卢国地，属西域都护府。东汉，并入鄯善国，隶西域长史管辖。唐，隶毗沙都督府，称尼壤。清，隶于阗县。

于田：

古称扜弥国，西域三十六国之一。东汉时期，扜弥国衰落，于阗国逐渐强大，到了三国时，扜弥国被于阗国吞并，从此退出历史舞台。于宋咸平四年（1001年）哈拉汗王朝攻占于阗国，于阗成了哈拉汗王朝的一部分。从13世纪下半叶至17世纪，和田、于田一带又归属蒙古察合台系所统治。

和田：

公前242年建立于阗国。曹魏咸熙二年(265年)，于阗属西域长史管辖。隋仁寿四年(604年)，归服隋王朝。景德三年(1006年)，归喀喇汗王朝。光绪九年(1883年)，置和阗直隶州。

姑墨：

《汉书·姑墨国传》载："姑墨国，王治南城。去长安八千一百五十里，户三千五百，口二万四千五百，胜兵四千五百人。姑墨侯、辅国侯、都尉、左右将、左右骑君各一人，译长二人。"汉代先后属西域都护和西域长使。三国时属魏，东汉以后归附龟兹。唐朝又设姑墨州，属于龟兹都护府的一大重镇。

皮山：

约三世纪前，皮山国为西域三十六国之一，东汉时被于阗国所吞并，后来又复立。三国时为皮穴国，北魏时为蒲山国。《西域图志》作"皮什南"，皮什南急读则为皮山。《钦定皇舆西域图志》作"皮什雅"。西周，隋唐皆属于阗。

叶城：

叶城西汉为西域三十六国之一的西夜国。东汉分属西夜国与子和国。唐为朱俱波州。北宋时属喀喇汗王朝，南宋属西辽。元为察合台后王封地。明代属叶尔羌。清光绪九年设叶城县，县治叶尔羌回城（今莎车），叶城即叶尔羌城的简称。

莎车：

西域三十六国之一的莎车国。三国、北魏时称渠莎，属疏勒。隋、唐、北宋时属于阗，南宋属西辽。元代为察合台后王封地。明朝时期属东察合台汗国。清称叶尔羌。光绪九年置莎车直隶州，州治莎车，辖叶城。

这一路城池，都依附着一座大山去，名叫昆仑。

这座大山，是地球隆起的背脊，也是地球的雄性图腾。

当然，更重要的，昆仑成了华夏民族文化根脉和人文思想的发源地。没有哪个民族有华夏一族这么青睐昆仑、懂得昆仑、迷恋昆仑。昆仑既是他们的灵肉，也是他们的根魂。

在民丰西去莎车的几百公里路途上，有两条中国历史上最著名的河流，喀拉喀什河、玉龙喀什河。一条发源于喀喇昆仑山，一条发源于昆仑山。大河出高山，这也是颠扑不破的地理逻辑。除此之外，这两条河还有着另外的质地。

明史载有：

于阗，其国有白玉河，西有绿玉河，又西有黑玉河，源皆出昆仑山，国人夜视月光盛处，入水采之，必得美玉。

也就是说，很久以前，人们在月亮满盈的夜晚，透过月光就可以发现河水中晶莹的玉石之光，下河捡拾就可以了。其中喀拉喀什河，又名墨玉河，又称墨玉之家。玉龙喀什河，产白玉，就是所谓的羊脂玉，被称为白玉之河。这两条盛着宝石的河流，足以支撑起丝绸之路南缘线高贵的气质和华丽的气象。

玉，在中国文化中属于朝堂，属于皇权，至高无上。象征着一个国家的安定、繁荣、和谐和幸福。这种"如玉"的内在气调，匹配了儒家文化的内在指向，也是一个个王朝面向世界的精神面相。也可以说，华夏民族几千年的王朝，就是镶满了"玉意"的王朝。

玉的功能大致如此：巫玉——王玉——民玉。

巫玉，是指我国史前时期由巫占卜用于事神的玉器。正如中国文物学会玉器研究会会长杨伯达先生所言：

在长达6000余年之久的史前时期，巫觋不仅以玉事神，还预知祸福，形成"巫·玉·神"的神本主义统治模式：纳部众于神权统治之下，众庶唯神之从。

巫玉到王玉的转变，是神权的递进。杨伯达先生说：

巫觋统治集团掌握了世俗社会的神权、族权、军权以及政治大权。

其中的大巫均被后世史家美化为帝王，"三皇五帝"就是帝王化的神巫。

巫觋集团内部掌握军事大权的大巫推翻了掌握神权的神巫的统治，自称为"天子"，升堂入室，坐上王权宝座，建立了第一个王国——夏朝。

王制定"瑞玉"，以玉体现王权第一、神权居其次、神权服从王权的理念和规范。

由此可见，玉在中国社会早期具有至高无上的象征意味。以"玉"喻"德"，也是中国朝堂几千年对"仁政"的物化标志。孔子曰：

夫昔者，君子比德于玉焉。

《诗》云：

言念君子，温其如玉。

后来民富，催生了庶民玉器。文人文化和世俗文化的勃兴催生了庶民玉器的出现，大约在宋代民玉出现于城镇，并打破了王玉的垄断。从此，双轨制的玉文化各自发展。直到清帝宣统逊位，标志封建制度寿终正寝，长达4000余年的王玉宣告结束，民玉时代蓬勃而至。

玉，本就是一种石头。《说文解字》释玉为：

石之美者，玉也。

《辞海》则将玉简化地定义为：

温润而有光泽的美石。

但这种美丽的石头一度因为色泽、质地、加之稀罕而被珍视的时候，这种石头就不再是石头，而是一种承载有很多文化和美学意义的象征物。就东方的玉文化和西方的黄金文化类比，玉和黄金并非具有可比性，皆因被权力阶级看中并赋予某种神圣性后，它们这些矿物质便得了道，便飞了天。

玉是矿石中比较高贵的一种。玉石富含多种微量元素，如锌、铁、铜、锰、镁、钴、硒、铬、钛、锂、钙、钾、钠等。玉之润可消除浮躁之心，玉之色可愉悦烦闷之心，玉之纯可净化污浊之心。所以君子爱玉，希望在玉身上寻天然之灵气。玉乃石之美者，色阳性润质纯为上品。

西域和田玉尊为上品之前，中国大地还有河南独山玉、辽宁的岫岩玉、陕西的蓝田玉，它们被称为中国四大美玉。和田玉，实为昆仑玉，与格尔木昆仑山的玉为同一玉种。和田玉以籽料著名，昆仑玉为山料，质地也有千差万别。中国2008年北京奥运会的奖牌"金包玉"，就是昆仑玉走向全国乃至全世界的一次光辉亮相。之后，昆仑玉走向千家万户，开启了民玉的黄金时期。

上品和田玉为羊脂玉。

羊脂玉顾名思义就是犹如羊脂一样的玉石。

其特点就是细腻、光亮、温润，状如凝脂。

那么成玉的条件又是什么呢？

在2亿多年前的古生代晚期的石炭纪晚期至二叠纪晚期，一次世界性的地壳运动发生了，被称为"华力西运动"。华力西晚期，在塔里木大陆的南缘，古陆块的陆缘地块和活动带中间地块中有强烈的断裂活动和岩浆活动，沿断裂带有中酸性侵入岩侵入白云石大理岩。简单地说，如此几大因素必不可少：岩浆作用、沉积作用、变质作用、构造作用、天体坠落物。

成千上万年的大自然的作用，成就了这种不一般的石头。

这种石头令一个东方民族魂牵梦绕，令一个王朝极目西顾。

中国的夏朝开启了对"玉"的神性崇拜，也就是巫玉的开端。巫，代表着最高的智慧和思想，它建立人与天地万物，人与宇宙自然的通道。人类的启蒙时代，无不对巫俯首称臣。

从中国史前文明的考古发掘，再至奴隶社会、封建社会的皇室大墓的开启，都发现玉这种神性之物占据了他们的墓穴。当然，商代的君王们做了情感转移，青铜器的出现，让先帝们的语录可以铭文而载千古。中国的文字，最大规模的书篇，自龟壳始，自青铜兴，到竹简昌，到纸媒盛。目前的电子书是另一个时代。

商代以后，便开始了对和田玉大规模的开采，它逐渐成为大汉王朝的护身符。

君子以玉比德，君子必佩玉，君子无故，玉不去身。

回到西域的河床，玉龙喀什河波光粼粼。它的水源来自万山之祖，伟大的昆仑山。玉龙喀什河流入塔里木盆地后，与喀拉喀什河汇合成和阗河，河流长325公里，有不少支流，流域面积1.45万平方公里，河里盛产白玉、青玉和墨玉，自古以来是和阗出玉的主要河流。

玉石中最珍贵的是籽料。籽料子玉，指原生矿剥蚀被流水搬运到河流中的玉石。它分布于河床及两侧阶地中，玉石裸露地表或埋于地下。子玉的特点是块度较小，常为卵形，表面光滑。经达几千年的搬运、冲刷及筛选，使得子玉质量上乘。在河流下游的子玉有各种颜色，白玉籽料，青白玉籽料，墨玉籽料，碧玉籽料，黄玉籽料。

人们拣玉主要在中游。

上游因地势险恶，很难到达。黑山地区是籽玉发源地之一，此地发现白玉后，人们冒险前往。黑山，古称喀朗圭塔克，其山是昆仑山主峰之一，高峰达7562米，群山峻巅，冰雪盖地。产玉地点为阿格居改山谷，此为玉龙喀什河支流之一，距喀什塔什乡里山大队约30公里，部分河段冰积物广布，山坡崩塌，巨砾遍布，只能徒步到达。雪线以上冰川遍布，海拔高5000米以上。冰川的冰舌前缘部位，因冰川下移至雪线附近逐渐融化，运气好的话，可以发现自上源携带的和田玉砾。

冰川不断裂解崩落，漂砾与冰块奔泻而下，故在冰河也能找到美玉。河床里每天有一次洪水，洪水把巨大的冰块沿河冲向下方，这些冰块及冰层融化后就露出玉砾，这就是玉龙喀什河中籽玉的主要来源之一。玉龙喀什河离和田市不远。在河的上游50公里出白色籽玉，带皮籽玉一般产在河的下游。当山洪过后，当地人常到河中捡玉。捡玉主要是在河的中游，上下游因地势险恶，很难到达。

这是自古以来玉龙河岸边捡玉人的状况。

还原千百年来捡玉人的现状是困难的，但可以猜想千百年来，人们以比较简陋的工具进行掏挖美玉，更多的是靠运气。也就是有人传说一锹下去就是百万富翁，那也是有可能的。在铲车、挖掘机、推土机等内燃机车作为强大的生产工具的当代，大量雄厚的资本进入捡玉行业，这个行当便发生了天翻地覆的变化。

当汽车从玉龙喀什河穿过的时候，便可以看见偌大的一条河已经不成河的样子。机器轰鸣，河床被机器手臂深挖细掏，大坑套小坑，满目疮痍，不忍直视。深埋地下几米几十米的石头，都被翻挖出来，面朝苍天。无数双手和无数双眼睛，像X光一样的过滤，大如斗小如卵，甚至像瓜子一样大小的石子，都被精确地筛选。可以说，几千年来的开采都不及当今几年的开采。这种竭泽而渔的开采，让一条河很快就会改名换姓。

从玉龙喀什河走过，心情是复杂的。当然也完全没有必要为一座山一条河感伤，因为一座山一条河见证的岁月多了。自人类走出小树林，走出山洞，用宽大的树叶遮羞，刀耕火种，它们把什么都看在眼里。见证着人类一步一步走向文明，建立自己的秩序和规则，并为一座山一条河的归属打得头破血流、你死我活。看到财富的拥有者们锦衣玉食，霸占着黄金、白银、珍珠和美玉，它们也见怪不怪。这一切都交给时间去吧，将一颗乱石改造成美玉，需要成千上万年，而以一座山的年龄，这都是弹指一挥间，更何况一个王朝，一代人，在大山大河的眼里，确实什么都不是。

昆仑山是不语的，它只赐玉以人类。《史记·大宛传》中记载：

汉使穷河源，河源出于寘，其山多玉石，采来，天子案古图书，名河所出山曰昆仑云。

汉武帝根据张骞的见闻，就把和田河的源头山脉命名昆仑山。《山海经》（大荒西经）中关于昆仑山的记载：西海之南，流沙之滨，赤水之后，黑水之前，有大山，名曰昆仑之丘。有神，人面虎身，有文有尾，皆白，处之。其下有弱水之渊环之，其外有炎火之山，投物辄然。有人戴胜，虎齿，有豹尾，穴处，名曰西王母。此山万物尽有。

此山万物尽有。《山海经》（海内西经）还有这样的记载：海内昆仑之虚，在西北，帝之下都。昆仑之虚，方八百里，高万仞。上有木禾，长五寻，大五围。而有九井，以玉为槛。面有九门，门有开明兽守之，百神之所在。在八隅之岩，赤水之际，非仁羿莫能上冈之岩。

这里很明确地谈到昆仑之玉，但仅仅有玉的记载不是一个完整的昆仑山。

《淮南子》这样说：昆仑虚上有大稻子，约有四五丈粗，在它的西边有珠树、玉树、璇树、不死树，还有凤凰和鸾鸟（凤凰和鸾鸟头挂蛇，足下踏着蛇，胸腹前挂着蛇），沙棠树和琅玕树在它的东边，它的南边有绛树、雕鸟、蝮蛇、六首蛟、视肉（聚肉形如牛肝，有两目，食之无尽，寻之更生如故），北边有碧树、瑶树、文玉树（生长一种五彩斑斓的美玉，非常漂亮）。

不死树上结的果实人吃了可以不死，琅玕树上生长美玉，是凤凰和鸾鸟的食物。

昆仑虚高一万一千一百一十四步二尺六寸，山又叠叠重重的有九层。

可以看出那个年代的昆仑山还是一座植物王国，有水稻，很高大，若树。有神鸟。玉也是长在树上的。当今青海地理版上的"玉树"是否因此有瓜葛呢，先按下不表。总之，昆仑这个万神之山，物产丰富，确确实实令人仰慕向往。

时间到了公元2018年的秋天，当我从玉龙河边走过，我只能以当代人最忧郁的目光眺望远处大山昆仑的容颜。它静穆、无语，在天际线之上露出洁白的头冠。我也以当代人的羞愧向它祈祷，请它原谅。这个世界财富的分配已经经历了数十个朝代，也不管哪个朝代坐王多长时间，最终，该交出的东西他们统统都得交出，并且以最血腥、最残忍的方式。而这种方式自有人类以来，还无法避开，几千年来都大同小异。

人类最后告别世界，只能两手空空。至于美玉，它们只是在这个世上被交换、被留恋、被流转。谁都不是它的主人，相反，它才是人类的见证者和主宰者。

所以，昆仑无语，它在众神之上。

史书已经明确地告诉黄河岸边的人们，那个遥远的昆仑山下，有一条盛产美玉的河。其实在这之前的几千年里，先祖们早已发现了这种美丽的石头和这种石头的美丽，它们早已出现在几千年前的墓葬中，以龙蛇以虎豹等模样神性存在。最后，它完全以权力形式被王朝拥有，独一无二。

这里，不得不说到玉门关。

粗略算来，玉门关的存在已经两千多年。

玉门关，始置于汉武帝开通西域道路、设置河西四郡之时，因西域输入玉石时取道于此而得名。汉时为通往西域各地的门户，故址在今甘肃敦煌西北小方盘城。元鼎或元封中(前116年—前105年)修筑酒泉至玉门关之间的长城，玉门关当随之设立。

这样说来，丝绸之路西域之南道，也是一条玉道。

事实也证明，玉门关就是大汉王朝因张骞西域之行后设立的关隘，主因是西域输入大汉王朝的美玉要取道于此，也就是说，玉门关就是因玉设置的海关。当玉作为"王玉"存在的时代，民间资本家是无权拥有的。那种玉玺、玉佩、玉雕，只能是朝堂上权力和身份的象征。

普天之下，玉权独尊。民间资本家自然不敢与王争利。

目光向远，投向那被屏蔽了的幽深的历史巷道，分明可以看见：

西域的波斯人和粟特人，早已练就了火眼金睛，用眼力估价，在成堆成山的石头里挑出上等货，然后打包成箱，架于骆驼的双肩，一声鞭哨，千里加急，取丝绸之路南道，过大小城邦之国的边防，再走流沙瀚海，翻越阿尔金山，克天灾人祸，九死一生，人困驼乏，终于到了大汉的边关玉门关——

安检。

交换。

玉石向东。

丝绸向西。

那些有着漂亮胡须和灰褐眼球的波斯人或者粟特人，他们会到玉门关外的龙勒古城，或者是敦煌古城，找个酒肆安慰一下自己的身体和欲望。二斤牛肉，一壶好酒，再招来几个汉族小妹，捏捏腿，捶捶腰，听听小曲儿，快乐快乐，再将丝绸、茶叶和瓷器驮回去。

再穿流沙瀚海。

再克天灾人祸。

再九死一生。

他们将丝绸瓷器这种大汉王朝珍贵物件，贩卖给西域大小城邦，或者远走帕米尔过葱岭直达地中海岸边，或欧洲大地的石头城堡，越远越好，越远越贵，最终让东方的一片树叶（茶叶）、一把泥土（瓷器）和一只虫子的蛋白质（蚕丝）成为西方王族的独特奢华的拥有。

想想，这世界高级的玩意也并不多高级，但人类就为那些并不多高级的玩意怒发冲冠，刺刀见红，你死我活。人类总是在笑话里书写传奇，并自以为是地因此被进化而走向未来。

玉门关，一个王朝玉石交易的关口，兴盛繁华。有时候因为战争，丝绸之路河西道被关闭了，玉门关也被关闭了，但商贸依然在进行。没有什么能够阻挡民间的物质交换。那些从西而来的美玉和珠宝，翻过阿尔金山之后就横穿柴达木盆地，绕青海湖，过西宁到兰州，最终抵达汉室黄河岸边的朝堂。或者干脆从玉龙河出来改走丝绸之路北道，溯孔雀河上游，走库尔勒、吐鲁番，过八百里流沙，散走东方。

只要王权需要，天下就没有被堵塞的道路。丝绸南道铺满运载玉石的驼蹄和车轮，那也是一个国家王权和财富的见证。也因此，和田美玉，这种人类世界里最优秀的石头，牵挂了多少朝廷的目光。为了保障玉道畅通，多少个王朝的目光极力西顾。

从汉武大帝，到唐宗宋祖，到康乾盛世。

从江湖之远，到庙堂之高，到皇族威严。

一块石头，铺满一条黄尘大道，成了千百年来人们目光里最重的戏份。

亲自见证过，十万乃至百万之众的淘金大军挺进西域。

那是20世纪80年代末期和90年代初期，西部兴起淘金热。西部的淘金并非只出现在这个时代，远古时期，当人们发现黄金等高档矿藏的稀有和珍贵之后，向大山攫取财富的行动就一直没有停止过。是的，闪闪的黄金和晶莹的美玉，是人间财富最直接的代名词，几乎很少有人能抵挡得住那种矿物质的诱惑。

也是在丝绸之路南道上，从敦煌翻越金山，过柴达木盆地到花土沟，进入阿尔金荒原和昆仑山无人区，他们在花土沟兵分两路，一路进昆仑山，一路去玉龙河。虽然殊途，但目的一致，那就是上山淘金，下河挖玉。

我那时刚参加工作，长年固守在花土沟。

春夏之交，某一个早晨，突然发现在花土沟沟口的一块空地上，出现了手扶式拖拉机。拖拉机"嗵嗵嗵"吐着黑色的烟圈，瞬间就将花土沟瓦蓝的天空变了颜色。拖拉机上密密匝匝坠着反穿羊皮大袄的淘金客，像一只只呆头呆脑的绵羊，穿黑色棉袄的淘金客，则像一只只煤球。他们的脸庞被高原的阳光晒得黢黑，活像黑铁雕塑。他们翻身下地，掘地扎营。瞬间，空地上就扎满了白色的帐篷。垒灶，架锅，烧饭，黑烟冲天。

第一天，有十来顶帐篷。

第二天，就有百来顶帐篷。

不到一个星期，满花土沟就扎满了朵朵白云。那些宛若绵羊和煤球一样的淘金客，横咧咧四处闲逛，腰间别着尺长的刀子，刀子上闪着羊油的光泽。他们或者在街楞楞上坐一排，五六个，七八个，目光飘移地盯着路过的穿高跟鞋的女人。那个女人瞬间脚步就乱了套，走出一步，中轴线就偏了，再走出一步，脚就挪不动了。第三步，扭头便跑，惹得那一排绵羊或者煤球哈哈大笑。笑毕，再等下一个。

无形之中，感觉到恐怖，别说女人，就是男人也不敢夜里去歌厅卡厅，早早洗洗睡吧。

于是，也便听到关于他们的生死传说。比如说，他们是暗藏了武器的，刀子随身带，还有手枪、小口径步枪、AK47，甚至还有小钢炮、手雷。这些武器是用来抢地盘的。抢地盘就是抢金子。

在金子面前，自古以来都是你死我活，我死你活。也有听说某个金老板，一夜之间就身价千万，几辈子不愁吃喝。还会听说某老板在花土沟某个歌厅，一撒手就是一百张老人头，把一个歌厅的小姐都包了。也有另外的版本，反正都是枪、女人和黄金的故事，不新鲜，但很刺激。

那时候年轻，听到这样的故事总是浑身荷尔蒙洋溢。

突然某天深夜，一声霹雳震天响，紧接着又是一串小爆炸。早晨起来一看，朵朵白云没有了，人去场地空，像被施了魔术一般。后来有消息灵通者说，是武警深夜出手了，将近十万之众的淘金客连夜赶走了。也有人说，是某个倒霉鬼，做饭引爆了煤气罐，煤气罐爆炸又引燃了一筐子手雷，炸死了十来个。昏天黑地，以为是武警扔炸弹了，都连夜奔逃而去。究竟哪个版本是正版，多年来都无从考证。

对那个时期进昆仑山和阿尔金乃至远赴玉龙河淘金挖玉的现象，青海军队作家在《黄金场》里是这样记叙的：

中国西部。赤地千里，沟壑纵横，伤痕累累。

肆虐的漠风横空扫过。昆仑山和祁连山在默默地对峙着，在冷色调的巨大背景下，在飞沙弥漫、青石遍地的河滩里，到处都是聚集如蚁的采金者扎下的各色帐篷。满脸脏黑的淘金砂娃们出没其间，迎送着日出日落、大漠风尘。我站在斜阳下的红金台上。

这里，刚刚发生了一场大规模的流血的械斗，飘散的硝烟还没有完全散去。

在陡崖峥嵘的山坡上，随处都是丢弃的零乱的杂物、炸碎的军用水壶、塑料桶、断了把的铁锹，以及成堆成堆浸染着大片血迹的面袋。而一幅显然是用红绸被面改做的指挥旗，还斜挂在战壕的掩体上。

这就是当时为了争夺地盘最司空见惯的场面。

这场面在人类几千年的掘金行动中也司空见惯。

比如喀拉喀什河，自古以来不仅出产珍贵的和田玉，而且在这条河流中人们还发现了金沙、钻石和水晶石等宝藏。在河下游的第四纪冲积河带河流中，自古以来就是和田著名的金沙采洗区，出产珍贵的沙金。位于昆仑山区的于阗，曾经有4个金矿，每年产出的黄金几乎成为当朝军费开支的全部来源。在喀拉喀什河上游海拔4000多米的河谷地带发现有大金场，那里遗留着2000多个金洞，坟墓也是一座挨着一座。

人为财死鸟为食亡，似乎已经成为颠扑不破的诅咒。

一块美玉的诞生，实在不易。因此热爱美玉的中国人又给一块小小的石头赋予很多人文意义，比如玉德。

玉德是玉文化中伦理道德方面的领域。玉德提出于奴隶社会后期的春秋时代，到了独尊儒术的汉代，成为玉文化在封建社会条件下发展的精神支柱，给玉文化注入新的血液，使其永葆青春。"君子比德于玉""君子必佩玉""无事玉不去身"，以玉德约束君子的社会行为。

玉德有五德、九德、十一德之说。

许慎《说文解字》称：仁、义、智、勇、洁。

仁：润泽以温，仁之方也；

义：理自外，可以知中，义之方也；

智：其声舒扬尊以远闻，智之方也；

勇：不折不挠，勇之方也；

洁：锐廉而不忮，洁之方也。

此五德，既指玉，又指人。高标准，严要求，语义双关。

玉是中国传统文化的一个重要组成部分，以玉为中心载体的玉文化，不仅深深影响了古代中国人的思想观念，更成为中国文化不可缺少的一部分。玉文化包含着"宁为玉碎"的爱国民族气节、"化干戈为玉帛"的团结友爱风尚、"润泽以温"的无私奉献品德、"瑕不掩瑜"的清正廉洁气魄。

所以，传说中是轩辕黄帝最早统一了中国，黄帝时代已建立了圭玉制度。

《拾遗记·轩辕黄帝》中记载：

诏使百辟群臣受德教者，先列圭玉于兰蒲席上，燃沈榆之香，春杂宝为屑，以沈榆之胶和之为泥以涂地，分别尊卑华戎之位也。

唐尧是圣德之主，传说他得到了一块雕刻着"天地之形"的玉版，说明唐尧圣世，功绩卓著，与其得玉版受天意有关；夏禹治水，奏万古奇功，皆因他得到"蛇身之神"传授玉简。所有这些描述将玉的神格化作用与世系英雄紧密地联系在一起，强烈地表现了古人对玉的狂热情绪。

春秋战国就有"六瑞"的使用规定。就是六种不同地位的官员使用六种不同的玉器，即：

王执镇圭。公执桓圭。侯执信圭。伯执躬圭。子执谷璧。男执蒲璧。

从秦朝开始，皇帝采用以玉为玺的制度，一直沿袭到清朝。

中学语文课本有一篇古文《和氏璧》。这篇文章讲的故事是，楚国有一位慧眼识玉的人名叫卞和，一日在山谷内发现了一片质地不同的美玉，花费十年时间将玉璞发掘出土。他要把玉璞献给楚王以为国效力，但由于庸才误国和昏君短见，不仅没有献成宝玉，还被两代楚王分别施以酷刑。但他刚强不屈，坚韧不拔，最终使楚文王接受玉璞，命名为和氏璧，藏于宫中。这篇文章是对玉的赞美，同时也是以玉喻人，对人格精神的赞美。

玉在中国封建社会是地位和精神人格的象征，《三字经》也有"玉不琢，不成器；人不学，不知义"之说。也就是说，玉成器必须要雕琢。那么玉又能造成什么器呢？

古代玉器：在距今八千年的新石器时代早期，先民将其磨之为兵，琢之以佩，民用玉方式已经延至美身、祭祀、瑞符、殓葬等生活的诸多方面。圆形中空的玉璧，是先民升天通灵的祭器；外方内圆的玉琮作为礼地之器。

夏商时期：东部沿海的制玉工艺与西部新疆的和阗玉相得益彰，这一时期的玉戈、玉钺、玉璋、玉刀，显示出高超的开料技术和精细的雕工。商代晚期的玉器，包括礼器、仪仗、工具、用具、佩饰、艺术品等，双线阴刻的夸张洗练与自然天成的俏色手法，将中国上古玉作推向鼎盛。

两周时期：随着社会礼制的日臻完善，玉器不仅是贵族在进行祭祀、朝聘、征伐、宴享、婚配、丧葬等活动的国家重器，如圭、璋、璧、琮等。同时人们将玉的贞洁无瑕比喻君子之美德，作为美好事物与人格的参照物，玉之概念已经远远超出自然属性。

两汉时期：王室尚玉之甚。玉衣、玉九窍塞、玉晗、玉握等，是汉代王公贵族特有的葬具。玉衣的使用根据等级不同，有金缕、银缕、铜缕、丝缕之分。乞求神灵的保佑、祓除不祥的辟邪用玉大量出现，如玉刚牟、玉翁仲等。

隋唐时期：盛世开明，经济繁荣，丝路畅通。玉雕艺术由衰转盛。唐玉受西域文化和佛教艺术影响，呈现出新的面貌。唐人玉带板上多饰"蕃人进宝""伎乐人"形象。玉飞天则是最早的佛教玉雕。

宋元以后：社会出现了规模可观的玉雕市场和官办玉肆，开后代世俗陈设玩赏之玉先。

明清时期：玉雕艺术走向了新的高峰。玉器遍及生活的方方面面。工艺性、装饰性增强，鬼斧神工，匠心独运，集历代玉雕之大成。

直到皇帝被赶出了紫禁城，两千多年的封建帝制被推翻，玉，这个与皇宫贵族攀亲结缘了几千年的美丽石头终于可以洗净铅华，回归人间，回到石头的本来状态。贵族玩得，商贾也玩得，百姓也玩得。祭神祀鬼用得，把玩休闲也要得。它不再神秘，更加具体。

敦煌收藏家张保国先生的园子里，住进了一个来自上海的玉雕大师沐白先生。沐白先生面善、随和、清瘦，表情里没有多少杂质，很透彻。他的爱人也是，静雅之姿。初一见面，握手，咯吱一下，以为握上了一片魔石。抬起他的手掌一看，满手掌都是皴裂的口子。

我说：咦，怎么了？

沐白先生一迟疑，道：手艺活。

我说：不仅仅是手艺，这是一双诞生艺术灵魂的手。

沐白先生呵呵一笑。

我看过卢先生的工作室，满屋子都是玉器。特别是佛像的雕刻，无论是造型，还是精致的打磨工艺，都已经到了上乘之境。那些观音、如来、飞天的面相，在他已经皴裂如渔网的手掌里显露出原形，脱石而出，栩栩如生，令人叹为观止。

沐白先生说，他喜欢敦煌。他将自己的玉雕工作室搬到敦煌来，主要是寻找创作灵感。将一块玉雕刻成器，将一块石头造型成物，让美玉显形，是他的创作。他曾带来几个年轻人一道来沙漠里，那些年轻人今天一个借口，明天一个理由，不知不觉全跑掉了。他不能跑。他也不愿意跑。他觉得敦煌是他捕捉灵感的福地，在莫高窟千佛洞，在榆林窟，在西域的大小佛龛佛洞里，他特异的灵感被激发，都成为他石头上的形象。

敦煌激发了他的灵感，他用灵感激活了美丽的石头。

当然可以猜想，在几千年来的玉文化发展及演变的长河里，多少玉匠在作坊磨石成器，多少雕刻大师将精美的石头赋予人类的思想。他们留下了几千年的文化瑰宝。他们随同玉文化的衍生而永垂不朽。

卢先生，在春天的园子里，笑容干净而透彻。

雕玉者，玉如其人。

玉与文学，更是盐与食物的搭配，彼此激发。

屈原在《九歌》中感慨：

瑶席兮玉瑱，盍将把兮琼芳。

《左传·襄公十五年》记述，大意是：

有人送给子罕一块宝玉，并说这是经过玉工鉴定过的，绝对是宝玉，我今天特意献给您。

而子罕却正气凛然地说：此玉虽是宝，但我以不贪为宝。遂坚辞不受。

元明时期杂剧《玉梳记》描写的是顾、荆二人相爱两年，情投意合，但此时荆楚臣的金钱用尽，遭鸨母羞辱，并被逐出。顾玉香鼓励荆楚臣赴京应试，考取功名，临别时，玉香将珍爱玉梳折作两半，二人各持一半作为信物。荆楚臣走后，玉香相思忧烦，茶饭少进，闭门拒客。后来玉香逃出妓院，赶往京都去寻找荆楚臣，途中遭富商柳茂英拦截，持刀相逼。正好赶上楚臣状元及第，正赴任路过，便将玉香救出并与之相认。顾、荆二人团聚，将玉梳令银匠用金镶就永存留念。

明代剧作家高濂的《玉簪记》里也有这样关于玉的美丽故事，说的是南宋书生潘必正在临安应试落第，到金陵女贞观探访身为观主的姑母。大家闺秀陈妙常因避靖康之难，投至观中为女道士。在琴声和诗才的催发下，潘、陈二人互通情愫，成其好事。观主察觉，遂逼侄儿再赴科考，并亲自送其登舟起行。陈妙常急忙雇舟追赶恋人，两人在江上互赠玉簪和鸳鸯扇为信物。后潘必正考中得官，与陈妙常结为夫妻。

明代著名戏曲作家汤显祖所作的《紫钗记》也是用女主人公所佩戴的紫玉金钗向人们讲述了一个曲折而美好的爱情故事。这些都是以玉为信物的爱情故事，虽然都不乏套路，但都是以玉喻爱，坚贞不渝，予人美好。

其实，印象深刻的与玉有关的文学作品更应该是《红楼梦》。

《红楼梦》是一部著名的与玉关系密切的著作。《红楼梦》原名叫《石头记》。小说中的两个主人公，一个是阆苑仙葩，一个是美玉无瑕，就是林黛玉和贾宝玉。以"玉"为线索，曹雪芹先生展开对封建体制里玉文化的探究。

也有专家说，曹雪芹借用天地造化的说教来塑造人物形象，借一块通灵宝玉，让吉祥的玉石来象征主人公的温柔富贵。最后又用完全相反的结局来说明其纯属无稽，它既不能保住贾府世袭的荣华，也不能保住封建王朝的百年筵席。作者巧妙地运用了玉文化中关于玉石起源的理论，创作了一个从顽石到宝玉再到顽石的梦幻，使之贯穿于全书的情节之中，实际上是对传统玉论的彻底批判和无情嘲讽。

这可能是中国文学里对玉的诠释达到极致的样本。

可见一块小小的石头，在中华文化的几千年的发展中，曾被植入多少相思泪，负载了多少离别愁，演绎了多少皇宫争斗，见证了多少江山轮流坐，恩怨似水流。

一块石头，它就是一块石头；而一块石头，已经不再是一块石头。

2018年的秋天，我穿行在塔里木盆地的南沿线上，自东向西。

沙漠在我右，昆仑在我左。我在315国道上纵驰，被内燃机车牵动飞速向前。我清楚地知道脚下的大道，曾经是西域大地千年以来丝绸之南道，在这条道上，掩埋了多少关于丝绸的血案，埋葬了多少关于美玉的杀戮。当然，它也承载了几千年一个东方民族执意西顾的目光，那就是彩绸与黄金相遇，东方民族的柔性与西部民族的豪放相遇，惬意而美好。

丝绸之路，与玉石之路，在千里昆仑山下延绵。

这是两种文化的缠绵,也是两种智慧的糅合。

夕阳投射在喀拉喀什河。我从车窗看见没有汤汤大水的河床里,有埋头弯腰在一堆卵石里的人影。毫无例外,那就是捡玉人。那些石头被几千年的先祖们翻弄过,可以说每一块石头上都有祖祖辈辈财富探索者的手纹。但这也阻挡不了人们再次翻弄,也依然阻挡不了后人的再次检索,因为一块石头里藏匿的财富,令朝朝代代的人们魂牵梦绕。得玉者,得财富。这是一个很实在的道理。但石头永在,只是在不同人手中流转,谁也不曾真正拥有。

有了,散了;

散了,又有了;

最终,又散了。

美玉,是昆仑赋予人间永恒的瑰宝,而人类却是短暂的过客。

夕阳西沉,暮色降临。采玉人带着欣喜,也带着失望,当然也带着疲惫离开了大河之床。这是一天的结束,他们经过短暂休息,将在新的太阳升起之后,再次来到这片河床,专注而又辛劳地采掘。一天复一天,一年复一年。大人老了,老人死去,而他们的子孙还将会周而复始,一直这样采掘下去……

我真不应该这样去思考离我最近的同类。

我应该回到正常的轨道上来,比如,前方——

过了莎车,就是喀什。

西域客栈：我在喀什等着你归来

喀什噶尔与敦煌对视

是丝绸之路跨越三千里西域长路的等量守望

从敦煌出发，绸分三道

一条丝绸穿过三十六国的关隘、哨卡和城防

在喀什噶尔古城的大巴扎再次碰面

早已尘满面，泪如霜

西去还有万里路，欧洲城堡里的贵妇们早已望眼欲穿

丝绸是为她们量身定做的欲望

在喀什噶尔古城迷宫般的小径里，阳光一闪

仿佛瞥见和卓族女子伊帕尔罕的婀娜身影

三百五十年前

一条丝绸诱惑了她逆向东方

她用迷乱的体香俘获了东方皇宫里那柄最高的权杖

宠幸的姑娘

化解了西域连三月的烽火狼烟

一个女人飘香的身体

胜过一万圣令,十万雄兵,百万银两

香妃墓里的空棺,固化了当今很多人的猜想

三百五十年之后的一个洒满阳光的早晨

在喀什噶尔古城,阔孜其亚贝希巷

盛开着一盆太阳花

在西域客栈"与非我共"的阳台上

疏勒国，王治疏勒城，去长安九千三百五十里。户千五百一十，口万八千六百四十七，胜兵二千人。疏勒侯、击胡侯、辅国侯、都尉、左右将、左右骑君、左右译长各一人。东至都护治所二千二百一十里，南至莎车五百六十里。有市列，西当大月氏、大宛、康居道也。

——《西域传·上》

中国诗人沈苇在《新疆词典》之《喀什噶尔》词条中有这样闪光的句子：

尽管现代性和新的焦虑已给喀什噶尔抹上了一层异样的色彩，但她的骨子里依然珍藏着古老的个性。是她缓缓流淌的时光中安宁和停顿的部分挽留了我们，使我们流连忘返，唏嘘不已，并在当代生活迷雾重重、焦虑万分的一路狂奔中找到了镇静和喘息的机会。

喀什噶尔古城，阔纳代瓦扎路。

一座三层的城堡式建筑物。墙面上镶嵌满砖雕的花纹。

原木色调的大门上，悬挂着一块木牌。木牌上汉维双语：西域客栈。

客栈三楼，一间同样厚重原木的房门。房门上同样汉维双语：与非我共。

房间一扇雕花的窗。窗台上摆放着一只兴致勃然的花盆。花盆里盛开着蓬勃的太阳花。

这是来自2018年初秋的一个古城暗示：等你归来！

按照《西域传》的索引，喀什即古西域三十六国之疏勒国。

疏勒国就是今喀什。喀什也叫喀什噶尔，其语源有突厥语、古伊斯兰语、波斯语等融演而成，含意有"各色砖房""玉石集中之地""初创"等不同的解释。

当然，更接近本真的释义是：各色的砖房。

苍茫时空的指针调拨到2018年9月26日。

别无二致的阳光照耀在喀什噶尔古城的大街小巷。那些历经千年阳光烤晒的生土建筑物泛着泥黄的坚实的光泽。那光泽不仅仅是对阳光忠贞热爱的情感反射，更是泥土历经千年风霜之后生命的硬度。也可以说，那些建筑物泛着古老的生命的光辉，像一口气活到眼前的千年老人，令人心生敬意，并被岁月之光所迷乱。

这是一座令人迷乱的古城，在中国大地，甚至全地球，也是难以再寻其二的土垒古城。相信地球上还有别样的生土建筑的古城，或者时间也不相上下，但可以肯定地说，它们绝对没有喀什噶尔古城这般依然还保持如此鲜活的容颜。这种鲜活度，足已击溃世界上任何一座跃跃欲试的古城。它们，在喀什噶尔面前只能甘拜下风。

著名电影《追风筝的人》在这里取过镜头。

对这部享誉世界的小说和电影作品，完全可以多几句注释。

《追风筝的人》作者是卡勒德·胡赛尼，他1965年生于阿富汗斯坦首都喀布尔市，后随父亲迁往美国。胡赛尼毕业于加州大学圣地亚哥医学系，现居加州。他的文学理想是：

立志拂去蒙在阿富汗斯坦普通民众面孔上的尘灰，将背后灵魂的悸动展示给世人。

这是卡勒德·胡赛尼第一部小说。2003年出版后连续两年位列《纽约时报》畅销书榜首，在美国销量超过700万册，全球销量超过2000万册，已经被翻译成42种语言。

小说《追风筝的人》讲述了两个阿富汗少年关于友谊、亲情、背叛、救赎的故事。小说不仅表达了对战争的控诉、还对阿富汗种族问题和宗教问题有深刻的反映。2006年，因其作品巨大的国际影响力，胡赛尼获得联合国人道主义奖，并受邀担任联合国难民署亲善大使。

很显然，"风筝"是一种隐喻。隐喻了主人公在历经各种挫折、磨难后通过自身的不懈努力和内心的坦诚，抚平了心灵的创伤，最终得以顿悟，人性得以成熟的过程。

童年时期：风筝隐喻自由、自责、期盼父爱的生活状态。

少年时期：风筝隐喻了自私、懦弱、背叛的人性特征。

不惑之年：风筝象征着心灵上的救赎。

《华盛顿邮报》评论道：极为动人的作品……没有虚矫赘文，没有无病呻吟，只有精练的篇章……细腻勾勒家庭与友谊、背叛与救赎，无须图表与诠释就能打动并启发吾人。作者描写缓慢沉静的痛苦尤其出色。

《芝加哥论坛报》评：《追风筝的人》最伟大的力量之一是对阿富汗斯坦人与阿富汗斯坦文化的悲悯描绘。作者以温暖、令人欣羡的亲密笔触描写阿富汗斯坦和人民，一部生动且易读的作品。

《科克斯书评》评：缠绕着背叛与赎罪的小说以阿富汗斯坦近代的悲剧为骨架，不仅仅是一个关于成长或移民的辛酸故事，作者把这两个元素都融入得之不易的个人救赎宏景之中。所有的这些，加上丰富的阿富汗斯坦文化风情：魅力难挡。

用如此长的篇幅注释《追风筝的人》并不突兀，因为要知道在喀什噶尔，葱岭之上毗邻最近的国度就是如今的阿富汗。

稍微关注当今世界局势的人都知道，阿富汗是动荡的代名词。

记忆里靠得最近的战争就是苏联的阿富汗之战，十年战争拖垮了苏联。还有就是"9·11"之后美国发动的阿富汗反恐战，那种典型的地道战与卫星战相结合的战争，也令山姆大叔疲惫不堪。可以说，在那片遍布贫穷和尖利乱石的土地上，打仗真不是一件好玩的游戏。

战争是政治无法调和的产物，而经济是唯一可以抚慰战争伤痕的膏药。

比如两千多年前的丝绸之路，从长安出来，经过千里河西大走廊，到了敦煌；从敦煌得看天时地利人和，不得已择选南、北、北新道中任意一条不太平安的大道，走到喀什噶尔，就上了葱岭，葱岭向西，第一站就是今天的阿富汗。

阿富汗是丝绸之路绕也绕不过去的要道。

比如著名的瓦罕走廊，是阿富汗巴达赫尚省至中国新疆的呈东西向的狭长地带，位于帕米尔高原南端和兴都库什山脉北东段之间的一个山谷。那是古丝绸之路的一部分，也是华夏文明与印度文明交流的重要通道。

大唐高僧玄奘，从这条走廊走过。

东晋高僧法显，从这条走廊走过。

佛经汉译创始人安息，从这条走廊走过。

这条瓦罕走廊，又称阿富汗走廊、瓦罕帕米尔，西起阿姆河上游的喷赤河及其支流帕米尔河，东接新疆塔什库尔干塔吉克自治县。整个走廊东西长约300公里，南北最窄处仅15公里，最宽处约75公里。中阿两国在狭长的瓦罕走廊东端相毗邻，边界线只有92.45公里。

瓦罕走廊历史上曾为中国领土。1895年英国和俄国划定的英俄隔离带、缓冲区，送给阿富汗。该领土及帕米尔高原本来是清朝的，面对英俄划界事件，清朝政府向英、俄进行了抗议和交涉。历史上因贫积弱的中国被外国欺负割让的土地，也并非这么一点点。当然，这不是本书所要交代的内容。

知彼知己，我们可以了解一下这个近邻古阿富汗。

公元前6世纪，居鲁士大帝远征阿富汗时并入波斯。

公元前329年，并入其亚历山大帝国。

公元前250年，建立巴克特里亚王朝。中国史籍称大夏、吐火罗等。

前2世纪上半叶，原驻于河西走廊的大月氏人被匈奴人所败，遂西迁至阿姆河流域，征服大夏，将中亚地区的希腊人逐向印度西北部。

公元1世纪时，大月氏人贵霜部族统一诸部，建立强大的贵霜王国，其盛时西起咸海、东至葱岭，横跨中亚和印度次大陆的西北部。

3世纪后渐衰，分裂为若干小国。5世纪上半叶，被从北方袭来的𠮷哒人所灭。𠮷哒人系阿尔泰山的游牧民族，曾臣属于柔然。

567年左右，波斯人与西突厥联合击灭𠮷哒人，以阿姆河为界瓜分其领土。

627年，西突厥在吐火罗建立了突厥人王朝。唐军灭西突厥后，吐火罗的突厥王朝向唐称臣，唐置月氏都督府于此。

8世纪初，阿拉伯人进入控制了吐火罗，中亚地区逐渐伊斯兰化。此后经过长达四五百年的族杀和王朝更替，到1220年蒙古人灭花剌子模，阿富汗相继为蒙古汗国等政权统治。

16世纪后，又转入波斯人手中。

1747年，阿富汗乘波斯衰落之际，独立。

并在18、19世纪先后三次击败英国的入侵。

时至今日，阿富汗因其民风彪悍，宗教意识强烈，反抗精神坚韧，依然是战争的火药桶。征服与被征服，占领与反抗，自由与统治，使得这片原本就不富庶的土地多灾多难。在这样的土地上，产生《追风筝的人》所期盼的自由向往，并不奇怪。

民族的苦难会浇灌出伟大的文学作品。

从古丝绸之路来说，那些锦绣的丝绸们走在这片土地上也是胆战心惊。但是，经济绝对是战争的抚慰良药，一条柔软的丝绸足以让满身创伤的民族获得温暖并因此安静。正如今天的一带一路，循着古丝绸之路的大道，东方民族越过葱岭，依然与葱岭之外的民族，及臂拥抱。在硝烟缭绕的枪管插上鲜艳的玫瑰，在裸露的伤口上缠上丝绸的绷带，民族大同，共祈平安，这是东方民族自古以来休养生息的良方。

也是人类历史上四大古文明从未断代的东方帝国的宽柔胸怀。

所以，喀什噶尔是三大宗教（基督教、伊斯兰教、佛教），四大文明（古巴比伦、古埃及、古印度和中国）的交汇处。在今天也有"五口通八国，一路连欧亚"的美谈。时间停留在今日的喀什，其独特鲜亮的个性和面容，依然能使人感受到多文化、多民族杂糅的奇异和瑰丽，令人惊叹和膜拜。

从建筑上说，喀什有着独特的欧洲古典建筑风格和西域民族特色。

伊斯兰教的建筑艺术，精雕细镂的墙面，图案迥异的窗棂，鲜明的民族特色，融合了汉唐、古罗马遗风和维吾尔民族现代生活的特点。特别是已有2100多年历史的喀什噶尔古城，被称为丝绸之路上唯一活着的千年古城，是世界上最大的生土建筑群。城内街道纵横交错、曲径通幽、布局灵活多变，土木砖木结构的建筑大多有上百年的历史，是中国唯一的以伊斯兰文化为特色的迷宫式城市街区。

街道两侧，栽种了桃、杏、梨、葡萄、无花果、石榴、玫瑰、月季、夹竹桃。

爬山虎的藤蔓在初秋逐渐泛红，发育良好的枝叶铺满一面又一面土墙。土墙上的门和窗，用泥砖切割、打磨出来的几何图案，拼叠镶嵌出了典型的伊斯兰图案。那种图案是民族的，也是世界的；那种图案是历史的，也是现代的；那种图案是写实的，也是抽象的；那种图案来自生活的，也是灵魂深处的。

在这座令人着迷的古城里，很有必要对生土建筑进行探秘。

何为"生土"。因文就义，生土就是未经人为侵扰的原生土，称之生土。经过人为涉入，开发之后的土，即为熟土。生土指的是自然界经过若干万年的沉积，自然形成的原生土壤，也叫死土、净土，它颜色均匀、结构细密，质地紧凑、纯净。熟土是经过人类翻动过的土，也叫活土、花土，它颜色不均、结构参差，质地酥松、混杂。

生土是自然的一部分，取之自然，返回自然，形成一个良性的循环，是最亲民的一种建材。因此生土建筑的定义是：

主要是指用未焙烧而仅做简单加工的原状土为材料营造主体结构的建筑生土建筑。

生土建筑是人类最古老的建筑材料，始于人工凿穴，历史悠久。分布广泛，遍及全球。世界上约有三分之一的人口居住在生土建筑中。早在石器时代，人类的祖先就建造了各种生土建筑。大约4000年前，人类初步掌握的夯土技术，最具有特征的便是夯土建造的村社与城墙。土坯结构的出现，使生土建筑在保留人类与自然依恋关系与形式美感方面均达到很高的水平。

最吸人眼球的是建筑物表面的砖雕花纹。

这种面砖装饰也是维吾尔建筑的典型特征。建筑的墙面、塔柱、台基、柱墩、楼梯、门窗、屋檐等部位，多用拼砖图案来装饰。拼砖种类主要是型砖、琉璃砖。拼砖所砌出的花纹多为几何图饰纹，也有花卉、工具、河流、日月星辰的变形图案。通过一种和数种型砖连续或相间排列，组合成不同效果的图案，用面砖拼出的纹样具有浮雕的效果，极具装饰性。

这种简洁的自然的墙体装饰，达到了天人合一的最高境界。

这也是一个民族最独特的建筑语言。

这种用墙面呈现的装饰性语言，就是墙体诗歌，墙体美学，墙体史记。

说到古城，必须将目光聚焦到"高台民居"。

高台民居是喀什老城东北一处建于黄土高崖上的维吾尔民族聚居区，距今已有600年历史，是喀什展示维吾尔古代民居建筑和民俗风情的一大景观。高崖两千年前就已存在，一千多年前有维吾尔先民在此建房安家。相传东汉名将班超、耿恭曾在此留下足迹。历史上，高崖的北坡与南坡连为一体，后来被洪水冲断，南北分隔。

北崖即今老城喀喇汗王朝王宫所在地，南崖就是现在的高台民居。

高台民居这里的维吾尔族人世代聚居，房屋依崖而建，家族人口增多一代，便在祖辈的房上加盖一层楼，这样一代一代，房连房，楼连楼，层层叠叠，蔚为壮观。这些房屋大多是土房，也有不少新建的砖房。在这些随意建造的楼上楼、楼外楼之间，形成了四通八达、纵横交错、曲曲弯弯、忽上忽下的小巷。没有本地人当导游，外来人肯定会迷途难返。

经过千年历史的发展，高崖上形成了奇特的民居建筑。这里巷道狭窄弯曲，过街楼、小胡同、手工作坊随处可见，生土建筑更是比比皆是。因此，高台民居被誉为"维吾尔族活的民俗博物馆"。

这座数百年乃至上千年的生土建筑物，如今早已变成一片危楼。这是时间的演化，也是地震等自然灾害的结果。这种结果虽然惨烈，但人类无能为力，只好在掩埋祖先尸骨的土地之上，擦去眼泪，再栽种上明日即可开放的鲜花从中获取些许安慰。

整座高台都处于严格的封锁状态，曾经的那些道岔路口，要么被封堵，要么被头戴防爆钢盔、身穿防弹衣的民间警卫用盾牌和长棍把持着。除了飞翔的鸟儿和便于飞遁的猫，其余生物都不允许入内。因为整座高台正在进行有史以来最彻底的大规模的维修和整饬。肉眼也看得出来，那些房屋已经东倒西歪，墙体开裂，屋檐垮塌，或者个别年老的建筑物在风蚀残年中已经变成一堆瓦砾。从破坏性看，估计刚刚经过了一场惨烈的地震。

路边，画院的老师带着几个孩子，对着那些歪歪斜斜的房屋作画。

问：可以进去么？

答：不行。危房。

问：以前能进去么？

答：当然，一直住着人呢。

问：封城是什么时候的事？

答：不久。去年吧。我也好久没有来了。

问：你的画不错。

答：我是画院老师。

哦，挥挥手，作别画师，就朝一条曾经的路叉进去。大路斜着朝上，很陡的坡度。路中央被砖头瓦砾封死了，向左有一条野坡，拨开砖头、木板，20多米的距离到了半山腰，便是一处被废弃的院落。门口一棵双杈树，叶片蓬勃，长相精神。路边有杂草、杂树，还有一丛太阳花，正热烈地开放。这还是一个中间地带，向上一层，就是高台之上，向下一层，就是高台之下。它在不上不下的中间。

房门是开着的。门不闭户，并不是它的姿态。只是，它已经被遗弃。

入户处是一个开放的平台，但被一圈铁丝和木板围起了一个半封闭、半开放的观景台。栅栏上牵满了爬山虎，枝叶四顾，不是很茂密，估计是很久没有人浇水了，植物们完全成了野生的状态，主要靠自己生命的张力。地上有一张大红颜色的新疆医科学院的广告书。

广告书上写有：

有志青年应该将关注的目光，投向新疆投向首府乌鲁木齐。

一次正确的选择胜过千百次努力。

估计是这家的孩子早已拿着录取通知书去报到了，急匆匆地撤离而去，也急慌慌地扔掉了这张充满号召力的学校广告书。

开放式的平台之后，一扇没有门板的门洞大开。

房子里边先是一个过渡的起居室，也许就只是一个封闭的阳台。靠右，是一间厨房，曾经生活的痕迹还残留在锅台之上、墙壁之上。往上一级台阶，上了屋里的二楼，有一间客厅，蛮大，地板是人造大理石的。靠右，是两间卧室，每间都有炕。没有炕这种最原始的取暖设施，北方的冬季能将人冻成冰疙瘩。

每间屋子里都是生活的垃圾，纸片、破鞋子、木板、砖块、瓶瓶罐罐、牙刷、牙膏皮，很容易通过这些杂物，将一个家庭的信息对接起来。估计一百多年前伯希和来到喀什噶尔，他的小铁锨挖掘的零碎残块，也不过如此。比如，我就看见门框之上的白色墙壁上，贴着一张已经失去光泽、残破的两张A4纸张。纸张上是汉维文双语。为了尊重当下的信息，完全还原纸张上的内容：

吾斯塘博依街道古扎社区干部服务联系卡

干部姓名：阿依努尔·XXX

职务：教师

联系电话：1779791325X

社区第一书记姓名：艾合买提江·XXXXX

联系电话：1810998XXXX

包户干部入户主要任务：

本人，是吾斯塘博依街道古扎社区干部。从即日起我包户到您家，我将会定期走访您家，将掌握情况，宣讲帮教、帮扶解困、风险评估、分析研判、推送上报"六个讲清楚"，落实好"双联户"制度，做好群众工作、转变干部作风，全心全意为您服务。

我的承诺：

我会为您提供党员服务、低保、重病救助、残疾证办理、养老保险、医疗保险、就业、计划生育、纠纷调解、司法救助、心理辅导、城建等相关服务，您有任何要求，请随时跟我联系。

另一张A4纸张上的内容，可能是全疆通用的基本知识。

八必问：

问清家庭情况；问清思想状况；问清困难诉求；问清邻里情况；问清重要问题和安全隐患；问清对村级管理和发展稳定的意见和建议；问清对党员干部作风的主要反映；问清对驻村工作的希望。

民族团结一家亲，同心共筑中国梦，这是有力的见证。

在多民族的地区，要尊重民族信仰和宗教自由，但这种信仰和自由的前提必须是不危害他人安全、国家的安全和社会稳定。离开了这个前提，任何制度下的任何国家，也绝不会坐视不管。想想西域这片土地，自古以来就是兼容并蓄的多民族互生互长的家园，没有谁能彻底消灭谁，也没有谁能彻底排挤开谁。正像西域大地到处可见的大红标语一样，那也是见证：

各民族要像石榴籽那样紧紧抱在一起。

绕着古城脚下一条并不宽阔的道路，逆时针方向而进，古城就在左上方。

这条路的名字叫：阔孜其亚贝希，维吾尔语就是：高崖土陶人家。

家还在，但人已经远去。就从古城里的惨烈败象来看，修复可不是一年两年甚至三年五年所能完成的。显然居民已经做了安置，国家统一出资修复。没有考证，这样彻底全面的修复在古城600多年的历史上有多少次，但可以肯定地说，以国家完全承包的方式并不多，也许这还是第一次。这也是历史的幸运。

当然，这只能是猜想。

不过，从那些挂着双扣圆环的锁扣和铁链来看，这些人家似乎都不曾走远。也许，他们的目光还在古城周边的某处游弋，时刻关注着自己的家园。这里，是他们家族生活的史记，是活人记忆的血液链接。有时，一块砖头就重复过好几十代人的指纹，一级砖头砌垒的台阶，既走过自己，也走过几百年的先祖。几百年的气息都在这座高高的孤岛上空盘旋、萦绕、回荡。今天的气息里，还杂糅着祖先的呼吸。

顺着阔孜其亚贝希巷路向前，看见一个又一个门。那些锁着的空门里，暗藏着六百年的机密，那是人类留给大地的密码。

阔孜其亚贝希巷：1—561

喀什市房屋出租许可证：恰萨街道办事处

铁环门扣。绿色油漆的木板门，色泽斑驳。

阔孜其亚贝希巷：1—567

红门；粉红回字门框；文明家庭。平安家庭。

一个没有门牌号的绿色木门上：平安家庭。

阔孜其亚贝希巷：1—251

一根牵牛花缠绕在门框上。牵牛花开着几朵紫色的小花。

阔孜其亚贝希巷：门板上红油漆写着253号。

一道古色古香的木门，门上有抠掉门牌的痕迹。

左右两边的门板上打着两个大大的红色的XX

门楣上写着一个电话号码：183996582XX

没有任何落款，像等待一个地老天荒一般的回电。

阔孜其亚贝希巷：门牌未知

生锈的铁皮门，门上挂着长长的铁链和锁。

门板上用白色粉笔写满了"12345""一二三四五"。

还有"毛泽东"三个字；泽的半边写成了"雷锋"的锋字半边。

阔孜其亚贝希巷：8—265

木门的做工非常讲究，全用原色木头拼雕，透视感非常强。

门上有一块"遵纪守法光荣户"的牌子。

阔孜其亚贝希巷：8—261

奶白色的木门。木门上边有"平安家庭""文明家庭"的牌子。

阔孜其亚贝希巷：一个没有任何标志牌子的木门上，打着两个大大的XX

阔孜其亚贝希巷：8—271

门上只有一把铁锁，一半块铁牌：文明家庭

阔孜其亚贝希巷：269

一把铁锁。平安家庭。

阔孜其亚贝希巷：05—39

出租房号：N0611

门板上两个红色的大XX。电话号码：1573948584X

阔孜其亚贝希巷：无门牌。门板上两个大大的红心。

这是阔孜其亚贝希巷最后一道门牌。我也不知道记录下来干什么，反正就记录下来了。有一只猫迈着猫步，优雅地顺着一条铺满泥色砖头的斜路往上走，我也情不自禁地跟随而去，以为那只猫是高台居民派来带路的。刚走了不到十步，一个普通话不太普通的声音从身后追上来：喂，下来，不准上去！

回头一看，果然有一张告示牌子歪斜在路边。上面有"温馨提示"：

因高台民居升级改造，谢绝参观，敬请原谅！

喀什市吾斯塘博依街道。2016年7月26日。

那不太普通的声音来自一张废弃的沙发。沙发上斜倚着一个全副武装的警卫。胖胖的，女性。若不是她发出很不普通的声音，估计我就跟随那只猫蹿进了古城。但确实，之前没有看见沙发上的她。

从这个告示牌来看，改造工作已经进行了三个年头。时间好像在这座古城里已经停止了前进的脚步，因为一点也看不出被改造的样子。按这种时间的步调，那些被安置的阔孜其亚贝希巷的居民们，五年后也不一定能回到他们的家园。

告别阔孜其亚贝希巷，穿过一个广场，穿过一座铁索桥，到了古城的对面。

回过头，越过一条河、一片芦苇再回看高台民居，它仿佛是凝固的一座时间的城堡。总有一种感觉，这座城堡的功能不是拿来居住的，而是拿来凭吊的。就像丝绸之路上很多伟大的遗址，它们都被岁月的风沙淹没掉了雍容的面相，而它们的功用就是燃烧探险家们的欧式激情和骑士精神，诸如斯文·赫定、斯坦因、伯希和，他们用比猎狗还敏感的鼻子，用小刀小铲小刷子，牵丝剥缕，像剥胎衣一样剥开那些封土，进而发现一处响若惊雷般的历史遗址。

高台民居这座残破的古城，似乎很符合这类存在。

一个戴四角方帽的维族老人,坐在桥头的人字纹钢板上。一条不锈钢拐杖横跨在他的腿下,面前放着一只伊利牛奶的纸盒。他不看来来往往的人,十指交叉,只是低头盯着纸盒。纸盒里有几枚硬币。硬币与老人保持着足够耐心的静默和等待。

这样的静默,能将时间推移得很远。

远到伯希和从葱岭过来那个年代。

伯希和从葱岭过来的年代,是1906年,清光绪三十二年。很有意思的是,那一年在东方大地上有很多大事记:

1月:李伯元著《官场现形记》在上海出版。

2月:发生南昌教案,法国传教士王安之凶杀南昌知县江召棠。南昌群众怒毁教堂,杀法国传教士王安之等6人,英传教士3人,发生第二次"南昌教案",结果清政府竟处死民众领袖龚栋等6人,赔款35万两。湖北革命党人秘密组织力量成立日知会。

3月:日本交还奉新铁路。清廷禁止买卖人口。清廷罢选八旗秀女。

4月:京汉铁路全线正式通车。清政府在重庆正式创办了第一所正规的师范学校——官立川东师范学堂(今西南大学)。中英签订《中英续订藏印条约》。

5月:中国第一部地质矿产专著出版,书名《中国矿产志》,作者是顾琅和周树人,这也是鲁迅的第一本著作。

6月:上海瑞伦丝厂千余女工罢工。台湾发行东亚最早的公营彩票。

7月:滇督丁振铎奏筹会修腾越缅甸小铁路。

8月:载泽上奏请宣布立宪密折。

9月:清廷颁布了《宣示预备立宪谕》。飓风袭击香港,死伤10余万人。17

岁的胡适主笔《竞业旬报》。

10月：四川通省农业学堂在成都成立，这是四川农业大学的历史源头。袁世凯编刊《立宪纲要》。由湖南洪江会等策划的起义因事泄失败。

11月：清廷发布新官制，大权集于满人。陕西大荔县爆发了"交农"运动。清廷颁行禁烟章程10条，定期10年禁绝。

12月：同盟会成立以后发动第一次武装起义。孙中山作了三民主义与中国前途的演讲。上海宪政研究会成立。孙中山，黄兴等在日本制定同盟会《革命方略》。

那是一个革命浪潮蠢蠢欲动的年代，也是中国人即将救亡图存的大时代。沉默了多年的长江黄河波涛暗涌，一个新的时代正在破壳。虽然那一年并不特殊，也不是中国大事记上重要的年份，只是随意一梳理，便可以惊讶地发现，这片被封建王朝统治了几千年的沉闷大地，即将迎来"宪法"和"民主"这种西式的政治治理模式。

当然，那一年，一个叫伯希和的法国人穿过帕米尔高原，循着古丝绸之路，来到了西域大地。不妨摘取伯希和在喀什寄给远在法国的名叫色纳尔先生的信件：

喀什，1906年8月31日

我们从奥什到此的旅行，已经非常顺利地完成了。

俄国人和德国人，曾于我相信是三年之前，有过两名日本先驱。他们那非常正规的发掘，也可能是成果丰硕。但我仅仅在这里才获悉，这两个日本人并非是从日本经中国中原，而是经由欧洲而来到这里。斯坦因约在一个月之前离开了这里，并且他在叶儿羌的深山一带从事活动，以等待冬季能使他重新深入到沙漠地区的时机。

喀什，1906年9月14日

我在英国外交代表马继业的身上，却发现了更多的友情和坦率。我首次拜访他的那一天，他刚刚封闭了一个装满来自于阗的古文物的小箱子，以备运往印度。该小箱子又被打开了，我发现了其中的许多漂亮的烧陶俑头、一批汉地钱币、很漂亮的小玉雕、婆罗谜文稿本著作。此外还有几张载有婆罗谜文、佉卢文和汉字的卡片。

这些文献同样出自塔克拉玛干大沙漠以南地区，但主要是在和田以西。据他个人所知，它们均出自叶儿羌一带。我觉得这些文献具有很大的意义，因为他们都被作了断代。其中一种文献被断代为1081年，早于《福乐智慧》。因此，据我所知，这是在中国发现的最古老的起源于伊斯兰教的文献。

喀什，1906年10月1日

我非常幸运地在那里发现了至今在喀什绿洲发掘到的第一行印度文字。

中国当局以他们始终都会向我们表现出来的极度友善，曾提前通知地方当局要盛情地接待我们，最重要的是有20个民工供我们雇佣。

喀什古城的这些废墟，恰恰正位于新城的大门，它们很可能不是前伊斯兰时代的。但我非常惊讶地发现，它们被那些研究该地区历史的人忽略了。我这样说的时候，便想到了在斯坦因的"最终报告"中有关喀什历史的章节，我在马继业府中找到了其中的几页文字。

伯希和的信件比日记更有可读性。他的日记相当细碎、烦琐，乃至破碎。要是对地理考察没有相当热情的人，是很难读下去的。但信件不一样，他几乎每隔半个月时间就要给远在法国的这位名叫"色纳尔"的先生写上一封重复累赘的充满个人情感的信件。从信件的内容看得出来，色纳尔就是他在法国的"上司"，他必须得汇报一路考察情况，另外，色纳尔似乎也是他考察的资助人，每每需要法国货币时候也是向他开口。

而每封信件结尾都有如下一段的谦辞：

请相信我最友好的忠诚感情，请向色纳夫人表示我的尊敬的敬意。

这是欧式的情感表达，在中国，在两个男人之间不这样说话，大多是"话长纸短，多多保重，切勿挂念"这样的很内涵的句子。也一般不向朋友和上司的老婆表达美好祝愿。

伯希和一路从喀什走过去，一百多年前的他当然考察过高台民居这样的"活化石"，也绝对到过"喀什噶尔古城"，只是《伯希和西域探险日记》里正好这一时间段是空白。什么原因谁也说不清。通过时间大数据对比，可以无比清晰地知道，伯希和在西域探挖历史宝藏的时候，中国人也正酝酿爆发民主革命。孙中山的同盟会已经第一次点燃了炸药包。中国即将迎来崭新的时代。虽然迟到，但毕竟来了。

也就是六年之后，1912年2月12日，清朝历史上最后一位皇帝，同时也是自秦始皇创立皇帝制度以来的最后一位皇帝——爱新觉罗·溥仪，颁布退位诏书：

九夏沸腾，生灵涂炭……徒以国体一日不决，故民生一日不安。今全国人民心理，多倾向共和……人心所向，天命可知，予亦何忍因一姓之尊荣，拂兆民之好恶？……将统治权归诸全国，定为共和立宪国体，近慰海内厌乱望治之心，远协古圣天下为公之义。……予与皇帝得以退处宽闲，优游岁月，长受国民之优礼……钦此。

伯希和在中国北方大地四处掘宝的时候，估计是他太专注地下幽灵的动态，而忘记了察观这片土地上四处涌动的春潮。但也就是在那几年间，斯文·赫定、斯坦因、伯希和，还有俄罗斯人、日本人等，他们都在中国北方的大地上四处搂掠中国的财宝。那时大家都很忙太忙，谁也顾及不上他们的动作。比如敦煌莫高窟，一个厮守洞窟的贫道王道士就以少许银两典当了价值连城的中国文物。那是一个时代一个国家特有的痛。

那份痛，是从千千万中国人灵魂深处散发出来的情感知觉。

成长的悲痛，也弥漫在西域喀什这片独特的土地上。

时间追溯久远一点，秦汉时期，喀什境内诸国林立。有"城国"，以农业生产为主，居民过着定居生活，疏勒国和莎车国即是如此；有"行国"，以畜牧业生产为主，居民过着游牧生活，比如尉头国、依耐国、西夜国、蒲犁国、乌禾毛国、无雷国等。

打开时间的伞，两千多年来，喀什的足迹在历史长河中缓缓呈现：

公元前138—126年，张骞出使大月氏国，往来经过今喀什。

公元前102年，李广利率军西征大宛，威震西域，诸国正式归附汉朝。

公元前60年，汉朝设立西域都护府，诸国正式列入汉朝版图。

公元29年，东汉河西大将军窦融承旨册立莎车统摄西域五十五国。

公元73年，班超出使西域，立原疏勒王成的侄子忠为疏勒王。疏勒复国，归属东汉。

公元552年，隋时突厥崛起，突厥汗国建立。疏勒等国成为突厥汗国的附庸。

公元635年，唐贞观九年，疏勒王遣使唐朝，始与唐朝交往，但仍归属西突厥。

公元657年，唐灭西突厥汗国，疏勒等国正式属唐朝。唐朝设立疏勒都督府，为"安西四镇"之一。

公元791年，吐蕃攻陷安西都护府，疏勒国成为吐蕃的属地。后，疏勒成为回鹘汗国领土。

公元963年，北宋年间，喀喇汗王朝扩张至葱岭内外。疏勒王已经改信伊斯兰教。

公元1134年，喀什噶尔仍为东喀喇汗王朝首都，但已归入西辽王朝的版图。

公元1218年，成吉思汗派大将西征，喀什噶尔一带成为察合台的封地。

公元1480年，阿巴拜克热自称"苏丹"，公开脱离东察合台汗国辖制，建立地方政权。

公元1680年，清康熙年间，中亚伊斯兰教的"和卓"势力进入新疆。

公元1755年，清乾隆平定准噶尔部。平定"大小和卓"叛乱，今喀什正式纳入清朝版图。

公元1865年，清同治年间，阿古柏侵入喀什噶尔，成立"哲德沙尔国"。

公元1877年，清光绪歼灭阿古柏匪帮，清朝恢复对新疆的治理。

公元1928年，国民政府宣布废除道制，此后喀什噶尔道改为行政区，称新疆第三行政区。

公元1949年，新疆和平解放。中国人民解放军第二军进驻喀什。

两千多年来，西域哪个城邦之国没有在风雨中飘摇？城头变幻大王旗乃是司空见惯，谁的拳头够大，谁就是这片土地上的王。疏勒古国是这样，喀什噶尔也是这样。在历史的长河中，成长总是伴随着难以言说的痛苦。但这种痛苦，又是成长必须付出的代价。

今天的喀什噶尔古城里，阳光安宁，温度宜人，老人们聚在一蓬爬山虎的阴凉下，小声地交流着生活中彼此的咸淡和细碎发芽的往事，一切都波澜不惊，静若那些开放的花朵，它们在花盆里安享时光的甜美。这是一幅幸福的喀什噶尔的面相，虽然它曾历经风雨，就像那盛开在窗口的太阳花，会对着太阳欢笑。

正如中国诗人沈苇在《喀什噶尔》的字句。在喀什噶尔浓郁风情的外表下一定隐藏着另一座城：一种纷乱的现在时，一种遥远的过去时，一份由信仰、传奇和艺术构成的精神图谱。它是世俗之城，更是精神之城、信仰之城。如果把新疆比作一本书，喀什噶尔则是书中之书：一部圣哲之书，一部西域天方夜谭。

一切，都刚刚好。

西域客栈的旁边是一排小店，小店的名字像一首富丽的诗歌：

艾克达童装。努日曼古丽保健品商店。热依汗古丽女士裁缝店。阿利吾祖尔快餐店。芭热晨牛肉面。阿力屯布拉克快餐。艾丽待客西餐厅。阿娜丽巴斯丝绸布业。热西塔便利店。乃孜热权康复中心。伊玛来提日用产品。依不拉音和田玉籽料。祖力皮卡英吉沙手工刀销售店。莫尔艾海买提黄金首饰店。

从这些商店走过，或者进去张望一下，特别是那些工艺品商店，琳琅满目，总令人流连忘返。在祖力皮卡英吉沙手工刀销售店里遇到了最热情的推销，老板的汉语比想象中要流利，且十分擅长推销。那些精致的英吉沙刀子，被手工锤打得精致之极，每一刃刀锋似乎都藏匿着一个民族的勤劳和智慧。

老板：尊敬的客人，您不买一个吗？

答：很想买。

老板：那就买吧。

答：可是不能买。

老板：不贵的，真的不贵。

答：跟贵不贵没有关系。

老板：没事，买一把小的吧。

答：多小？

老板：你要多小就有多小。

老板从柜台里端出所有型号的刀子，大小都有。大的有几十厘米，小的只有一两厘米。实在经受不住老板热情渴望的眼神，终于下手买了一把最小型号的英吉沙小刀。刀在少数民族文化里，是勇敢的代表，男人佩刀天经地义。这是从山林走出来的人类未来生存和征服自然最贴切的佩戴物。但在互联网时代，刀的文化意义已经演变为暴力和杀戮。是的，大自然已经不需要征服，而需要保护。所以，刀剑入鞘，那是它们最应该藏匿的位置。

诗歌，最能化解刀剑的锋利。

在这片土地上，最有影响力的诗人是马赫穆德·喀什噶尔，他是十一世纪中国维吾尔族的语言学家，编译了《突厥语词典》。玉素甫·哈斯·哈吉甫，是喀喇汗朝时期著名的维吾尔族诗人，代表作是《福乐智慧》。阿曼尼莎罕，她是中亚突厥人民中众多著名诗人中的佼佼者，她的代表作品《美德》、美学作品《心灵的协商》和抒情诗集《精美的诗篇》都引人注目。

《突厥语词典》共收词 7000 余条。按词的语音结构分为八卷，每卷又分静词、动词两部分。词目按门类、词根分别编排，例句广及谚语、诗歌，注释包括词的用法和句法说明。为我们提供了11世纪时，包括维吾尔在内的突厥语诸民族的语言、文字、人物、历史、民俗、天文、地理、农业、手工业、医学以及政治、军事和社会生活等各方面的丰富知识；甚至连神话传说、儿童游戏与娱乐体育等等也是应有尽有，可以说是当时中亚和我国新疆的一部百科全书，对研究喀喇汗王朝及中亚一带的历史、地理、文学、政治、军事、文化、天文、历法等具有重要参考价值。

可惜原本佚失，1266年的传抄本现藏于土耳其伊斯坦布尔的民族图书馆。

重点介绍一下《福乐智慧》。该书是一首长诗，作者玉素甫·哈斯·哈吉甫在1069年至1070年利用18个月的时间写成。全诗长达85章，共计13290行，直接翻译过来就是"带来幸福的知识"。写成后，作者将它献给喀什噶尔的统治者布格拉汗，汗读后十分赞赏，并封他为王宫的高级顾问。

从文学上来讲，《福乐智慧》是用回鹘文，也就是古突厥文写成的第一部大型文学作品，它是诗歌体，具有劝诫性、哲理性和伦理性。诗的主题就是围绕"幸福的智慧"展开讨论，核心是治国安邦，建设东方的理想之国。在结构形式上首创诗体对话，甚至具有戏剧的某些元素。因此，也有人说《福乐智慧》是"帝王的实用手册"，也有人称它为《喻帝箴言》。

比如这些句子：

智慧是明灯/给盲人赋予眼睛。

它赋予哑人以语言/死人以灵魂。

财物好比是盐水一样/你越喝越渴，欲壑难平。

人的心田好比无底的大海/知识好比珍珠，深藏海底。

这些闪亮的句子，是写作者的思想，也是人类需要自警自励的祷告词。更像是"正三观"的语录。这些做人做事的智慧，是幸福快乐的根源。这让人想起中国很多先哲们的说教，对，就是孔子之类的语录。老子要高级，讲的天地宇宙。从这一点说，玉素甫·哈斯·哈吉甫这位伟大的维吾尔族诗人，更像一个智者，一个贤者，一个修为智达之人。现在看来，诗中那些做人的启蒙知识，说教意味浓重，很多人不爱听，但在那个年代，无疑是人类智慧的明灯。

最终的去处仍是一捧黄土／只能将两块白布带入坟茔

这虚幻的世界像轻风一样飘忽／我却在这尘世昏迷不醒

告别这个伟大的诗人后，得去一趟墓地。

在喀什噶尔，不得不去的一个墓地，那就是民间传说纷纭的"香妃墓"。

香妃墓是一座典型的伊斯兰古建筑群，也是伊斯兰教圣裔的陵墓。墓内葬有同一家族的五代72人，实际只见大小58个墓穴。

第一代是伊斯兰著名传教士玉素甫霍加。他死后，其长子阿帕克霍加继承了父亲的传教事业，成了明末清初喀什伊斯兰教"依禅派"著名大师，并一度夺得了叶尔羌王朝的政权。由于其名望超过了他的父亲，所以后来便把这座陵墓称为"阿帕克霍加墓"。

阿帕克霍加墓整个陵园是一组构筑得十分精美宏伟的古建筑，四角各立一座半嵌在墙内的巨大砖砌圆柱，柱顶各建一座精致的圆筒形"邦克楼"，楼顶各有一根铁柱群，由门楼，大、小礼拜寺，教经堂和主墓室五部分组成。

主体陵墓是一座长方形拱顶的高大建筑，主墓室顶呈圆形，其圆拱直径达17米，无任何梁柱。主墓室外墙和层顶全部用绿色琉璃砖贴面，有花纹的黄色或蓝色瓷砖，显得格外富丽堂皇、庄严肃穆。

传说，墓葬中有一个叫伊帕尔汗的女子，就是乾隆的爱妃，也就是那个人尽皆知的"香妃"。香妃死后由其嫂苏德香将其尸体护送回喀什，并葬于阿帕霍加墓内，因而人们又将这座陵墓称作"香妃墓"。不过据考证，香妃并没有葬在这里，她确切的葬地是在河北遵化清东陵的裕妃园寝。

但民间传说总是有鼻子有眼：香妃本名买木热·艾孜姆，自幼体有异香，被称为"伊帕尔罕"，香姑娘的意思。她被清朝皇帝选为妃子，赐号"香妃"，因不服京城水土病故，由124人抬运棺木，历时3年运尸回乡，安葬于阿帕克霍加墓中。现主墓室中尚存驼轿一乘，据说就是当年运尸时从北京带来的。

其实"香妃"确有其人，是阿帕克霍加的重侄孙女。

据真实的历史考证，1734年9月15日，香妃诞生在新疆和卓族的一个家庭。

乾隆二十年五月（1755年），清军平定准噶尔叛乱；乾隆二十四年（1759年），彻底平息大、小和卓叛乱。

乾隆二十五年（1760年），助战有功的和卓应召入京，乾隆令他们在京居住，并派使者接他们的家眷来京。图尔都27岁的妹妹也被选入宫，被册封为和贵人，即香妃。显然，这是乾隆皇帝统一新疆后实行的政治联姻。但是，香妃因为异域情调赢得乾隆的垂爱，册封为容妃。这一年，香妃34岁。传说香妃是玉容未近，芳香袭人，奇芳异馥，沁人心脾。

宫廷画师郎世宁为其画过像。

乾隆更是为她在紫禁城里修了宝月楼和回民街。

1788年香妃在后宫去世，享年54岁。乾隆老泪横流，将她葬进自己的裕陵。1928年，孙殿英炸开清东陵，盗掘了慈禧的陵墓，还把乾隆的裕陵一并盗掘，香妃的棺椁自然也没能幸免。1979年，工作人员进入墓中修缮。墓室一片狼藉，香妃的尸体被横放在棺材上。地上散落一个头盖骨、牙齿和一条发辫。经检测来自一个女性，年龄在50岁左右。在墓室还发现了猫眼石，只有在妃位以上的后宫成员才有资格在朝冠上配饰。

结合两点，判定此人身份就是香妃。

掘墓鞭尸是朝代替换最爱干的狠事。用不着捶骂孙殿英，他不干，也许还有千千万万个张殿英、李殿英会干。这些历史的老账已经难以清算，那就让美好的东西走进人们的记忆。就比如香妃，民间的口头传颂，早已将她进行了超度。

在她的故乡，她永远奇芳异馥，沁人心脾。

喀什噶尔古城，阔纳代瓦扎路。西域客栈。

透过房间一扇雕花的窗，可以看见古城中的一片楼顶。那些泥黄的生土建筑，在阳光下闪烁着铜色的光芒。窗台上一只花盆生长得兴致勃然。花盆里盛开着蓬勃的太阳花。这可能就是生长于喀什噶尔古城的一个暗示：等你归来，与非我共！

这是暗示，是献给香妃的。当然，也是献给爱情的。

楼下对面有一间古老的铜器店，店里四壁是他一辈子敲打出的铜器，有盆有瓶，有碗有盘，有杯有盅。铜器店每天都回响着"叮叮叮、叮叮叮"的敲打声。一张张黄色的铜板就在"叮叮叮、叮叮叮"的敲打声里成型成器。

铜器制造者，是一个七十多岁的维族老人，个子不高，话语不多，对眼前走过的游客似乎兴趣不大。他只专注手中的活计，铁锤挥舞，铜器争鸣。千万次锤打，在黄铜的表层留下千万个锤痕。他哪里是在敲打器物，他分明是在敲打岁月之器，时光之器，生命之器。

因为他的敲打，喀什噶尔古城充满中世纪的青铜的味道。

因为他的敲打，喀什噶尔古城更加活灵活现充满人间的韵味。

铜匠老人，敲打出了喀什噶尔的诗质和乐舞的韵致。

诗人沈苇说：

作为一部圣哲之书、天方夜谭，喀什噶尔是历代智者和无名者写下的集体经卷，在时光幽深处静静吐芳并熠熠生辉。拂去泛黄羊皮经卷上的灰尘和落叶，尽管我已读过多遍，但也不能说自己已真正领悟她的奥义和真谛。

在铁锤的敲打声中，一群灰色的鸽子在喀什噶尔古城的上空，噗噗飞翔。

葱岭向上：塔什库尔干云端面相

在葱岭之上

可以不谈哲学和智慧

在帕米尔之上

可以闲放江湖恩怨，可以散淡人间过往

当一条丝绸跌跌撞撞穿越万里在这里落脚

就洗洗吧，就歇歇吧

睡就睡个三天三夜，喝就喝个半斤八两

说说一路而来的奇闻，还有西域客栈楼兰姑娘的乳房

想笑就笑吧，想哭你就哭

能发呆就发呆，要失魂就失魂

你看石头城里的那些石头，是谁将它们撕得粉碎

还有雪线之上的雪豹，它在为谁逡巡守望

那峡谷里的红柳似乎听到了风捎来的音讯

塔什库尔干的云端

传来一阵阵发自骨头的呼喊

出敦煌 | Travel all over Dunhuang

云朵之上的主人,鹰,用自己的翅骨

为丝绸鸣奏命运的交响

葱岭向上,是神鹰的面相

帕尔米向西,一条丝绸朝拜的天堂

西域传上：蒲犁国，王治蒲犁谷，去长安九千五百五十里。户六百五十，口五千，胜兵二千人。东北至都护治所五千三百九十六里，东至莎车五百四十里，北至疏勒五百五十里，南与西夜子合接，西至无雷五百四十里。侯、都尉各一人。寄田莎车。种俗与子合同。

——《西域传·上》

鹰，鼓着铅色的风

从冰山的峰顶起飞

寒冷

自翼鼓上抖落

在灰白的雾霭

飞鹰消失

大草原上裸臂的牧人

横身探出马刀

品尝了初雪的滋味

这是中国诗人昌耀先生的诗作《鹰·雪·牧人》。

在这三重交织的冷峻画面里，循着一双鹰的翅影，向西，向上。

在两千多年前的西域远方，有一块石头在等我，有一座石头城在等我。

那就是帕米尔高原古葱岭之上的塔什库尔干。

从喀什出发，择314国道，向西，一路悲壮。

脚下是一条值得说道的国际公路。它是古丝绸之路从喀什出发通向波斯方向的最重要的一条丝绸通道，也叫"葱岭古道"。在张骞出使西域的时代，在玄奘去西天取经的时代，这条路就是"天路"，能走过去，是上帝的垂幸，生命的奇迹。当然，一百多年前的斯文·赫定、斯坦因在亚洲腹地探险的时代，这条路依旧还是"天路"，能走过去，也是上帝的垂幸，也还是生命创造的奇迹。

这条古丝绸之路，像盘绕在葱岭之上的"天梯"，或者说是缠绕在云际之间的飘带。这样的形容词华丽，但不过分，因为，它实在是奇狭险峻。我们可以想象，在那个借用驴、马、骡或骆驼的四蹄做运输动力的年代，走在这条天路上，其困难可想而知。也许，每一个里程碑下都有一摞白骨，有动物的，也有人类自己的。

这里，就是帕米尔，就是葱岭。

葱岭，就是今天的帕米尔高原，是历史上中国的西域和中亚的分界岭，天山、昆仑山、喀喇昆仑山、兴都库什山等大山在此交结。大山耸峙，雪山巍峨，除了翱翔天际的雄鹰，其他鸟儿确实难以飞过。自西汉丝绸之路开辟之后，这一条路就已然存在，它越葱岭，西去撒马尔罕、波斯和罗马，抑或更远的地方。

葱岭，为古代东方和西方陆路交通的要道。

相传因山上生葱或山崖葱翠得名，或《穆天子传》中所说的舂山。舂、葱系一音之转。据《西河旧事》：

其山高大，上多大葱。

相传，西周第五代国君穆天子，在位的第17年，命令御者造父驾八骏，率六师，到瑶池(今新疆昆仑山上的天池)拜会西王母。穆天子和他的侍从沿着塔克拉玛干沙漠边沿缓缓行进。沿途绿洲稀少，戈壁茫茫，河道干涸，荒凉寂寞。行至此，突然某天看见一座大山长着参天大树，地上铺满绿葱，水中多玉，白黄红黑绿各色都有。

穆天子惊问造父：这叫什么地方？

造父抬眼打量，只见漫山遍野郁郁葱葱，灵机一动，便道：国君，这儿叫葱岭！

穆天子听后，啧啧称赞：好，好，葱岭，多好听的名字！

从此，葱岭这一地名就叫开了。《大唐西域记》也曾这样记述：

葱岭者，据南瞻部州中。南接大雪山，北至热海千泉，西至活国，东至乌铩国。东西南北各数千里。崖岭数百里，幽谷险峻，恒积冰雪，寒风劲烈。多出葱，故谓葱岭。又以山崖葱翠，遂以名焉。

当然这只是传说，现在谁也不知道穆天子看见的那座长满大树、地上长满绿葱的地方究竟在何处。葱岭是远古的叫法，如今这片高大陆叫"帕米尔高原"。

"帕米尔"是塔吉克语"世界屋脊"的意思。

帕米尔高原海拔4000米—7700米，拥有许多高峰。高原也是地球上两条巨大山带（阿尔卑斯-喜马拉雅山带和帕米尔-楚科奇山带）的山结，也是亚洲大陆南部和中部地区主要山脉的汇集处，包括喜马拉雅山脉、喀喇昆仑山脉、昆仑山脉、天山山脉、兴都库什山脉五大山脉，它群山起伏，连绵逶迤，雪峰群立，耸入云天，号称亚洲大陆的屋脊。

帕米尔，古称不周山。不周山为古代传说中的山名，最早见于《山海经·大荒西经》：

西北海之外，大荒之隅，有山而不合，名曰不周。

春秋战国时期的楚国大诗人屈原在他的不朽著作《离骚》中就有吟唱：

路不周以左转兮，指西海以为期。

同期成书的《淮南子·天文训》则对不周山之"不周"，作了更为神奇的

描述:

昔共工与颛顼争为帝,怒而触不周之山,天柱折,地维绝。天倾西北,故日月星辰移焉;地不满东南,故水潦尘埃归焉。

据王逸注《离骚》,高周注《淮南子·道原训》均考不周山在昆仑山西北。这个不周山即今日昆仑山西北部的帕米尔。唐代玄奘在《大唐西域记》里对帕米尔高原也有所记载:

国境东北,逾山越谷,经危履险,行七百余里,至波谜罗川。东西千余里,南北百余里,狭隘之处不逾十里。据两雪山间,故寒风凄劲,春夏飞雪,昼夜飘风。地碱卤,多砾石,播植不滋,草木稀少,遂致空荒,绝无人止。川中有大龙池,东西三百余里,南北五十余里,据大葱岭内,当赡部洲中,其地最高也。

马可·波罗曾在《马可·波罗行纪》中对帕米尔高原有记载,离开这个小王国,向东北方骑行三天,沿途都位于山中,登上去海拔很高,以至于人们认为这是世界上最高的地方。登上峰巅,会看见一个高原,其中有一条河。这里风景秀美,是世界上最难得的牧场,消瘦的马匹在此放牧十日就会变得肥壮。这个高原叫帕米尔(Pamir),在上面骑行,整整12天都看不见草木人烟,因此行人必须携带其所需的足够的食物。

帕米尔高原之上,葱岭横陈。

葱岭地理上位于亚洲中部,属于中国、塔吉克斯坦和阿富汗的边境。目前除东部倾斜坡仍为中国所管辖外,大部分属于塔吉克斯坦,只有瓦罕帕米尔属于阿富汗。而在清朝时代,葱岭全境属于中国管辖。

回到脚下这条路。这条古丝绸之路在今天叫作喀喇昆仑公路,即中巴友谊公路。

因为在地球隆起的脊背上穿行，氧气变得稀缺，云朵变得低矮，雪山变得威严。一条路，也因为几千年的攀缘行走变得金光闪闪。可以说，历史上它是中国西顾的经济要道，也是古西域人们互通的文化大道。时值2018年这个年份，它还是"一带一路"重要的经济通道，也是民族复兴的要道。

这条路，张骞出使西域走过，玄奘去西天取经走过，斯文·赫定和斯坦因这些探险家们也走过，更重要的是，几千年来生活在帕米尔高原、葱岭的人们一直在走。只要有人走，天路就不绝；只要有人走，大道就通天。

关于中巴公路，因为中国和巴基斯坦两国特殊的关系，所以这条路更是披上了浓重情感的外衣。所以，对这条路便有这样滚烫的颂词：

它，是中巴两国友谊的桥梁和纽带；

它，是世界上海拔最高的国际公路，是公路建设史上的奇迹；

它，是自人类建造金字塔以来最浩大的工程，也被称为"世界第八大奇迹"。

中巴公路，北起中国新疆喀什，穿越喀喇昆仑山脉、兴都库什山脉、帕米尔高原、喜马拉雅山脉西端，经过中巴边境口岸红其拉甫山口，南到巴基斯坦北部城市塔科特，全长1224公里。其中中国境内415公里，巴基斯坦境内809公里。20世纪60年代由中国援助巴基斯坦，中国各地派去的1.5万人经过10余年的努力，1979年喀喇昆仑公路正式宣告建成。1986年5月正式对外开放。整条公路共有主桥24座，小型桥梁70座，涵洞1700个，建设中使用了8000吨炸药，8万吨水泥，运送土石3000万立方米。全线海拔最低点为600米，最高点为4694米。

很多建设者将生命奉献给了这条天路。在巴基斯坦靠近中国边境的小城吉尔吉特建有中国烈士陵园，埋葬着88名在喀喇昆仑公路建设中遇难的中国工程人员的遗体。因此，巴基斯坦将"中国是巴基斯坦的坚定盟友"写在小学课本上。中国网友的口头禅也是这两句话:"中巴是铁哥们!""巴铁!"

可以说,巴基斯坦是走独立自主道路的中国最难得的一个全天候伙伴。

真正的伙伴需要鲜血凝结。

探究塔什库尔干这片土地的历史,可谓悠久:

汉代:为西域蒲犁国地。

北魏至隋朝:为揭盘陀国地。

唐代:为疏勒镇下的葱岭守捉。

宋元:属阗地。

明代:属叶尔羌汗国。

清朝:光绪二十八年(1902年)设蒲犁分防厅,隶莎车府。

民国:1913年置蒲犁县,属喀什噶尔道。

塔什库尔干是丝绸之路的要塞,因此在周穆王西巡以来的三千年时光中,已有无数的使者、将帅、王侯、文人、僧侣和往来跋涉的商贾,在这里留下身影。他们通过政治上的抗争与亲睦,军事上的冲突与结盟,经济上的交流与贸易,文化上的冲撞与交融,科技上的渗透与演进,留下了无数浓墨重彩的画卷和动人心魂的诗篇。

这片土地,自古也是兵家必争地。下边一段记录,可见英俄对这片土地垂涎已久。

光绪间,克复新疆,刘锦棠始增设七卡于旧界之外。十五年,又设苏满一卡于伊西洱库尔淖尔北十里,是卡距喀城六百里,仅以布鲁特回人守之,未驻兵也。

英使之初议分帕也，我国严拒之，未允其请。

既而俄兵阑入帕地，我国责其陈兵越界，俄人即引咎退归。

光绪十七年，英兵入坎巨提，逐其头目，其意在觊觎帕地也。

十八年春，俄人来言帕地为中、俄两属，未经勘界，中国不应驻兵。总理衙门遂电疆抚退兵，而仍留苏满卡伦。俄复请尽撤新设诸卡，然后勘界。正相持间，英人阴嗾阿兵突至苏满，胁掳布回而去，俄遂进兵与阿人战于苏满，其东队则游弋于郎库里湖、阿克塔什，渐近喀边。

总理衙门疏言：我国先驻苏满之兵不早撤回，则俄、阿战事将自我启之，转难收束。阿虽占地而适致俄兵，蛮触相争，原可不必过问。但其东驶逼近边境，颇为可虑耳。

盖是阿富汗自乾隆后朝贡不通，久置之度外矣，至是复一见焉。

二十一年，帕米尔界议始定。

国与国的缠斗，争的就是地盘。

地盘就是生存空间，就是主权依据。多少王朝更替，城头换旗，都是因为瓜分地球上的生存资源。自秦汉以来，中国的地图、版图跟着朝代的更替而不停地变幻，特别是西域这块地盘，最远者被成吉思汗的子孙们所改写，疆域东起日本海、东海，西抵黑海、地中海地区，北跨西伯利亚，南临波斯湾，建立起横跨亚欧大陆的超级大国。但是这种广阔的疆域也并不能长期保守，改朝换代，社稷崩溃，地盘丧失，往往又被打回老家。

这种地域版图的改写，是历史进化的显著标志。

战争是最直接的推手，没有谁心甘情愿丢掉一寸土地。

从喀什出发，向西，向上。

到了红山口，就看见了"中巴边境"的字样。公路两边"帕米尔"的字牌也多了起来，频频暗示，你到了一个远在天边的高大陆。在"盖孜边境检查站"，猛然间就看见一座雪山横在前头，几乎挡住了去路。不过不必惊慌，从这里开始，你的眼前就断不了雪山的巍峨身影。

布伦口：41公里。

塔什库尔干：165公里。

红旗拉普口岸：167公里。

在这个路牌的指示处，雪山被灰色的雾霭笼罩，天色并不明朗，但依然锁不住大山的英姿。中巴公路在高山的峡谷里蜿蜒，绝壁千仞。叶尔羌河一直伴随，河水呈现出深绿色。没有污染，但也可以看出河水经过了矿物质多元的地方，或者石灰岩的地层。这种河水的颜色跟成都去九寨沟路上的那条岷江的水几乎一个颜色。

必须相信，这些水来自帕米尔高原之上的冰川水塔。它的源头只能是那里。按照山高水长的说法，大山必藏大流，山高水长流。这水流向了下游的塔里木盆地，它们在那里浇灌了果园和农田，滋养了塔里木周边大大小小的几十个绿洲，从古至今，生生不息。

当到达布伦口的时候，不得不为水的汇聚所惊叹。

布伦口，布伦库勒的转音，是柯尔克孜语，意为角落之湖。这是一处镶嵌在帕米尔高原之上的神奇的水秘境，吸引着无数中外摄影人来到布伦口沙湖。每年春、夏、秋季，神奇的布伦口沙湖或风起沙舞，山光水映，水天一色，恬静如镜，令人折服。那偌大的蓝宝石一般的水面，波光潋滟仿佛瑶池盛景。

在这条路上，素有"冰山之父"之称的慕士塔格峰就在前方。

与"冰山之父"慕士塔格峰遥遥相望的是公格尔峰。

公格尔峰海拔7719米，为昆仑山脉的第二高峰。山上终年积雪。与公格尔峰比肩屹立的是公格尔九别峰，公格尔和公格尔九别峰另称为西天玉女。征服公格尔、公格尔九别峰也是国内外登山健儿们的目标。1981年7月，我国女子登山健儿登上了公格尔九别峰，在人类登山史上写下了壮丽的一页。

慕士塔格峰早已名声在外，每年都有国内外登山爱好者前来挑战。慕士塔格峰登山的最佳时间是每年的七月、八月，会有连续的好天气。届时会迎来多个国家和地区的登山团队，来此驻阵扎营、训练攀登，大本营有时就像个小联合国一样热闹。

在雪山之下，情不自禁想起敏子。

敏子曾跟我在西部的高海拔地区共事多年，后来去了内地。很多年不曾有音讯，等十多年后再见，她已经是中国登山界颇有名声的女登山家。她之前是喜欢文字的，却突然喜欢上这样的力气活，我有些愕然。四五年前，她在新疆登完博格达峰路过敦煌，在一个共同的老朋友家，我们推杯换盏。那一夜，我们抽掉了半条烟，喝掉了半坛青稞老酒，一抹眼睛，天已泛明。我们彼此交流了间隔十几年的成长故事，和对后半辈子的想法。

敏子从"文"到"武"，这种转身我不认为是华丽的，但于她，是匹配的。敏子身上有一种难以驯服的桀骜，有一种随时会昂扬奔突的内在力量。她难以用囚笼豢养，更难以用锁链圈闭。果不其然，几年里，她多次驾长车穿越中国的腹地，一会儿在云南高黎贡山的独龙江，一会儿在黑龙江漠河冰雪世界，一转眼又到了新疆大沙漠，或者又已经登在玉珠峰。她是一只飞鹰，总在高处飞翔。

看见雪山，我就想起敏子一样的飞翔者。一般人很难去涉猎这样充满生命挑战的极限运动。能做到的都不是常人。他们的体质、骨骼、肌肉，意志力和表现力，都是超乎常规的，那是上帝给他们铸造了特殊基因。

每当看见珠峰雪坡下被低温固化成标本的253具遗体，我的敬意油然而生。

我也一直在想，人类自从山顶洞犹犹豫豫地走出来，血液里就潜藏着挑战自然的基因。这跟文明、和谐、环保这样的现代名词毫无关系。比如漂流，比如登山，比如飞翔，这样的激情就是与生俱来的。我再次对窗外的慕士塔格，行以注目礼。

转眼间，明媚的车头前飞来一团灰白色的流云，且越压越低。雪花飞扬，慕士塔格转眼间融入了白色的迷雾之中，若隐若现。突然，似乎有一种神秘的力量传来，由心而生。我情不自禁地下车，对着那座神山跪拜，长揖三个。刹那间，泪水竟汹涌而出。一路侧身而过的车辆看见如此一幕，也不自觉地停下车，迎着迷漫大雪，长跪，磕头。

我感觉到了一座雪山的威严和苍茫的震慑之力。

人们对慕士塔格峰格外的青睐并充满敬意，估计跟"冰山之父"的来源有关。

那是125年前的1894年，瑞典探险家斯文·赫定和他的驮夫从帕米尔高原进入新疆，第一次看到壮观美丽的慕士塔格峰时，他问随行的人这座山的名字。

佣人用柯尔克孜语回答：muztayata, dur!

意思是"这是冰山，父亲！"

这儿的"dur"是指父亲，斯文·赫定在探险队里被大家称为"dur"。斯文·赫定听成了"这是冰山之父"，于是把这个名字记入自己的探险日记。从此，人们便称慕士塔格峰为"冰山之父"。

斯文·赫定曾6次试图登上慕士塔格峰，但都失败了。他依然觉得慕士塔格峰是他此生遇到的最美的景观。他在自己的著作中写道：

在我面前所展示的图卷狂放并且有幻想的美，它无与伦比，超过尘世上任何一个朝生暮死之人能看到的一切景致。

鸟瞰慕士塔格峰，它是一个背部向西的弯月形山体。山体里发育着16条冰川流向四方。除东面一条长21公里的大型山谷冰川外，其余三面的15条冰川都是山麓宽尾型冰川。慕士塔格和公格尔山的冰川面积约650平方公里，总储水量约450亿立方，让喀什、和田、莎车这些年降水量只有几十厘米的城市，依然能瓜果飘香，绿洲盎然，充满生机和活力。

雪山之下是金色的草原。塔合曼湿地就是因为四面环山，地势较低，无数的山泉汇集于此，才形成了塔什库尔干最大的草场基地。青蓝色的湖泊，缭绕的云雾，壮丽的雪山，还有充满了民族风情的毡房如棋子一样镶嵌在绿野之间，牛羊怡然自得。那画面胜过国画的写意，又胜过油画的写实。景随心动，心随景移。

蓦然有了这样的感觉：你在路上看风景，风景也在看着你。

一路上，明显地感觉到箱式大货车增多。

不像中国内地的大货车，总是用帆布自己打包，外形确实难看。后来得知，这就是中国陆路交通的制式，低帮槽子加帆布。而这一路上滚滚而来又滚滚而去的大货车，都是统一的集装箱式的货箱，很绅士，很优雅。一晃眼看见前边是一条大货车的长龙，前边是一个检查站。那些司机大多数是老外，似乎也不急，好像他们在这里漫不经心的等待已成习惯。从大货车的车缝里挤过去，就看见一栋三层楼高的水泥房子，顶端几个红色大字：卡苏拉口岸。

要是没有记错的话，一百多年前的伯希和就是从这个地方来到中国的。很确信，他没有从塔什库尔干过来，他的日记里很明确地记载是从俄罗斯过来的。当然，这个口岸过去属于现在的塔吉克斯坦。以前塔吉克斯坦是苏联的卫星国，苏联解体后，塔吉克斯坦获得独立。

据一些资料显示，卡拉苏口岸是2004年5月25日应塔吉克斯坦要求，中国政府同意开放的国家一类陆路人货双功能口岸。该口岸于2007年国家批准为常年开放一类口岸。作为中国对西开放的窗口，近年来，卡拉苏口岸承担着塔吉克斯坦、阿富汗乃至俄罗斯等国家需求的各种物质、文化、生活用品，起到了连接欧亚大陆的桥梁作用。

实话说，口岸除了罗列成长龙的大货车外，既看不出繁华，也看不到繁荣。

对于塔什库尔干来说，还有两个重要的口岸。

一个是与阿富汗接壤的瓦罕走廊，又称阿富汗走廊、瓦罕帕米尔。

瓦罕走廊是阿富汗巴达赫尚省至中国新疆的呈东西向的狭长地带，位于帕米尔高原南端和兴都库什山脉北东段之间的一个山谷。西起阿姆河上游的喷赤河及其支流帕米尔河，东接塔什库尔干塔吉克自治县。整个走廊东西长约300公里，南北最窄处仅15公里，最宽处约75公里。中阿两国在狭长的瓦罕走廊东端相毗邻。这条走廊一年有八九个月都是大雪封山。历史上曾为中国领土，是欧亚大陆古丝绸之路的一部分，也是华夏文明与印度文明、中亚文明、波斯文明和欧洲文明交流的重要通道。

公元前6世纪中后期这里就曾是兴起于伊朗高原西南部的古波斯帝国（前550—前330）极东部地区。公元前4世纪，来自欧洲东南部巴尔干半岛的马其顿的亚历山大东征中亚、南亚的时候也是绕过这里到达印度西北部的。公元399年，东晋僧人法显从长安沿古丝绸之路西行求佛，归来后著有《佛国记》。法显在书中描述经过葱岭的路程是：

上无飞鸟，下无走兽，四顾茫茫，莫测所之，唯视日以准东西，人骨以标行路。

公元627年，唐朝高僧玄奘启程赴天竺，途中经过瓦罕走廊，并于公元645年返回长安。沿途将所见所闻写成《大唐西域记》。玄奘东归时经由瓦罕通道，通过明铁盖达坂进入今日中国国境。

公元747年，唐朝大将高仙芝率轻骑通过瓦罕走廊灭小勃律国，重新打通丝绸之路，但随后这一带又被兴起于西南亚地区的大食国和兴起于青藏高原地区的吐蕃占领。

19世纪末，由于俄罗斯帝国的侵略扩张，中俄两国曾在包括瓦罕走廊在内的整个帕米尔高原发生争端。同时，俄、英两大帝国由于在中亚内陆地区争夺势力范围，也不断在阿富汗地区发生冲突。为避免进一步的冲突，1895年英俄签订了《关于帕米尔地区势力范围的协议》，划定"隔离带"，这条"缓冲地带"就是瓦罕走廊。

当然，这条走廊自然条件之严苛，除了信仰坚硬如铁的宗教求法者走过这条路，正常情况下是没有人选择这条路作为交通渠道的。当初的求法者是出于没有办法的办法，今天的瓦罕走廊比任何一个朝代都人迹罕至。目前生活在瓦罕走廊的居民约1万人，主要是游牧部落，他们使用瓦罕语。整个瓦罕走廊弥漫着贫困、饥荒、毒品和恐怖主义。

另一个重要的口岸，就是红其拉普。

红其拉甫口岸海拔4733米，同巴基斯坦毗邻，北距塔什库尔干县城125公里，是国家批准对外开放的一类口岸，也是世界上海拔最高的口岸。红其拉甫是帕米尔高原上的一个通外山谷，素有"血谷"之称。氧气含量不足平原的50%，风力常年在七八级以上，最低气温零下40多度，波斯语中也被称为"死亡之谷"。相传在唐僧西天取经之前，曾有一个多达万人的商队因遇暴风雪而全部死亡。至今还有人孜孜不倦地寻找那支商队丢弃的宝藏。

最著名的中巴友谊公路，喀喇昆仑公路就从这里经过。红其拉甫口岸因此成为连接中国和巴基斯坦的主要陆上交通枢纽。从红其拉甫出境，至巴基斯坦苏斯特125公里，至巴基斯坦北部地区首府吉尔吉特270公里，至巴基斯坦首都伊斯兰堡约870公里。与红其拉甫口岸对应的是巴基斯坦北部地区的苏斯特口岸。生活在红其拉甫山口周边的居民多数是塔吉克族，他们被称为"天上人家"：

只有天在上，更无山与齐；举头红日近，回首白云低。

在这个高度依然能生存的族群，一定是特殊的族群。塔吉克族为高加索人种，语言属印欧语系伊朗语族。但他们自古生活在帕米尔高原，扼守葱岭，对自己的身份归属和主权认知十分强烈。他们纯朴、善良、友好，心无旁骛，热爱自己的国家。

口岸，是两个国家的晴雨表，人民与人民之间的温度计。

在卡拉苏口岸，看不见繁华，也看不见繁荣。而在红其拉普，能感受到别样的亲情，这完全是中巴两国人民的正常体温。很多从内地来到帕米尔之上的游客，大多数都是为了一睹红其拉普的容颜，好早早地在喀什市政府的办证大厅等候了两天才办理了边防证。没有这一纸证书，在塔什库尔干任何一个检查站，你都会完全沦为偷渡对象而不会受到正常的国民待遇。但是，对绝大多数人来说，迢迢千里而来也只是看看云端之上的风景。

比如，这个云端之上的口岸。

或者说，人们主要是来跟七号界碑合影。

这还是一种家国情怀,也是一种国家意识。

中巴边境7号界碑,更是两国人民心中树立的友谊丰碑。

目光穿过威严的国门,透过界碑,喀喇昆仑公路迎着海拔5000米之上的白云,翻山越岭,穿峡过涧,一路南下到巴基斯坦北部城市塔科特。那一路的险绝,令人惊悚哀叹。20世纪修建喀喇昆仑公路时,中巴双方无数人献出了生命,相当于每个路碑都是用一条人命换来的。喀喇昆仑公路被称为世界上最高最美的公路,被评为"世界十大险峻公路"之一。

喀喇昆仑公路要通过几百万年前印度板块和欧亚板块碰撞所产生的破碎地带。这里是地球上最令人敬畏的山地景观之一,也是地质学家、登山家和旅行家梦寐以求的地方。喀喇昆仑山脉屹立着世界上最高大的山峰,包括高8611米的世界第二高峰乔戈里峰,还有100座海拔超过7000米的高峰,它们中间很多至今没有名字。除了喀喇昆仑山脉外,公路还穿过兴都库什山脉、帕米尔高原、喜马拉雅山脉西端,即印度地质学上所谓的"弓形波"系的四大山脉。

在这样的地形修筑公路,直接就是在建造人类奇迹。

这也是古丝绸之路南进古印度最主要的一条交通要道。

一千多年前,从江南丝绸厂出发的丝绸,一路山水到长安,穿越千里河西大走廊,在敦煌的口岸分拣包装,再越西域三十六国城防,在喀什噶尔碰面,就开始了云端的旅行。一条走撒马尔罕,到伊斯坦布尔,进入地中海沿岸,到威尼斯、鹿特丹;另外一条就是走红其拉普口岸,南下古印度。这条路千年开通千年绝,自中国陆上丝绸之路关闭后,这条路也一度沉寂。

开启它,是一个国家战略的需要,也是经济发展的需要。

因此,自20世纪60年代中期开始,中国和巴基斯坦就决意要打通这条"血谷",打通两国之间的天堑。这不仅仅是对古丝绸之路的再次修复,更是一个民族西顾必须打通的"气穴"。有了它，就多了几条气孔。所谓一通百通，所以，民间对红其拉普自发的拜谒，是民间朴素情感的表达，也是对一段历史难以忘怀的典藏。

一条丝绸，包裹了人类太多的情仇恩怨。

人类再多的情仇恩怨，也将被一条柔软的丝绸化铁为棉。

一座雪山，威严地凝视着一条河谷。

河谷的平川里，一条冰雪的融水四季长流，它孕育了一片秀美的草原，那是塔吉克人的牧场，养育着马、牛和羊。弱水的两岸，是茂盛的柳树，成为一带风景。在河谷的高台上，是静美的田园村庄。塔吉克人在那沃野里种植小麦、大麦、土豆和果树。

抬头仰望雪山，果然有"皇冠"或"戴皇冠者"的气质。这是塔吉克人对塔什库尔干的称谓。在雪山之下，一座现代化的城池初见规模。多是两三层高的楼房，最多不超过五六层。建筑物的高度在这里用不着攀比，因为坐地已是云端之上。建筑物都笼罩在茂盛的树林里，树木长势蓬勃，海拔似乎并不是问题。但走得急了，心脏是负重的，不免要停下来，需张开几次喉咙，深深地吐纳几次。

追着河谷里的夕阳，远远就看见一座石头的城堡，在金色的阳光下，散发出强烈的时代感。不用怀疑，那就是等着我的那块石头，那就是等着我的那堆石头。石头们在那里等待了千年，它曾经的模样被西行的高僧们见证过，被马可·波罗见证过，也被百年之前的斯坦因见证过。而千年之后、百年之后的我，除了对一堆石头发呆之外，也只是短促的发问，声线并不洪亮。因为我知道，那每一块石头，早已在时光之中被历练为大智高僧。

一块石头，就是一个思想者。

一城池石头，就是一个思想的王国。

我在石头之外，已经微不足道。

塔什库尔干县石头城是中国历史上最著名的三大石头城之一。

石头城呈不规则的方圆形，城内乱石遍地，分内城和外城两部分。外城已遭严重破坏，只能见到城墙、炮台和民居的残址。城外建有多层或断或续的城垣，隔墙之间石丘重叠，乱石成堆。

塔什库尔干，在维吾尔语中的意思是"石头城"。

石头城地理环境优越，城下是一片草原，周围还有数片草原。古代，自喀什、英吉沙、叶城、莎车至帕米尔高原的几条山路均交集于此，西去中亚的几座主要大山：红其拉甫达坂、明铁盖达坂、瓦赫基里达坂等，自此也都有天然谷道可通达，所以石头城是古代"丝绸之路"上的一个极有战略地位的城堡。

如今的石头城虽只剩下残垣断壁，但据考证，石头城是距今1400多年的塔吉克先民建立的朅盘陀国的都城。一千多年前，朅盘陀国全国人民用120天造就了它。在一千多年前的古代，塔吉克族的先民没有先进的工具，却完成了石头城这项浩大而宏伟的工程，本身就是奇迹。

《梁书》记载：

朅盘陀国，于阗西小国也。西邻滑国，南接罽宾国，北连沙勒国。所治在山谷中，城周回十余里，国有十二城。风俗与于阗相类。衣吉贝布，著长身小袖袍、小口裤。地宜小麦，资以为粮。多牛马骆驼羊等。出好毡、金、玉。王姓葛沙氏。中大同元年，遣使献方物。

《大唐西域传》记载：

此国周环二千余里，大都城以大石岭为基，背徙多河，周围二十余里山岭连绵，川原隘狭。谷稼少，菽麦丰，林树、花果皆稀。国人容貌丑陋，着毡褐，性犷暴骁勇，少学艺，然知淳信，敬崇佛法。有伽蓝十余所，僧徒五百余人，习学小乘说一切有部。相传其开国者之父乃自日中而来，母为汉土之人，故王族自称汉日天种，容貌与中国相同，头戴方冠，身着胡服。城中有经量部童受论师所居之伽蓝，台阁高广，佛像庄严。相传此国国王闻论师之威德，故兴兵犯呾叉始罗国，得师而归，并捐阿育王之故宫以建此寺。城东南之大石崖有二石室，室中各有一罗汉入灭尽定，端然而坐，形若羸人，肤骸不朽，其须发恒长，故众僧每年须为其剃发更衣。

揭盘陀国，是塔吉克族祖先建立的王国。

在今天的塔吉克语中，"揭盘陀"一词是"山上的道路"，即山路的意思。而在汉语中，"盘陀"有两个意思，一形容石头不平，二为曲折回旋。

揭盘陀国的建立时间，据推测大约是公元1世纪左右，当时石头城已经存在。

公元6世纪初，北魏时代的宋云途经揭盘陀，当时的国王告诉他，自己已是第十三代国王。公元8世纪，吐蕃向外扩张，向西一直伸展到今属巴基斯坦的吉尔吉特等地区，揭盘陀所在的地区也无法避免被占领的命运。唐朝为了巩固西部边疆，高仙芝远征小勃律，唐朝军队收复了揭盘陀国故地，在此设立了葱岭守捉。清朝时，乾隆平定大小和卓叛乱，塔什库尔干的穆喇特伯克归顺清朝，清政府正式将塔什库尔干划为叶尔羌。

相传揭盘陀国其开国者之父乃自日中而来，母为汉土之人(居公主堡)，故王族自称汉日天种，因核心区国民是东部波斯群体，长期通婚使得王族成为东波斯人群的一部分，因此王族是后来形成的中国塔吉克族的祖先之一。

牵涉到另一个著名的古迹：公主堡。

公主堡位于塔县城南60公里处，坐落在塔格敦巴什帕米尔山上。古堡面积2000多平方米，照山体地形而筑，顺坡势而建，呈西东走向，由高渐低，正面用石块砌筑墙体，西边的墙面则就地取材，用夹有一层层荆榛之类灌木枝条夯土而成。

传说，曾有一位波利斯国王，迎娶一位汉族公主。迎亲队伍到这里，因战乱遇阻，找到一处孤岭危峰住下，周围严密禁卫，任何外人不得上山。不想过了3个月，公主却有了身孕。迎亲使团十分惶惧。据公主贴身侍女称，每天中午，有一个俊伟男子从太阳中骑马下来与公主相会。迎亲使团无法复命，就在孤峰上筑城。公主至期产子，接立为王，成了这片地区的统治者。当地的揭盘陀国王自称至那提婆瞿坦罗，意为"汉日天种"。

当年这位公主避乱的地方，就被称为"公主堡"。传说，常常是民间智慧的花朵。

帕米尔地区人口约9.8万，大部分是柯尔克孜族、塔吉克族。塔吉克族住在西部，讲伊朗语，为什叶派穆斯林；东部主要是柯尔克孜人，突厥语系，为逊尼派穆斯林。塔吉克族颜值逆天，有高且挺的鼻梁，深邃的眼眸，浅色的美瞳，白皙的皮肤，其中还有部分族人金发碧眼，所以经常被误以为是欧洲人，这个民族拥有纯正的欧罗巴血统。

其实，他们就是葱岭的守护者。

误入瓦尔希迭村的时候，天色已经渐晚。

在这云端之上，似乎在下午十点以后依然能见天光。还有那雪山上的光芒，一直照耀着这条河谷，和河谷里的生灵，一群牛，一群马，一群山羊，还有那蓬勃的柳树、胡杨，河谷里的最高的主宰者塔吉克人。这群神秘的"日天之人"的后裔们，他们祖祖辈辈驻守在这条河谷，用人间烟火繁衍着自己的基因，在河谷的田园里生长并歌谣着。

寻着一条单行道的水泥路，曲径通幽。

庄稼已经收割，地里异常安静，似乎在蓄谋着另一个春天，再一次生根发芽、开花结果。地里有散落的毛驴和羊，零星地点缀在空旷的原野。那些房舍被一圈杨树或者柳树围着，树叶有的金黄，有的还在绿与黄的过渡阶段。其中一处，树叶的颜色已经透黄，像金箔，格外抢眼，仿佛被大师遗留在荒原里的一幅油画。猜想，居住在那油画里的人家定是幸福的。

院子里站着一位中年男人，戴着鸭舌帽，典型的塔吉克面相，瘦小的脸，高鼻梁，深凹的眼窝里似乎贮藏有两坛瓦蓝的湖水。两腮早上刚刚剃过，下午就已经冒出坚硬的胡茬。那胡茬密扎扎布满整个脸颊。他似乎早就看见了我们的汽车，犹犹豫豫地朝他家的院落驶去。他在等待，脸上是温暖的笑容，像迎着预约而至的客人。

他盛情邀请我们进屋里去坐坐，语气似乎不容推辞。

我说：是你家的这金黄的油画吸引了我们的脚步。

他说：是的，这里能吸引很多客人。

这样说来，估计我们不是第一波。他家正在改建新房，院子里还有一堆砖头水泥之类的杂物。进了门厅，是落窗的走廊，这是寒冷的北方典型的民居制式，不能开门就对着旷野，得要缓冲一下，以保留屋子里的暖气。走廊到底，一拐弯，就进入了房屋的圈套，一间连着一间。先是老屋，也刚做了装潢，屋顶、墙面都是新的。

主人热情地把我们引进后边的新房。

新房很新，内墙全是纯木颜色。一间大大的屋子，像是会客厅，被做成了"天井"模样，天井里是厚厚的波斯地毯。四周新打制的木质基台上，铺了毡毯，可以落座，也可以做睡眠的床。四壁是精致的雕梁画栋，很有塔吉克民族格调。那些花绘甚至很烦冗，但又不厌其烦。不得不惊叹他们对自己屋舍的精雕细刻。这跟很多民族一样，包括汉族，他们宁愿穷其一生财富，也要打整一套像模像样的居室，居住，并流传后人。只要国泰民安，就子子孙孙无穷无尽地传续下去。这是人类族群共同的生活哲学，只要脚下坚实的大地还在，他们就愿意在大地之上，开出自己汗水的花，结出智慧的果。

交谈中，得知这位老兄叫艾克木山·马达力汗，出生于1969年，刚好50岁。

我说：马达力汗老兄，你这套房子，会花掉十几万吧。

他说：不，你看，还没有竣工，预计得要30万元。

我一个深呼吸。30万元对于在云端之上的河谷里以田地作为生产对象的人家来说，估计也是掏尽一生的积蓄。我不能在钱这个问题上过多刨根问底，有时候谈钱是很伤害感情的，虽然跟这个马达力汗老兄谈钱他是愉悦的，甚至也愿意探讨。不过，还是得益于男主人会讲很流利的汉语，因此我们的交流一直畅通，并可以拓展到其他问题。

他用民族语言吩咐女主人，一个典型的塔吉克女性，她给我们熬制出滚烫浓稠的奶茶，还端出馕饼。眼看天色落暮，也不能拒绝这份人间美好。当我稍微露出礼貌性的拒绝之后，马达力汗老兄就跟我客气上了，似乎我谦虚的表情让他受到最严重的伤害一样。

我说：老兄，不好意思，打扰了，实在对不起。

他说：到家了，不喝奶茶，是不行的。

我说：那好吧，恭敬不如从命，谢谢你的奶茶。

他说：你们放心，塔县是最安全的，我们爱中国，没有理由不爱。

我说：我也感觉得出来，这里气象平和。而且，你的汉语很好。

他说：我们这里的学校自1996年起就办汉语学校了。

我说：哦，双语。

他说：不，不是双语，就汉语。

我们都笑了。心领意会。

我说：你们家的孩子呢？

他说：老大是个儿子，都工作了。

我说：小的呢？

他说：小的是个姑娘，在上大学。

我说：在新疆上大学吗？

他说：不，在武汉。

我说：哦，你也去过内地了。

他说：去过，送孩子上学的时候，去过北京、上海、广州、武汉。

我说：哟，都是些大城市，不错。女儿毕业了，留在内地大城市吗？

他说：不，得回来，回到塔县来，我们塔吉克族人口很少，总共才5万多人。

我说：理解你的心意，能出去上大学已经很不容易，学成归来，为你们民族服务是应该的。

喝过两碗滚烫的奶茶，吃了半块馕饼，周身已经暖和。我突然问起马达力汗老兄关于鹰笛的事来。其实也不是突然，自在喀什博物馆，在我近距离端详过所陈列的几只鹰笛后，我的魂魄里就一直惦念着一只鹰的骨头。也可以说，穿过古西域来到这云端之上的地方，我的脑海里就总是有一幅神鹰的面相，像烙刻在记忆里的一幅版画。还有就是一种声音，就是从鹰翅的骨头里发出的鸣响——撕魂裂魄。

我问：马达力汗老兄，你见过鹰笛吗？

他说：鹰笛，见过，当然见过，我们村子里有人一直在吹奏呢！

我的眼里肯定滑过一阵惊喜。他也捕捉到了。

他说：只不过，很长时间不见那人了，你想听？

同行的朋友说：他不但想听，还更想买一只。

他"哦"了一声，说：买，估计也能买到，塔县有民族商店，见过的。

我抬腕一看表，已经十点半了，连忙起身告辞。我得去幸会那只令我魂牵梦绕的鹰笛。要是能从塔县带走一只鹰笛，堪比从雪山上带走一只雪豹。我总觉得，那种从骨头里发出的声音，最能令我对它产生生命的共振。它所发出的音韵，胜过从任何金银铜铁器物里发出的声音，也胜过从竹木植物里发出的声音。那种声音，贯通了生命的谜语，只有性灵者能理解，能通融，并迷恋。

快速告别这位塔族兄弟，向华灯辉煌的县城奔去。这样的告别，不需要说再见，挥挥手，或者拥抱一下就可以了。不要说再见，因为一声"再见"就是永别。我在心里告诫自己，不要忘记他，记住瓦尔希迭村的这位艾克木山·马达力汗老兄。虽然只是偶然，握手之间，已是擦肩而过。这样想着，眼泪已经迷糊了双眼。

当然，我们的脚步已经晚了。塔县所有的商场、商店都已经关门落锁。

夜晚里总会有酒馆开门迎客。霓虹深处，一排排内地人来云端之上开的饭馆热情拥抱着每一位不速之客。在这云端之上原本是忌惮饮酒作乐的，但我还是没有把守住界线，也没有听从嘴唇乌紫的警告，在一家"万州烤鱼"的小店里，要了一瓶伊力特。一瓶伊力特之后，似乎还不够味，又打开行李包，掏出从敦煌出发时带上的敦煌玉液。似乎，再也没有什么比在云端之上同时打开

"伊力特"和"敦煌玉液"更具有象征意义了。

为了这种象征，和对鹰笛的苦苦求索，我跟友人对酒敞怀。

朋友知道我的心脏不怎么健康，想劝诫，但又忍住了。是的，"伊力特"和"敦煌玉液"在帕米尔之上，在古葱岭激情碰面，这已经是暗藏天意的"暗喻"。在酒精的烘托下，大脑飞速旋转，仿佛看见了一条彩色的丝绸，从敦煌出发，穿越西域三十六国在葱岭之巅幸会。那是一条丝绸的胜利，也是天意和人意的双重耦合。

当然，在嘈杂的"万州烤鱼"的小酒馆里，我再次说起了鹰笛。

朋友说：你会拥有一只鹰笛的，只要你持定心念，就一定会有。

朋友真诚的眼神和温暖的语调，令我憨笑，并信以为真。

其实，我对一只鹰骨所做的乐器并不执念。我只是产生了过分的诗意联想。在喀什博物馆的时候，我与几只鹰笛面对面，那发白的骨头似乎已经"玉化"，呈现出象牙一般深沉的色调。20多厘米长，开有三孔，笛管上刻有太阳的图案和鹰头的图案，很抽象，很有艺术感。

那是我跟一只鹰笛最近距离的接触，我看到了飞鹰的面相。

这种乐器带着生命的呼啸，也是源自生命的呼啸。

骨笛是笛子的一种，也是最早的乐器，又称鹰笛或鹰骨笛。藏族、塔吉克族、柯尔克孜族边棱气鸣乐器，藏语称当惹。用鹫鹰翅骨制成，流行于西藏、青海、云南、四川、甘肃的藏族牧区。常用于独奏。

20世纪80年代，中国发现了距今有8000—9000年之久的笛子——骨笛。

在河南舞阳贾湖村新石器遗址发掘出了随葬的21支骨头制成的笛子，它们全部是用鹤类翅骨制成，大多钻有7个孔。据悉，是迄今发现的最早的乐器。事实也证明了古老的中国音乐在几千年前就已经发展到了相当高的水平。到目前为止，贾湖骨笛是世界上出土年代最早、保存最为完整、还能用以演奏的乐器实物，比古埃及出现的笛子要早两千年，被称为中国管乐器的鼻祖。

晋代的猿骨笛。唐《酉阳杂俎》载：

昔晋时有人以猿骨为笛，吹之，其声清圆，决胜竹笛。

明代的鹤骨笛，明冯海粟《鹤骨笛》诗一首，诗云：

胎仙脱骨字飞琼，换羽移宫学凤鸣。

喷月未醒千载梦，彻云犹带九皋声。

管含芝露吹香远，调引松风入髓清。

莫向岭头吹暮雪，笼中媒鸟正关情。

在塔什库尔干，最容易与鹰笛不期而遇。它伴着雄浑的歌唱和健美的舞蹈，使塔吉克族的文化生活，具有浓郁、强烈的帕米尔高原风格。鹰笛多用于盛大节日、婚礼和迎宾送客等喜庆场合，在歌舞、叼羊或赛马等活动中，是离不开的伴奏乐器。

据说，鹰笛还有一个美丽的传说：很早很早以前，居住在帕米尔高原上的塔吉克人，还过着狩猎生活，家家户户养着猎鹰，它们白天随主人狩猎，晚上为主人放哨看家。有一个名叫娃发的猎手，家里有一只祖传的鹫鹰，是远近闻名的"鹰王"。奴隶主得知后下令娃发交出鹰王。娃发气得几乎昏了过去。鹰王对他唱了起来：

娃发娃发，快把我杀，用我骨头，做支笛吧，你有了笛，要啥有啥，就不会受苦啦！

娃发听了又惊又喜，但怎舍得杀掉自己心爱的猎鹰呢。鹰王又唱道：我死以后，会成仙家，若不杀我，你也难活。娃发心想，也许它真能变成神仙吧，就把鹰王杀了，抽出翅膀上最大的一根空心骨头，钻了两个洞眼，做成了一支鹰笛，取名"那依"。每当娃发吹起鹰笛，猎鹰便成群而至，狠狠地惩罚了奴隶主，使他再也不敢欺压奴隶了。

当然，这只是一个传说。民间遭受压迫之后的愿望就是借助神灵和超自然的神物还世界以公道。这样反抗压迫的民间版本，在其他民族中也不少见。其实，这个世界从来就没有真正的平等。剥削与被剥削，永远是人类不可解答的死题。

我深深地知道，畅想一只鹰笛，只不过是对自由和理想的一种向往。

那是来自骨头里的呼唤。

是夜，在帕米尔冰川国际花园酒店的一顶没有暖气的蒙古包里，我在"伊力特"和"敦煌玉液"两种烈度的液体里，很快进入梦境。对，我获得了一只鹰笛。那是雪山之上一只鹫鹰从自己的翅膀里剥出的一根翅骨，它用尖锐的喙清理着骨头上猩红的肉丝，上面开有三孔，并刻有抽象的太阳和鹰头的图案。我来不及致谢，它已经展翅而去，飞向雪山之巅。我从梦中悚然而起，很长时间都没有回过神来。

我知道了，塔什库尔干云端之上的面相，是鹰的图腾。

葱岭之上，是神灵也是自由飞翔的家园。

The Northern Route

of the Silk Road

in the Western Regions

下 篇　丝绸之路西域之北道

西域：被锁定在陶罐

和呈现在织锦上的华美诗篇

丝绸——

从江南的制造坊里款款走出

它就不再是一只蚕的蛋白质超度

而是升华以一个国家的意志和想法

从洛阳到长安，从长安折西，逐黄河远上

经千里河西大走廊或道道大河或条条弱水

三千里奔袭，它已经落满了阳光和晨霜

19世纪70年代

德国地理学家李希霍芬

将这条东西方贸易通道命名为"丝绸之路"

一条大道，便在世界所有的官方语言里

注册了自己的姓氏

那是中世纪的一次物质大结盟

北半球上的一次精神大联欢

一条柔软的丝绸，比弯弓更角力

比刀剑更锋利，比子弹更尖锐

也比黄金更优雅更有内涵

黄金是一种矿物，蚕丝是一种蛋白

没有谁赚了谁的便宜，只要愿意

交河故城:西域大地的城堡名片

玄奘在瓜州磕了一串长头

他不得不绕开敦煌两关的城防

穿八百里流沙吧,调头北望

那也是丝绸铺出来的另一个方向

伊吾州,西域可襟喉

哈密王做了安检,紧接着是高昌王

等到了车师王的故城

还得要问天问地烧高香

一道签:交河西去过尉犁、轮台库车到疏勒

二道签:绕北庭、傍天山,经伊宁至碎叶

哪一条都不是好走的路啊

但是哪一条路都通向阳光

寻白骨为标,辨兽粪为号

八千里路云和月,八千里路尘满霜

多少骆驼倒沙漠,多少商贾埋荒郊

出敦煌 | Travel all over Dunhuang

一条问佛的血路：佛在西天

一条彩绸的方向：梦在天堂

待千年的长路走过

丝绸，已成道

大道，已成殇

车师前国，王治交河城。河水分流绕城下，故号交河。去长安八千一百五十里。户七百，口六千五十，胜兵千八百六十五人。辅国侯、安国侯、左右将、都尉、归汉都尉、车师君、通善君、乡善君各一人，译长二人。西南至都护治所千八百七里，至焉耆八百三十五里。

——《西域传·下》

武帝天汉二年，以匈奴降者介和王为开陵侯，将楼兰国兵始击车师，匈奴遣右贤王将数万骑救之，汉兵不利，引去。征和四年，遣重合侯马通将四万骑击匈奴，道过车师北，复遣开陵侯将楼兰、尉犁、危须凡六国兵别击车师，勿令得遮重合侯。诸国兵共围车师，车师王降服，臣属汉。

——《西域传·下》

这里，我愿意从信仰说起。

公元627年，唐朝和尚玄奘从长安出发，不，偷渡，开始漫长的西行壮旅。

他这一次注定会载入史册，光耀万代。因为，他没有贩卖丝绸、茶叶和瓷器，他纯粹开启的是一趟理想主义之旅。明确点说，就是一次灵魂的朝拜之旅、宗教信仰之旅。与其说与丝绸之路上商贾云集有什么异曲同工之妙的话，他贩卖的文化，是思想，是艺术。这相当地高级，相比那些波斯人、粟特人贩卖的金银珠宝和女人来说，他是独一的光辉面相。

所以，玄奘之旅，更应该进入人类文明的教科书。

但是这次偷渡给他造成很多困扰。

在唐朝时，西域城防相当严密，即使飞过一只麻雀也要经过政审。因为那个朝代，河西走廊已经不得安宁，吐蕃已经浪迹于此，攻城略地，城池失火。河西之外的地方，更是没有安全保障。对于一个文弱书生，偷渡之旅似乎处处是陷阱，是天堑。

果不其然，过凉州时，玄奘被守将扣住，还是在一位僧人的帮助下才侥幸逃到瓜州。还是同类中人惺惺相惜。但是好运气总不常有，所以到了瓜州，玄奘就犹豫了。他也想去敦煌，莫高窟千佛洞的名号早已如雷贯耳，朝拜是应该的。但是，他掂量了一下风险，似乎得不偿失。

更何况扼西域要冲的阳关、玉门关，想要买通守关人的通关文牒，没有半成把握。干脆，棋走险招，迂回北上，走伊吾（哈密），过高昌、交河，再做权宜。

玄奘在危机之时择选了一条正确的道路：越艰险，越安全。

更何况，当战争阻隔了丝绸要道的时候，商贸总是避险趋夷，用骆驼甚至人的尸骨，开辟出新的财富大道。往往，战争能阻隔万里河山，但商贸的经济角力又锐过刀枪，势如破竹，攻坚克难，化万险为大夷。

玄奘改走了丝绸走过的另一条道路，越八百里流沙（也就是所谓的"大海道"），到伊吾。

丝绸之路向北走，除了现在公认的丝绸之路北道、北新道外，就只有一条便捷而风险极大的路，即连接通向楼兰的楼兰道、去高昌的大海道、进入哈密的五船道的莫贺延碛。莫贺延碛就像是淬刀的烈火，过了这一关，也就百炼成钢了。不过这一关，又很难挺过去，也就是说，不是迫不得已，没有人选择这条道。这条路，早在玉石之路、丝绸之路开通之前，就是冒险家的天堂。玄奘理当是冒险家。

莫贺延碛，此地"长八百里，古曰沙河，目无飞鸟，下无走兽，复无水草"，自然环境极其恶劣。在这里，玄奘遭遇了西行途中最为险恶的考验，靠着信仰与毅力才得以穿越此地。

《大唐大慈恩寺三藏法师传》：

夜则妖魑举火，灿若繁星；昼则劣风拥沙，散如时雨。

这就是今天所说的沙尘暴无疑。而《西游记》里误以为是"流沙河"，在河里还跳出一个沙和尚。这在今天只能说是"穿越"。九死一生渡过这条艰险的流沙河后，玄奘回味莫贺延碛时还心有余悸。

玄奘走的这条路，确实是一条地理意义上的死亡之路，至今还能看见一路白骨，那白骨有骆驼的，也有人的。但这条路今天又成了探险家的乐园。只不过现在的探险家更像一次荷尔蒙的大集结，跟探险已经相距甚远。他们屁股底下是价值百万的进口越野车，方向是天上的卫星导航，后勤保障是专业的团队。这样的探，何险之有呢，只不过是现代人精神的大狂欢，给荷尔蒙找一次沸腾的机会。对比玄奘，或者对比一下丝绸之路上的骆驼客和小沙弥，他们所谓的"探险家"名号是名不符其实的。

一路上，为了躲避烽燧和关口盘查，玄奘先是沿着怪石嶙峋的河岸小心行进，而后穿越八百里流沙，就是莫贺延碛，在没水的情况下，走了五天四夜到达伊吾，即今新疆哈密，孤独而又近乎逃亡的旅途让他感到恐惧。

抵达高昌时已是次年正月。

高昌王没有亏待这个理想主义者，给他配备了4名沙弥、25名随从，以及面罩、衣服、鞋袜、数量可观的金银、绸缎和写给沿途各国的国书。之后，玄奘就大体沿着当年张骞出使西域的老路西行，经焉耆到龟兹，并在那里停留了两个月，等大雪融化之后，翻越天山再西去。

这一点，在《大唐西域记》里也有如此记载：

出高昌故地，自近者始，曰阿耆尼国。

似乎在《大唐西域记》开篇的记叙也就是这么一句话。高昌之前，一个字也没有，因为那段路是"黑户"在"偷渡"，不正大光明，没法记载入史。其实，要是按照现在的"反向推导"，说不定"偷渡"那段路程更具有传记性和传奇性。猎奇是人类最真实的天性。

自高昌一路西行几十个小国之后，玄奘在《大唐西域记》里这样记述：

从此西北入大沙碛，绝无水草。途路弥漫，疆境难测。望大山，寻遗骨，

以知所指，以记经途。行五百余里，至飒秣建国，（唐言康国）。

这不仅仅是一国一城的地理模样，在西域广大的疆域上，大多如此：绝无水草。途路弥漫，疆境难测。望大山，寻遗骨，以知所指，以记经途。

这条路，就是丝绸之路。

丝绸之路，是一条用白骨做路标的绝路。

不管以塔克拉玛干大沙漠的南缘为"南道"，还是以塔克拉玛干大沙漠的北缘为"北道"，或者傍天山西行的"北新道"，所有的丝绸之路殊途同归，它不是一条有固定标识的路，它包括了世界上几乎所有的复杂地形：高山丛林、草原荒漠、河流湖泊、戈壁沟壑。还有最恶劣的天气和最恐怖的自然灾害：酷暑、严寒、沙尘暴、洪水、雪崩、泥石流。当然，也少不了野兽肆虐、强人横行。

行走的丝绸之路，更是一条理想信念之路，是一条宗教皈依之路，是一条大化成境之路，也是人类历史上文明演绎和推进之路。

美国著名汉学家比尔·波特在他的游记作品《丝绸之路》中，是这样描述这条"路"的：

今天我们可以沿着丝路从中国一路开车到达巴基斯坦。但在古代，它并不是一条真正意义上的路。实际上，它只是过路商队留下的动物骨骸和粪便所形成的小路。一场沙尘暴过后，小路便消失得无影无踪了，直到下一个商队踩出另一条小路。这些小路穿过世界上最荒凉的地方，从一个绿洲到达另一个绿洲。

《丝绸之路新史》的作者芮乐伟·韩森在大量出土文书的佐证之下，得出以下结论：

丝路并非一条"路"，而是一个穿越了广大沙漠山川、不断变化且没有标识的道路网络。

翻越了险峭峻极的天山，玄奘团队人畜损失超过三分之一。

弟子慧立在《三藏法师传》中说到了当时的艰险，山上冰雪"积而为凌"，巨大的凌峰横亘路上，"或高百尺，或广数丈"，在"风雪杂飞"的极寒天气中，众人套上两双鞋子穿上两件裘皮仍在瑟瑟发抖。睡觉只能"席冰而寝"，因为根本找不到任何干燥的地方。

过了天山，玄奘在碎叶城拜访了西突厥可汗，在那里获得了盘缠、通译和国书，随后继续西行，走过崎岖坎坷的山地牧场、沙浪滚滚的塔什干荒原抵达撒马尔罕。由此继续向西，过伊朗高原、美索不达米亚平原可达地中海。但玄奘选择的是向南去往天竺的路。

天竺，那里是他的精神所向。

玄奘，用尽九死一生之力，到达了他理想的极乐世界"西天"。

他在印度停留多年，足迹遍及整个印度国境，佛教学问更是无人能及；他精通佛学全部经典，即经、律、论三种经藏，获得了"三藏法师"的称号，这是佛教的最高荣誉。

公元645年，玄奘返回长安，唐太宗命令宰相率领朝臣出迎，长安万人空巷。

归国以后，玄奘专心翻译带回的佛经，前后共译出75部，1335卷。他创立了法相宗佛教学派，培养了一批著名弟子。

丝绸之路上，从来不乏玄奘这样的苦行僧。

在玄奘的200多年前，法显和鸠摩罗什也是沿着这条路或西行或东进的，他们为佛教的传播做出了不可磨灭的贡献。佛教之后，基督教和伊斯兰教也相继东传，随之而来的还有欧洲、亚洲、非洲各国丰富多彩的文化、艺术和科技。

丝绸之路将世界三大宗教和四大文明古国串联起来，让文化和技术得以共享。

这条路，最终成了人类历史上变革的高速公路。

英国作家彼得·弗兰科波《丝绸之路》将我们一贯"混沌"的丝路概念更加明确化、学术化。他以历史的又是未来的、以人文的又是地理的、以哲学的又是宗教的、以经济的又是文化的、以和平的又是霸权的、以悲观的又是乐观的、以局部的又是宏阔的眼光，考量这条"丝绸之路"，因而明晰为以下"25"条道路进行阐释：

信仰之路、基督之路、变革之路、和睦之路、皮毛之路、奴隶之路、天堂之路、铁蹄之路、重生之路、黄金之路、白银之路、西欧之路、帝国之路、危机之路、战争之路、黑金之路、妥协之路、小麦之路、纳粹之路、冷战之路、美国之路、霸权之路、中东之路、伊战之路、新丝绸之路。

彼得·弗兰科波的总结是全面的，因此他得出的结论是：

丝绸之路主宰了人类的过去，也必将决定世界的未来。

特别在最后《新丝绸之路》的章节里，他主要阐述了当今中国"一带一路"战略与世界"互联互通"的时代意义。正如他在结尾所说：

在世界的其他地方，挫折和艰难、挑战的问题，似乎都是一个新世界在诞生过程中的分娩阵痛。当我们在思考下一个威胁来自何方、思考如何应对宗教极端主义，如何与那些无视国际法的国家谈判，如何与那些被我们忽略的民族、文化及宗教建立各种关系的同时，亚洲屋脊上的交流网络，正在被悄然编织在一起，或者更准确地说，是被重新建立起来。这就是正在复兴的"新丝绸之路"。

2019年的春天，北方的三月是还没有任何草木抽芽的季节，在尘灰如霾的一个早晨，我再努力地回过头去，替大家勇敢地看向一千多年、甚至两千年前

"丝绸之路"的魅影。也许,其艰也难的一条丝绸的向度,正埋藏了我们人类今天可以借鉴和觉悟的秘语。

说到伊吾,即今天的新疆东部大门哈密,得从一首古诗说起。

这是清代诗人祁韵士的《西陲竹枝词》:

玉门碛远度伊州,无数瓜畦望里收。

天作雪山隔南北,西陲锁钥镇咽喉。

诗词所描写的就是新疆维吾尔自治区最东端的一座千年古城哈密。

哈密,位于天山南麓,东与甘肃省酒泉市为邻,西控广阔的新疆大地。现在,哈密所辖的县区横跨天山南北,这一独特的地貌使哈密地区成为新疆"三山夹两盆"地形的缩影。

哈密更特殊的地理意义在于它是西域的东部门户,也是丝绸西进的东方世界的西大门,因此被称为"西域襟喉"。在如此重要的交通要道上,哈密王举轻也若重。从历史上看,哈密王对东方朝廷还是比较契合的,在友好的氛围里心照不宣、各取所需。

永乐十二年,吏部验封司员外郎陈诚出使西域,归国后著《西域番国志》,其中《哈密》章云:

哈密城居平川中,周围三四里,惟东北二门。人民数百,住矮土房。城东有溪流,水西南流。果林二三处,种楸杏而已……蒙古、回回杂处于此,衣服礼俗各有不同。

其实,伊吾跟西域所有小国一样,他们面孔朝向谁完全取决于谁的拳头更硬。他们深知弱小的城邦之国,跟谁缠斗硬拼都是死路一条,就好比楼兰国一样,做"墙头草"东倒西歪也会要命。不东倒西歪,保持直立的姿势,死得更快。这就是命。

我们可以梳理一下伊吾的历史命运。

史前时期从三道岭、七角井发现大量的磨制石器可证明,距今7000年前的原始社会新石器时代,哈密人的祖先已在这里繁衍生息了。从公元前20世纪开始,先后有多种民族在这块绿洲上生活过。公元前60年西汉设西域都护府,伊吾卢归西域都护府管辖。东汉开始哈密称伊吾。三国、魏晋时代,魏在哈密仍置宜禾都尉;东晋时伊吾划属敦煌郡治理。

东晋,前凉取伊吾,设伊吾都尉;北魏置伊吾郡。后为西突厥占据。

隋时,隋炀帝派遣薛世雄取置伊吾郡,并建筑新城。隋末复为突厥乘乱夺据。

唐时,唐贞观时内附,置西伊州。

五代,为小月氏占据,号胡卢碛。

元朝,在西域设阿力麻里行中书省,哈密属之,封忽纳失里为肃王。当时称伊州为哈密力。从此哈密之名便沿用至今。

明时,伊吾乱世:其实也是伊斯兰势力的宗教角逐所致。经过三立三绝哈密国灭亡,受明朝收编为哈密卫。至明朝末年,伊斯兰教逐渐传遍整个新疆。

清时,康熙三十五年,哈密归附清朝,翌年擒献准噶尔叛乱首领噶尔丹之子,被清圣祖封为哈密回部"一等札萨克",即第一世哈密回王。

一千多年来都是不停地被归顺、被依附和被重新命名,包括在清雍正和乾隆时期。直到2016年2月18日,哈密正式撤地设市,丝绸之路经济带沿线诞生出最年轻的城市。这是继吐鲁番之后,新疆第二个撤销地区建制设立的地级市。

历史的角力,彼消此长,你死我活,你衰我旺,你臣我王,本就如此。

当每到一个城市,每进一次博物馆,从那浩瀚的几千年的历史时空穿越而过之后，我就相当地茫然。我深深地知道，大地之上的城池，它们的兴衰，它们的命运，包括它们走过的血雨腥风，都是相似度极高的。

原始的敲打器做人类工具的时候，只会想到野蛮、蛮荒、愚昧、落后。那一步，人类走得极为艰难。当进化成为人类大势所趋，生产工具逐渐演变为人的主观意志，有了形状，有了思想和智慧之后，人类本性里的占有、奴役和杀戮，又成为几千年文明历史的人类走向伟大所不可逾越的阶梯。那些阶梯以时间为序，以战争为纪元。

阶梯之上，人类以自己的尸骨作标志；

阶梯之上，人类以自己的鲜血作旗帜；

阶梯之上，人类以死亡的骨相作图腾。

没有谁能幸免，包括族群、部落、城池、宗教团体和社会组织，都不能，都莫不如此兴高采烈地迈向所谓的自我辉煌。而辉煌，是有时间刻度的，只不过个体的人太过渺小，在时间长河里如一粒尘沙，他们看不见未来，所有的人都看不见，因此，他们狂热而无知，无知而狂热。没有谁能预料死后的世相，别说一万年、一千年、一百年，就是闭上眼睛三分钟，也许世界就已经改变模样。

这是一种积极的悲观情绪。

在西域的古国里穿梭，在几千年人类的时空里张望，我周身都是这样的情绪。我很难从这样的情绪里超拔出来，所以，我看这个世界的眼神从来都是冷峻的、色彩单调的。也因为，我深刻地为人类这种族群而伤，为流逝而过的时间而殇。所以，我也愿意不止一百次地重复自己的情绪观：

我不主动悲观，但也从不盲目乐观。

好吧，还是看看大地，它很稳定。

千年前的人们看见的色彩跟千年后的我看见的差距不大，雪山还是雪山，荒漠还是荒漠，飞鹰还是飞鹰，流沙还是流沙。现今的哈密所出产的哈密瓜，也许在几百年前已经享誉东方王朝。东方王朝对西域的水果从来就情有独钟，比如产自撒马尔罕的大蜜桃，产自西域的金黄大杏，历来都是朝堂呈贡。没有依据，那种杏子是否是今天敦煌的李广杏。当然最著名的水果就是哈密瓜。这个名字的瓜在当今西部的土地上到处都在种植，但实话说，只有哈密地界的哈密瓜才是真正的哈密瓜。而也只有你吃了才知道。

去到王府，就能看见统治哈密几百年历史的最高统治者们的面相，无一例外，他们是统治者的面相。他们对一片土地和土地上的附属物都有极大的热情，哪怕死后，也可以借模拟的塑像来告诫天下：天下是我的天下。

历史总在不停地翻云覆雨，天气也是人气。人气也是天气，天气就是万物的表情。

当然，这需要与历史的耦合才行。

从敦煌出发，过柳园，就感觉到了西域的气象。

西域的气象就是荒凉里藏着荒凉，无尽的荒凉。

从敦煌玉门关倾盆而来的库姆塔格沙漠，维吾尔语中是"沙子山"的意思，位于甘肃西部和新疆东南部交界处，大致位置北接阿奇克谷地—敦煌雅丹国家地质公园一线、南抵阿尔金山、西以罗布泊为界、东接敦煌鸣沙山和安南坝国家级保护区。库姆塔格沙漠的主体在新疆，在该沙漠地带已设立3个国家级保护区，分别是新疆罗布泊野骆驼国家级自然保护区、甘肃安南坝野骆驼国家级自然保护区和甘肃敦煌西湖国家级自然保护区。

因为戈壁里生命物种的稀缺，所以被保护。这是人类最后的手段，因为被保护之前是肆无忌惮的杀戮和破坏。个体的人虽然寿命短暂，但他们的破坏性非常强，特别是以口腹为最大乐趣的族群，只要他们张开大口，就可以短时间内将一个生命物种变成食物残渣，变成稀有物种，变成纸书上的纪念名词。我曾在保护区里看到他们被保护的骆驼，可以说，很难再恢复到自然的生命物种状态，迟早它们会在保护区里消亡。

库姆塔格沙漠里的沙子一泻千里，如此便到了哈密的边缘。

库姆塔格沙漠与噶顺戈壁重叠。这都是名副其实的死亡之海。

而这种死亡的状态，刚好又是一种永恒的生命。

无垠的沙漠戈壁，几千年以来呈现的都是同一样貌，褐色的沙砾、碎石和五彩的鹅卵石强力地板结在一起，弥漫着铅灰的色调。那是几千年戈壁风历练后的面相，再大的风也难以改变它。它就是大风最后的产物，也是永恒的产物。特别在阳光下，在天山的雪线之下，大戈壁会呈现出另外的一种生命壮美。常以为，戈壁是死亡的代名词，其实，它是活着的另外一种生命。

这就是大地的生命。

摘取一段1908年1月16日伯希和先生的考察日记：

俄文地图错误频出。它共分出三条路，共设置了两个而不是一个七克台。其设置里一个是巴尔布拉克，另一个是双布尔布拉克。其中一条路从七克台出发，便可立即进入第一道大山屏障，一直到达台孜布拉格（而不是塔什布拉格）和高泉。最后是十三间房、火石泉或双泉、三间房。然后，一边是瞭墩，另一边则是罗护守捉，在四十里大墩，恰恰有一口井、马堡子和官店沙漠。人们在近年里，试图于本处和西盐池之间地带掘井，却未能成功地找到水。这里确实是一片极其荒凉的地区。一条小路直接从此处通向辟展北部的奇丹村和加坎村，经由位于台孜以北的亚喀坎。这条路沿北部山脉第一条支脉的山脚下前进。

这是伯希和日记里较为短小的一整天记录，估计他忙于给色纳尔写书信，所以化繁为简，但就此一小段的文字也看得出相当丰富的信息：俄式地图，七克台、大墩子之类的十多个地名，还有村落、山脉，以及地形、地貌等。

这些地名，今天依然在使用。这些地方，今天依然还健在。这就是地理的天象，它不会轻易被改变。它的改变周期，一定是万年或者数万年。这样长的时间，人类不仅仅是无能为力。是的，面对大自然的永恒，人只能是面露羞愧。

正好，同一天，伯希和还给他的色纳尔先生写了封长信，摘取一段如下：

我们不会在吐鲁番地区停留很久，斯坦因已经不在那里了。

吐鲁番曾明显地为德国人提供了一片绝妙的研究阵地。西部的雅尔城（交河城）和吐鲁番，东部的喀喇和卓（高昌）都是面积辽阔的场地。那些遭废弃的古城，在新疆的其余地区再无可以类比者。我们还应再从中加入整整一组规模大小不等的寺庙以及多组佛教石窟。所有这一切都处于一个世人都熟悉的小范围内，即唾手可得的地方。经过四个人持续三年竭尽全力从事这种工作后，是否还有什么工作要去完成呢？

我从敦煌出发路过吐鲁番去西域，而伯希和从西域过来向敦煌。

我们两人间隔110年时空在吐鲁番的大地上，擦肩而过。

假若继续循着丝绸西去的轨迹，那么现在到了高昌王的地盘。

吐鲁番目前是进疆重镇，一千多年前也是。一千多年前，它还叫"火洲"。

它位于新疆中东部，天山东部山间盆地，因为炎热，致使光秃秃的山峰成了大火灼烧的模样，最著名的就是火焰山。火焰山也是因为《西游记》的孙悟空借芭蕉扇而出名。对,很多地理的闻名都是因为文学的推波助澜。那时的吐鲁番也是古丝绸之路上的重镇。

据《史记》记载,生活于吐鲁番盆地一带的土著居民是姑师人。他们在吐鲁番盆地上建立了姑师(后称车师)国、狐胡国、小金附国、车师后城长国、车师都尉国。这些都是音译,千人千音,千音千字,不足为奇。

汉武帝时期,张骞出使西域,联合西域各国以断匈奴"右臂"。"姑师"之地是开辟西域的重要通道,战略地位极为重要。由此,西汉王朝与匈奴对"姑师"展开了长期的反复争夺。史称"五争车师"。

元封三年(前108年),汉遣将军赵破奴及王恢率骑数万克楼兰,破姑师。姑师改称车师,臣属于西汉王朝。车师以博格达山南北形成车师国。不久,匈奴又控制了车师。

天汉三年(前99年),汉以匈奴降将介和王成娩为开陵侯,率楼兰国兵击车师,匈奴遣右贤王率数万骑救援,汉兵败归。

征和四年(前89年),汉又派开陵侯率楼兰等六国兵共围车师,车师王投降汉朝。

昭帝元平元年(前74年),匈奴重新占领车师,派四千骑兵在此屯田。

宣帝本始三年(前71年),汉朝与乌孙联兵从东西夹击匈奴,车师屯田匈奴兵惊惧逃走。车师又属汉。之后车师王与匈奴联姻,汉又失车师。

宣帝地节二年(前68年),汉侍郎郑吉率兵攻占车师交河城,派驻士兵300人屯田车师。匈奴派兵再次争夺。

宣帝元康四年(前62年),汉放弃车师。

宣帝神爵二年(前60年),匈奴内乱,匈奴日逐王率众降汉。车师之地随之归属汉朝。

西汉统一西域的同年，就是公元前60年，便在西域设立都护府，郑吉为首任都护。从此，西域归入汉朝版图。车师归汉后，汉"分以为车师前后王及山北六国"，把原来车师人的领地按地理形势划分为八国，其中车师前国在博格达山南，现吐鲁番境内。

《汉书·西域传》载：

车师前国，王治交河城，河水分流绕城下，故号交河。去长安长八千一百五十里，户七百，口六千五十，胜兵千八百六十五人。

到东汉光武帝建武元年（25年），车师前国已全部吞并了吐鲁番境内诸国，交河城成为吐鲁番第一个政治、经济、文化中心。汉元帝初元元年（前48年），汉朝在车师前国设置戊己校尉，驻交河城，掌管西域屯田事务。汉成帝阳朔四年（前21年），戊己校尉移驻高昌，今吐鲁番市高昌故城。

元末，吐鲁番分为柳城、火州、吐鲁番三部分，吐鲁番地名第一次出现。

明隆庆四年（1570年），叶尔羌汗国占领吐鲁番，吐鲁番属叶尔羌汗国。

清朝乾隆二十年（1755年），清平定准噶尔，吐鲁番属清王朝。

这种改朝换代的轮番争夺，在这片土地上不足为奇。每一寸土地都留下了被争夺的痕迹。战争是毁灭，但战争也是新生。当生命处于疲惫期，激活它最好的方式就是战争。当然，这种激活方式谁也不希望看见，它毕竟是所有方式中最无能为力的、最后的、也是最血腥的方式。

现今的高昌故城只能是以遗址的面相存在，时间可以改写一切，包括一座山的名字，一条河的名字，甚至还可以改写一座山的容颜和一条河的容颜。所有的金戈铁马在时间面前，都会俯首称臣。

高昌古城位于吐鲁番市以东偏南约46公里火焰山乡所在地附近。高昌城历经高昌郡、高昌王国、西州、回鹘高昌、火洲等长达1300余年的变迁，于公元14

世纪毁弃于战火。1961年，这里被列为中国重点文物保护单位。

站在古城的遗址中间，天地混沌，四顾茫然。

若时间缩回到原点，一切都不曾发生。可是时间再也回不到原点，产生不了折叠，这座生长了1300年历史的古城，只能以岁月洗刷后的面貌与我相遇。

它的面貌，就是废墟。

这是伯希和写于1907年12月31日的西域探险日记。摘取其中段落可以发现，他不但到过高昌古城，而且德国人还先他到达这里。他的语气语调似乎充满德国人捷足先登的不满。德国人在此处一次性就搜罗了180箱宝贝便离开了。之后，斯坦因也到了。但日记里他没有记录自己的挖掘所获。

当我们出发时已经快9点钟了。天已经不下雪了，但仍然是阴天。

我们穿过了"汉人城"，然后转向带有清真寺高尖塔的穆斯林区。

喀喇和卓（高昌）距离吐鲁番有70里。我们置身于巨大的废城内。我们下榻于曾留宿过德国人的那名突厥人家中。他们于他家中留下了用所有语言写成的题记。

德国人可能在此处带走了180箱宝物，但没有完整的书籍。我们将去考察喀喇和卓庞大的城郭。它于北部由喀喇和卓河的支流与亦都护古城所延长。于该支流再靠北部的地方有古墓葬。城池以东，又有几组窣堵波。其东北方，则是阿古柏伯克建筑的城墙。

喀喇和卓古城的一部分已经被耕种。于其北部，有一座穆斯林麻扎。这座墓标志着艾利帕塔霍加木变成殉教人。他是在此被斩首的，其首级被抛在一口井中。

继德国人之后，马汉达和斯坦因都到达了遗址。

一百多年前的那帮借助地理大发现的探险家或者考古学家们，他们真是把中国北方大地的废城遗址,包括古墓,都翻了个底朝天。能拿走的都拿走了。拿不走的,已经意义不大。在伯希和后边的考察日记里,1908年的3月份,他去了敦煌莫高窟,在那里,他不再对斯坦因耿耿于怀,因为他能擒获的宝贝也都擒获了。至于他对前边斯文·赫定和斯坦因对莫高窟文物的破坏而表达的愤怒来看,那只不过是抢吃西红柿罢了。吃不上,就把它捏碎。当然,至于后来中国人对那些文物盗取者的正反论调,说的都有理。

但最有理的一句还是陈寅恪先生曾经如是说:

敦煌者,吾国学术之伤心史也。

这句悲叹最为是。

这声叹息,穿透了百年前中国贫弱的肺腑。

当年王道士把藏经洞遗书交给斯坦因,并非简单的愚昧和贪婪所能描述的。从1900年6月22日王道士发现藏经洞到斯坦因到来,已有不少经卷散落到地方官绅手中。藏经洞被发现之后,王道士曾向地方官报告,也为他们送去了宝物,却未获得重视。从1907年到1928年,外国考察队几乎未受任何限制便从藏经洞带走文物,而中国的官绅几乎都是置若罔闻。据记载只有一个叫潘震的地方官,眼睁睁看着斯坦因把一箱箱文物运走时,便问道:为何要把这些古代资料运到西方?

斯坦因沉默不答。

不做任何回答的斯坦因还是运走了那些价值连城的古代文献。

伯希和对前边斯坦因的掠取表达了叹息,说他们破坏了很多宝贝。在此,可以说说伯希和在敦煌莫高窟所获得的"成就"。对,反正这中国北方的土地已经是被他们"深耕细作"了无数遍,再说说他们在敦煌的过往也无所谓。

在一百多年前的敦煌,斯坦因最大的收获就是在莫高窟以一叠银圆从王道士手上买走了几十箱子上至北朝下迄五代的经卷。那点费用，比买几捆手纸的钱多不了多少。伯希和到来的时候，王道士稍微提高了一下价格，但那点钱也就只能多买几捆手纸。

伯希和的语言功力超强，他精通英语、德语、俄语、汉语、波斯语、藏语、阿拉伯语、越南语、蒙古语、土耳其语、吐火罗语等多种语言。斯坦因在敦煌得到了一个没有发出去的信札包，里边的文字很陌生，后经考查确认是粟特文。

于是，一个曾经以商业影响世界的族群，重现于世。

粟特人，曾生活在中亚的阿姆河和锡尔河之间的粟特地区，属于伊朗人种。由于粟特地区处于中亚西部丝绸之路的干线上，粟特人成了一个独具特色的商业民族，他们通过漫长的丝绸之路频繁往来于中亚与中国之间，成为中世纪东西方贸易的特快专递员。在从事大宗商品买卖的时候，他们也顺便夹带了人口贩卖。

粟特人最早只能作为各个王国的附庸存在。其中在公元初到3世纪，粟特人仅仅是贵霜帝国商业网络中的一小部分而已，控制着西域商业的主要商人都来自于贵霜帝国。位于今阿富汗与北印度之间的贵霜王朝，其出现极具传奇性。

在公元前2世纪左右，西域民族中的大月氏为了躲避匈奴而进入中亚，走投无路之际强行取代了原先在此的大夏王朝，后来居然建立了贵霜帝国。这也是张骞通西域最初的目的地。贵霜帝国留给世界的最大的遗产，就是成为大乘佛教统合经典，发扬佛法的重镇。

待贵霜衰落，粟特人趁势而起。3世纪开始，粟特人逐步甩开了贵霜的制约，通过纳贡等方式，逐步建立起终极的商业网络，连通东边的中国，北方的游牧汗国，西边的波斯与最西边的罗马帝国。斯坦因在敦煌偶然得到的那包没有发出的信札，就写作于这个时期。

这些信整理出来的共有8封，写成的时间约在西晋末年。是从姑臧、敦煌等地寄出，要送往撒马尔罕与沿途的城市。这八封信显示了粟特商人一直关注中国的局势，在撒马尔罕通往中国腹地的沿线上，都有粟特人的商队，甚至有各地的代理商与转运商。有些人则不只是单身前来，也带上了老婆孩子，粟特文古信札中就有两封信出自一位粟特女子之手，她抱怨丈夫不肯带她回去，气愤之下，她甚至大骂丈夫"我宁愿嫁给猪狗，也不愿意做你的妻子"，估计她的丈夫在长途快递的路上有了外遇。

粟特人逐渐在中国站稳了脚跟。他们不只经营生意，也在陇西养马支持战争，甚至在北齐、北周和北方崛起的突厥之间担任着翻译和外交工作。还因为卓越的语言能力和在各国的生活经验，被委任担任使节。人见人爱的他们很快就得到了北方游牧政权的信任。突厥汗国兴起之后还让粟特人协助他们管理诸多部落，甚至出使欧亚大陆。

丝绸，是他们走遍亚欧大陆最厉害的武器。

好在历史总会改变，如今的吐鲁番已经决然于历史的面相。

年轻的高楼彰显着西域大地踩在现代化中国的节拍上，民族的建筑依然在阳光下闪烁着翠绿的琉璃瓦色光。来自全国各地的人在这里和睦生存。吐鲁番正以年轻的姿态，在古丝绸之路上八面春风。没有谁能阻挡中国奋然前行的步伐。中国已经错过了工业化时代的前半期，但绝不会再错过后半期。就像一百年前斯坦因、伯希和盗取文物时没有人能够阻拦一样，谁也没法阻拦中华民族的伟大复兴。

但是，稍微再回顾一下伯希和的日记，他在高昌古城前一天的日记里就这样清晰地记录了当时官员对这些穿着西装、打着领带的文明的盗猎者的姿态。

伯希和1907年12月29日的考察交河故城的日记：

我们到达了交河故城。并且住宿在一家由一名东干人开办的干净的客店中。本处的汉人似乎不多，主要是东干人，尤其在农垦区更是如此。

当地官员获悉了我们明天将去拜访的消息，便为我们送来了一只绵羊、糖和茶，并且通知说他将于1时许回访。

我决定后天前往喀喇和卓（高昌），次日前往木头沟和吐峪沟，再返回喀喇和卓睡觉，以便于此后的一天返回吐鲁番。

中国当时的官员表现出了"儒家文化的君子之态"，只是听说伯希和要去拜访，便主动送去绵羊、茶和糖这样的高热量食物。他们真是彰显了"大国风范"，赠予他人从不手软，而敲诈自己臣民的财富也从不手软。

白拿的就白拿了，而有的又总会送回来，只是以不同的方式而已。

如今的古墓葬都是被斯坦因、伯希和清理过的，价值都不大。除了整座城池的遗址，因为他们装不上双峰骆驼的背上，假若能装上，也就装走了。在高昌古城，也就是伯希和所说的喀喇和卓，他挖掘了什么没有做记录，估计不多。还有交河故城，他也进去了，但日记里也没有记载带走了什么宝物，我都怀疑他是故意隐藏了罪证。

当2018年的秋天，我来到交河故城的时候，我还是被那座孤岛似的城池所震撼。我不是伯希和之流的考古学家，我也不是文物贩子，我只是生活在西域大地的一个作家，所以我的文字记录将是情感式的，而不会冷峻着面孔去讲究客观公正。

我活脱脱被眼前的城池所震撼。

幸好是在2018年秋天的某个上午。

假若再早一点来到交河故城，按我年富力强的想象力，说不定会改变写作方向，去专门为一座城池书写穿越小说；假若再晚一点来，当我暮气渐重，我会想到别的什么东西，比如生死这个老生常谈的问题。问题是现在的我，既不会穿越，也还不会想到死亡。所以，在白辣辣的烈日灼烤之下，我神情恍惚地穿行在这座已经死去也依然活着的古代城池里。我既看见了古城先祖的背影，也看见了自己投射在地上的黑瓷瓷的光影。

这是一个当代与历史高度吻合的现场。

交河故城位于吐鲁番市西10余公里，被雅尔乃孜沟围绕在江心土岗上，江心孤岛呈柳叶状，长约1650米，中间最宽处约300米，崖岸如削，高达30多米，形成天然壁垒。

《汉书·西域传》记载：

车师前国，王治交河，河水分流绕城下，故号交河。

交河故城是古代西域三十六国之一的车师前国的都城，现存遗址均属唐代时期建筑群落，是目前全国现存面积最大的、保存最完整的生土建筑遗址。

古城建筑主要在崖的南端，以崖为凭，不筑城墙已经宛若天堑。

城内以南北长300米、宽10米的大道为轴线，可将古城分为三个建筑区域：大道北部为寺院区；东侧建筑稀疏，为官署和住宅所在地；东北部建筑较密集，是居民区；大道西侧和古城南部是手工业作坊区。交河故城建筑遗址保存完好，因为曾经大多掩埋在地下，系挖掘而成，而另一半在地上为夯土筑成。

大部分建筑遗址，都有烈火焚烧的痕迹。据考证，交河故城乃毁于一场大火。

交河故城可谓人民历史纪念碑，是珍贵的古代文化殿堂。目前它是世界上最大、最古老、保存最完好的生土建筑城市。交河城也是车师国国王的治地，是车帅前国政治、经济、军事和文化的中心。建筑年代应早于秦汉，距今2000—2300年。

魏晋时，设交河郡。

唐时，设交河县，一度曾为安西都护府的驻节之地。

8世纪末，交河陷于吐蕃。

9世纪中叶后，设交河州，属回鹘管辖。

13世纪下半叶，西北蒙古贵族战乱，交河故城屡屡受祸，破坏严重。

明朝，永乐年间该城已废。

公元1269年，爆发了元帝国属下海都、都哇叛乱，卜思巴舍率军12万，围攻已归顺蒙元中央王朝的回鹘高昌，战火历时近半年。从此，回鹘高昌势力日衰。公元1283年，回鹘高昌王室被迫东迁甘肃永昌。在此期间交河也深受战火摧残，遂逐渐被毁弃。

明代陈诚有诗曰：

沙河二水自交流，天设危城水上头，断壁悬崖多险要，荒台废址几春秋。

在明朝时，交河已是一片废墟。

交河故城是"丝绸之路"上的历史名城，在历史舞台上至少活跃达1500年，期间历代政治地位虽有差异，但是一直是古代西域政治、军事、屯垦的中心之一，在东西方文化交流中起过十分重要的作用。

因为重要，交河故城扼守断崖，绝地而城，地势险峻，易守难攻，乃兵家必争之地。从大诗人李白的叙事长诗《捣衣篇》可见，长安城里有人被兵征，前往远在沙漠深处的交河故城服役。《捣衣篇》正是李白所创作的一首妇女思念戍边丈夫的诗篇，读来戚戚然。

忽逢江上春归燕，衔得云中尺素书。

玉手开缄长叹息，征夫犹戍交河北。

保家卫国是男儿的使命，但几多离愁的捣衣女被大诗人李白看个正着。文人的人文关怀是温暖的，李白替这个洗衣的女子痛恨战争，痛恨夫妻离别，一气呵成一首长诗，将离情别绪写得凄然引泪。

还有一首《子夜四时歌》之《秋歌》：

长安一片月，万户捣衣声。

秋风吹不尽，总是玉关情。

何日平胡虏，良人罢远征。

"万户捣衣声"是诗意的夸张，但是也说明唐朝的长安城里，有多少个思念戍边丈夫的洗衣女子啊。对，唐朝时候，交河故城正是安西都护府的驻节之地，那些军官来自长安都城，而随行的兵士也来自长安。长安到交河，相距万里，距离是问题，而更成问题的是西域战乱从未断绝。烽火连三月，家书抵万金。思念，成为前方和后方天涯人之间最日常的情结。

回到2018年的秋天。回到我的交河城池。

一切都仿佛在昨天，仿佛在眼前，城池里的居民匆匆撤退。他们见证了太多天灾人祸，他们经受了太多的苦难挫折，上帝保佑不了平安，大佛也庇护不了安全。刚刚埋葬好在城门被箭镞射杀的丈夫，转眼就看见满城的男女老少，拖儿带仔，呼爹喊娘，东奔西窜。

逃往何处啊，城池也就是几箭之遥。马蹄纵驰，也就是十来分钟。躲，谁也躲不过命运，躲不掉大刀长矛。一个朝代已死，又一个朝代开始鲜活。死去的肉体埋在城池，做了夜晚的游魂，而活着的生命将踩着先人的背影，一路前行。

挽歌已竭，无力当哭，自己给自己掘好墓坑。能安埋在自己掘开的墓坑里，那已经是上上签。能活埋也应算不错。最可怕的是被敌人掳去，挖了心肝下酒。吃人并不是野兽的发明，首吃同类的最可能是人类自己。

我有点喘不过气来。

走在古城的泥砖之上，很多是当代的板砖。远古的，都在土墙之上。透过土砖，我与1300多年活相的古城亲密接触。古城鸦雀无声，像被沉入到历史的深渊。面对千年的城池，心中一片茫然。我无法摆放身躯以一个正确的姿势照相，朋友只能偷拍。我在大佛寺前广场的台阶上席地而坐，捋起裤管，在日记本上奋笔疾书着。

确切地说，我不知道要写些什么，要问些什么。

我的笔头如我一派茫然。因为茫然，我反倒羞愧了眼神，因为那些专门以在某地留影为乐的游客，他们摆拍完所有的肢体动作后，稀奇古怪地看着我的古怪。

我背过他们，我的同类，深提一口气，开始对这座空荡荡的故城发问：

我问每一条小径，你的指向是何方？

我问每一处残址，你的家人在何处？

我问每一只车轮，你的将士在哪里？

我问每一孔城门，你们防卫了什么？

我问每一只陶罐，你们储藏了什么？

我问每一块地砖，你的承载是什么？

我问每一座城堡，你的史记是什么？

我问每一缕阳光，你的见证是什么？

我问每一株棘草,你的生长为什么?

我问每一座塔林,你的皈依是什么?

问完,声定,尖起耳朵,我想听听历史深处的回声……

交河故城环绕的流水,静水深流。

边关如故：千年屯守的西域子民

让泥土抒情，让田园说话

一根筷子插入大地也要发芽

家里有粮，心中不慌

愿赴海角也愿走天涯

铁蹄踏过、车轮碾过、烈火烧过

一片疼痛的土地在鲜血中也会开花

撒下一颗种子，收获一串希望

用一株小麦招安大地

用一朵棉花点缀洪荒

用一朵玫瑰抚慰伤口

用一颗石榴压弯长枪

在残垣废墟里耕种，在大漠深处安家

筑墙为屋、掘地掏井、老婆孩子、鸡鸭牛羊

从明天起，只关心粮食和蔬菜

喂马、劈柴，周游世界

出敦煌 | Travel all over Dunhuang

从明天起,做一个幸福的人

看,边关如故

千年屯守,西域已遍地阳光

是岁，神爵三年也。乃因使吉并护北道，故号曰都护。都护之起，自吉置矣。僮仆都尉由此罢，匈奴益弱，不得近西域。于是徙屯田，田于北胥鞬，披莎车之地，屯田校尉始属都护。都护督察乌孙、康居诸外国动静，有变以闻。可安辑，安辑之；可击，击之。都护治乌垒城，去阳关二千七百三十八里，与渠犁田官相近，土地肥饶，于西域为中，故都护治焉。

——《西域传·上》

突然想起风马牛不相及的诗人海子。

绝不因为这是海子"面朝大海,春暖花开"的三月。只因为他偶然关心了人类的"粮食和蔬菜",这是他天马行空的意象里偶为的人间烟火。想想,确实也再没有什么句子能匹配近两千年来,无数个中央王朝在西域大地对土地和粮食的革命了。唯有海子的"粮食和蔬菜",他让泥土抒情,让一片片疼痛的土地在鲜血中排卵,让筷子插入大地也会发芽。

从明天起,做一个幸福的人

喂马、劈柴,周游世界

从明天起,关心粮食和蔬菜

我有一所房子,面朝大海,春暖花开

从明天起,和每一个亲人通信

告诉他们,我的幸福

那幸福的闪电告诉我的

我将告诉每一个人

给每一条河每一座山取一个温暖的名字

陌生人,我也为你祝福

愿你有一个灿烂的前程

愿你有情人终成眷属

愿你在尘世获得幸福

我只愿面朝大海，春暖花开

这首诗写于1989年1月13日，距诗人在同年3月卧轨自杀只有两个多月时间。

作者是属于"黑夜给了我黑色的眼睛，我却用它寻找光明"的一代人，亲身经历了从20世纪六七十年代扼杀物欲、只讲精神，到八十年代末期的摒弃精神、物欲横流的社会转型过程。面对现实，理想主义困惑了，希望破灭了。他从理想之高阁坠落回人间。

海子的理想主义，染红了山海关的半米铁轨。

西域三千里的土地，却被一个个中央王朝轮番革命。

对一片土地进行圈占，或者用枪炮进行守卫，从古至今都不新鲜。抢地盘是国家固有的本能和冲动，固守疆域也是一个个王朝刀砍不破的信念。于是，便发现，在一片土地上，这个王朝播种了、收割了，不久又被另一个王朝圈占过去，收割了、又播种了。于大地无言，它永远都保持中立的姿态，谁给它种子，它就给谁长出欢快的果实。只是，苦了那些固守土地的人们，他们也像庄稼一样，一茬又一茬，被时间的镰刀所收割。

落荒的大地，一直都像真理一般的色彩。

不要远离土地而对土地做出抒情，在2018年的秋天，我与三千里西域大地紧密拥抱。

从概念上说，土地是包含地球特定地域表面及其以上和以下的大气、土壤与基础地质、水文与植物以及动物，还包含这一地域范围内过去和现在人类活动的种种结果。通俗点说，土地是一个综合的自然地理概念，是地表包括地质、地貌、气候、水文、土壤、植被等多种自然要素在内的自然综合体。

中国土地的地表自然属性各不相同，东北是黑土地，一攥能流油；西南是红土地，酸性过重；东部是可耕地，物产丰富；而西部相对就较为贫瘠，黄土高原和青藏高原的土质和气候，都不易耕种。就西域来说，戈壁沙漠是主要的地质地貌，可耕地偏少，宜耕地更少。加之附属于土地的水文因素和气候因素又相对恶劣，将西域变江南，似乎只是一个神话。

关于西域这片土地，可以详尽地清理一下。

从哈密开始，不，或者从玄奘偷渡处的瓜州口子开始，大的地理名称有：噶顺戈壁、库姆塔格沙漠、罗布荒原、塔克拉玛干大沙漠、塔里木盆地、准噶尔盆地、柴达木盆地、阿尔金无人区、昆仑山无人区等，都是地广人稀，千山鸟飞绝，万径人踪灭。

噶顺戈壁：地域面积不详，号称八百里流沙，或莫贺延碛，位于哈密与安西之间。是新疆东部和河西走廊西端连接带上戈壁分布最集中、类型最复杂的地方。这一带气候极端干旱，年降水量在30毫米以下，是干燥剥蚀最强的高原区域，几乎所有的地面寸草不生。

库姆塔格沙漠：维吾尔语中是"沙子山"的意思，面积约2.2万平方公里，位于甘肃西部和新疆东南部交界处，据记载，此地"长八百里，古曰沙河，目无飞鸟，下无走兽，复无水草"，自然环境极其恶劣。《大唐大慈恩寺三藏法师传》谓："夜则妖魑举火，灿若繁星；昼则劣风拥沙，散如时雨。"

罗布荒原：这不是一个成熟的地理概念，但大体范围是它包括哈密以西，乌鲁木齐以南，敦煌以北，若羌且末以东的包括罗布泊在内的大荒原概念，当楼兰古国消失，罗布泊干涸，孔雀河断流之后，这里几乎杳无人烟。

塔克拉玛干沙漠：维语就是大荒漠，是中国最大、世界居十的大沙漠，同时亦是世界第二大流动沙漠。东西长约1000公里，南北宽约400公里，面积达33万平方公里。平均年降水量不超过100毫米，最低只有四五毫米，而平均蒸发量却高达2500-3400毫米。

塔里木盆地：中国面积最大的内陆盆地。盆地处于天山、昆仑山和阿尔金山之间。南北最宽处520公里，东西最长处1400公里，面积约40万平方公里。海拔高度在800-1300米之间。盆地地貌呈环状分布，边缘是与山地连接的砾石戈壁，中心是辽阔沙漠，边缘和沙漠间是冲积扇和冲积平原，并有绿洲分布。自然灾害主要是风沙和干热风。土壤主要是棕色荒漠土、龟裂性土和残余盐土。

准噶尔盆地：中国第二大的内陆盆地。东西长700公里，南北宽370公里，面积38万平方公里。盆地西部有高达2000米的山岭，多缺口，西北风吹入盆地，冬季气候寒冷，雨雪丰富。南北走向的垄岗式固定、半固定沙丘，南缘为蜂窝状沙丘。主要土壤是龟裂土、沼泽土、草甸土、盐土和荒漠灰钙土。

柴达木盆地：是中国三大内陆盆地之一，属封闭性的巨大山间断陷盆地，意为"盐泽"。是一个被昆仑山、阿尔金山、祁连山等山脉环抱的封闭盆地，东西长约800公里，南北宽约300公里，面积257768平方公里，面积约25万平方公里。属高原大陆性气候，气温变化剧烈，绝对年温差可达60℃以上，日温差也常在30℃左右，风力强盛。属于灾难性气候。

当然还包括：阿尔金无人区、可可西里无人区、羌塘无人区、罗布无人区。这几大无人区在地理上已经形成大串联，包括现在的新疆、青海、西藏三省区，绝大部分都位于古西域地界。既为无人区，也就是说既不宜居，也不宜耕，也难宜牧。

目前，中国新疆维吾尔自治区的"百度概念"是：新疆是中国陆地面积最大的省级行政区，面积166万平方公里，占中国国土总面积六分之一。其实，新疆也只是古西域三十六国的一部分，或者说构成古西域的主要地理，但也还有其他未划入的地理范畴，加起来，估计有200多万平方公里。也就是说，即便地域广阔无疆，但整个西域的地理自然环境和条件，是相对恶劣的，甚至难以耕种。但好在西域帕米尔之上的葱岭，就是中国大山大河的发源地，冰雪融水丰富，古代河网密布，因此涵养了星罗棋布的绿洲。

绿洲，是西域荒漠上的珍珠，是沙漠里人类赖以生存的载体。也可以说，在原始社会、奴隶社会和封建社会的几千上万年里，人们大动干戈，目的就是抢占那些绿洲，作为人类族群的延续。绿洲，是一个又一个族群和一代又一代王朝用生命驻守的生命基因库。

在西北荒漠，说到"绿洲"一词，眼眸里一下就充满了生机，干裂的嘴唇似乎也品尝到甜润的空气。

绿洲：指在大荒漠背景上，以小尺度的具有相当规模的生物群落为基础，构成能够相对稳定维持的、具有明显小气候效应的异质生态景观。

绿洲要具备相当规模的生物群落，可以保证绿洲在空间和时间上得以为续为稳，以此才能构成稳定的生态系统，保证能够具备人类和其他生物种群活动的能量流。简单地说，绿洲就是指沙漠中具有水草的绿地。它多分布在河流或井水、泉水附近，以及有冰雪融水灌溉的山麓地带。绿洲土壤肥沃、灌溉条件便利，往往是干旱地区农牧业发达的地方。中国大片绿洲主要分布在新疆塔里木盆地和准噶尔盆地边缘的高山山麓地带，还有甘肃的河西走廊，宁夏平原与内蒙古高原也都有绿洲分布。

绿洲的大背景就是：荒漠。

绿洲的小概念就是：绿地。

再看西域绿洲的分布状况。新疆是我国绿洲分布最广、面积最大的省区，主要分布在天山南北麓、昆仑山-阿尔金山北麓、伊犁谷地和额尔齐斯河流域。

绿洲有其典型的特点：

逐水土而发育，随渠井而扩散。新疆绿洲多分布在出山口的河流沿岸的平原和湖泊、河流的三角洲。充足可靠的水源是形成绿洲的先决条件。南疆有叶尔羌河、阿克苏河、和田河、渭干河、喀什噶尔河、孔雀河等河流；北疆有玛纳斯河、奎屯河、呼图壁河、头屯河、乌鲁木齐河及博尔塔拉河、精河等河流。这些河流形成的冲积平原土层深厚，最适宜农耕。人类逐水土而垦殖，绿洲也就随水土而发育。在塔里木盆地、准噶尔盆地，人工绿洲与天然绿洲交相辉映。其中人工绿洲，就是千万年来人类干预的自然结果。

在绿洲上，绿洲城市群落冉冉升起。

北疆：哈密、昌吉、吐鲁番、乌鲁木齐、石河子、克拉玛依、喀什、阿克苏、库尔勒等。

南疆：莎车、叶城、皮山、和田、于田、民丰、且末、若羌等。

城市必须生长于绿洲，绿洲为城市生产提供必要的生存要素，水、粮食和蔬菜。而城市的生长又如虹吸效应一般集聚了人这一主要要素，人利用绿洲和改造绿洲的强大力量，因此人工绿洲因人而生，也因人而盛。要是仅靠自然的生产，可以说在西域大地上很多绿洲早已消亡。

绿洲上生长着城市，从这南北两条绿洲城市线性群落的分布可以看出，这些城市都发育并生长在古丝绸之路沿线沿带。也就是说，终归到底，还是一条丝绸串联了西域大地南北两条城市群，是丝绸千年来为绿洲城市提供了恰如其分的养料和动力。哪怕战争，也是新生的必要手段。

一条丝绸，推动了西域整个文明的进程。

一条丝绸，装扮了西域千年来的人间面相。

还有一个因绿洲相伴而生的概念：绿洲农业。

绿洲农业是最直接的"粮食和蔬菜"。在西域广袤的荒漠，发展农业确实充满挑战，也是对土地最极致的要求。但，只要有水，有土壤，有阳光，上苍又总会对人类温情地眷顾，回报人类以希望。

绿洲农业：指分布于干旱荒漠地区有水源灌溉地方的农业。

西域绿洲农业的农作物品种主要有小麦、玉米、棉花、土豆和少量水稻。

水果主要有：苹果、梨、葡萄、哈密瓜、核桃、大枣、杏子、石榴、无花果等。

有些水果已经形成固化的品牌，比如吐鲁番的葡萄、哈密的瓜。这些长在绿洲的瓜果皆因独特的北方气候，糖分多、口感好。随着近现代生产技术的提升，新疆特色农业一直走在全国前列，比如说大规模种植的棉花、红花、枸杞、西红柿等，畅销世界。

一朵棉花，调动了大半个中国的人口迁移。在天山脚下，那一望无际的田野里，白色的棉花像大海卷起的波浪。每年，中国内地的河南、四川、江苏、安徽、云南、贵州，包括陕甘等地的农民，就风起云涌到新疆摘棉花。这就是西域绿洲农业带动的季节性人口大迁移。但这种大迁移是短暂的，两个月时间，来也匆匆，去也匆匆。

于是，有人对西域的土地产生了想法。同行的朋友说，他的同学从黄海岸边来到西域扎根，就是因为关心"粮食和蔬菜"，对天山脚下的土地产生了想法，他在水草肥美的塔里木河岸边圈占了几百亩土地，种果树、种棉花。正是水果上市的季节，他赶回了南方的某个城市，提前等候用飞机包运的水果。他的野心和理想就是，要用北方优质的水果去赶上南方十一黄金周的大售场。计划是周全的，因为一向对天上的飞机报以信任。可是后来听到的消息是，同学血本无归。原因是，飞机在北方的机场滞留了三天，等呼啸到南方，水果该蔫的已蔫，该烂的也正在烂。

估计这是新时代耕种者要遭遇的主要问题。北方的"粮食和蔬菜"的销售对象是南方已经富裕起来的人口密集的大城市，万里空域的跨界贩运，不仅仅要看天时地利，还得看人和。这是农业现代化必须要面对的挑战，每一根链条上的信息都必须无缝衔接，否则，差之毫厘，就谬以千里。

但这样新型的农业产业园经营者们，他们的目光是高远的。

问：一锤子买卖没有砸上了。

答：不要只盯着这一锤子，今后还有很多锤子呢。

问：这一锤子算交学费了。

答：有些学费必须得交。

问：也是，只要青山在。

答：这不比开矿，只要果树年年开花，希望就在。

问：投资不少吧。

答：前期已经几百万了。

问：不担心本啊？

答：用10年时间拿本，再用20年时间返利。

问：信心就是希望。

答：呵呵，还是那句话，只要果树在开花，希望就在！

"只要果树会开花"，这就是面对土地的态度。这也是面对土地的哲学，浅显又乐观。

站在古丝绸之路线上，在茫茫荒漠之上，面对一片一片古老的自然绿洲，或者新型的人工绿洲，总是会有感而发。想想千百年来，人们对这一片土地的青睐，一个个王朝对这一片土地的眷顾，已经上升到哲学、社会学，上升到政治和战争，甚至宗教的高度。

只说土地。

本能地对西域大地上的轮台县产生情感，原因是源于诗歌。创作诗歌的是唐朝著名的边塞诗人岑参，他的诗歌就来自脚下的土地和这行军的帐营，因而他的诗歌不像其他所谓的边塞诗人，只是在长安的渭水河边对万里西域隔空喊话。当然在这里，我并不想对诗歌覆盖的西域大地做过多的陈述，那将是下一个篇章的绝对主题。

但在轮台县的停留，我确实是因着岑参的。

当我吟着几句诗歌走进轮台的时候，我又发现自己犯了一个最大的常识错误。那就是诗歌的轮台和岑参的轮台跟现今地理上的轮台是两码事。由此查阅大量资料，根据《岑参诗与唐轮台》论证得知，此轮台非彼轮台。历史上有两个轮台，一为汉轮台，一为唐轮台。汉轮台在天山之南，唐轮台在天山之北。汉轮台是屯垦首地，唐轮台是北庭军事重镇。

当我从轮台县博物馆迷茫地走出来，我甚至对伟大的岑参和伟大的岑参诗歌也产生了梦幻。好在，很多人都没有搞清楚汉轮台与唐轮台这两个概念，所以，我又再次捡起耳熟能详的岑参轮台诗歌：

轮台东门送君去，去时雪满天山路。山回路转不见君，雪上空留马行处。

——《白雪歌送武判官归京》

走马川行雪海边,平沙莽莽黄入天。轮台九月风夜吼,一川碎石大如斗。

——《走马川行奉送出师西征》

轮台风物异,地是古单于。三月无青草,千家尽白榆。

——《轮台即事》

这些都是岑参对轮台的确切表述。

正因为表述如此确切,所以也熏陶了很多唐诗的"善男信女"。

当然最著名的还是另外一个来自大汉王朝的诏告,名叫《轮台罪己诏》。轮台罪己诏是征和四年(前89年)汉武帝所下的一道反省自我罪过的诏书。也是中国历史上第一份内容丰富、保存完整的罪己诏。连年战争,生灵涂炭,西域已是薄土难载。雄阔的汉武大帝既是打仗抢地盘的高手,也是懂得"以人为本"、知道悔罪、敢于"批评与自我批评"的封建君主。

很有必要将汉武大帝晚年发布的《轮台罪己诏》部分摘录于此,因为这是大汉王朝一个标志性大事件,在几千年的东方王朝里,公开检讨自己有罪的皇帝还真不多。这在王权与人性的二元对立中,也是一个标志性事件。

……

匈奴常言:"汉极大,然不能饥渴,失一狼,走千羊。"

乃者贰师败,军士死略离散,悲痛常在朕心。今请远田轮台,欲起亭隧,是扰劳天下,非所以优民也。今朕不忍闻。大鸿胪等又议,欲募囚徒送匈奴使者,明封侯之赏以报忿,五伯所弗能为也。且匈奴得汉降者,常提掖搜索,问以所闻。今边塞未正,阑出不禁,障候长吏使卒猎兽,以皮肉为利,卒苦而烽火乏,失亦上集不得,后降者来,若捕生口虏,乃知之。当今务在禁苛暴,止擅赋,力本农,修马复令,以补缺,毋乏武备而已。郡国二千石各上进畜马方略补边状,与计对。

这是"罪诏"的下半部分,道出了武帝内心的忧伤,以及给出了明确治理西域的路线图。当然,上半部分,主要分析了当前的状况,战火已经使得民不聊生,起义的烽火缭绕,独断专行,不施民主,甚至发展到了"腹诽罪"。大司农颜异对币制改革有意见,不敢说,只是嘴唇动了动,就被认为是"腹诽",即肚子里不满而处死。也就是说"想法犯罪"。甚至首辅宰相因武帝一怒丢了性命的也有好几位,这在汉代历史上是从未有过的。到了武帝晚年,王朝上下已经怨声载道,危机四伏。即便这样,一手遮天的封建君主依然可以视而不见,自己说谎也叫天下人说谎,但汉武大帝似乎不想说假话,也不想走秦朝那样的短命路。

汉武帝知道,得检讨,得说自己有罪。

"罪他"易,"罪己"难。汉武帝能够"罪己",在千秋青史上留下了好名声。对皇帝老儿的认错,自古各有各的说法,苏轼就说,执政者"罪己"的目的是为"收买人心"。试想在君主专制制度下,皇帝不管做了何等错事也是万岁、万万岁,而臣子们则以歌功颂德、文过饰非。"罪己"已经证明得人心者得天下,水能载舟亦能覆舟。即便天子也须得道,考虑民意,不可过分胡来。

与民休息,与民分利。最主要的就是化干戈为玉帛,马放南山。习惯了刺刀见红的军人们,开始职能的转变,那就是:屯垦、束枪、种地。从上到下,从皇帝到黎民百姓都开始关心"粮食和蔬菜",这是和谐社会的象征。其中,轮台因皇帝"罪己"而著名,那里,理所应当成为军垦的桥头堡。

屯垦主要三种形式:军屯、民屯、犯屯。

军屯: 即以军事组织形式由军兵及其家属进行屯种。

民屯: 即以民户为主体之有组织屯种。

犯屯：即将罪犯发配到某地进行集中屯种。

军屯始于武帝元狩四年(前119年)，以军兵五六万于西北屯垦。

民屯始于西汉文帝十一年(前169年)，募民垦北方边郡。

犯屯无确切记载年份，但自有军屯和民屯出现，犯屯也应时而生。

屯垦的主要目的，就是为解决军粮供给、军费开支及补充国库储备的需要。

自西汉始，屯垦就作为历朝历代治理西北、西域最主要的方式，随之后来有些朝代也做了大规模的屯垦计划，比如唐朝和清朝等。而关于屯垦的中央管理部门也越来越规范，官署名就有"屯田曹""屯田司"之称谓。官方的常设机构，是对"屯垦"这一针对土地"关于粮食和蔬菜"的顶层设计。这种顶层设计，一贯通就贯了两千多年。

在轮台县博物馆，矗立在门口的第一座雕像，不是张骞，而是郑吉。

郑吉，会稽人，西汉著名将领。他从士兵干到将军，以卒伍从军，数出西域。汉宣帝时，任侍郎，率士卒屯田渠犁，因发西域诸国兵攻车师有功，升卫司马，使护鄯善以西南道。公元前60年，匈奴日逐王先贤掸率万余人归汉，郑吉发渠犁、龟兹诸国五万人迎降。匈奴僮仆都尉由此罢。郑吉因功为安远侯，汉置西域都护，治乌垒城，统领西域。郑吉被任命为西域第一任都护。

郑吉任西域都护期间，正是西域屯田规模空前时期。

轮台屯田区最盛时，屯田士卒达到3000人。轮台成为汉朝在西域的著名粮仓之一。大力发展屯垦事业，既减轻了西汉政府和当地人民的负担，又解决了军队的后勤供应，增强了西域的防守能力。屯田是西汉政府为了统一和巩固西域而采取的一项重大措施。前期屯田主要是为来往西域的内地汉使提供粮秣，后来大规模的屯田，为统一与安定西域提供了可靠的物资保证。

《汉书·郑吉传》：

汉之号令班西域矣，始自张骞而成于郑吉。

屯田这种形式，一是解决粮草问题，二是安置兵士，三是巩固国防。

屯田的将士们虽然马放南山，但他们闲时为民、战时为兵，很快就完成了身份转换。从那时候起，西域大地的绿洲之上，就有组织地散放了来自内陆的基因。西域子民的血液里，开始流窜着汉族的血液。不管一代代王朝如何更替，西域大地已经开始对东方王朝抱有说不清道不明的眷恋。也就是说，不管两千多年来这片土地文明如何推演，文化如何替换，宗教如何仇杀，它都摆脱不了最早的中华民族的原始封铅。

西汉，最早对西域完成了打码。

《西域传·上》：

汉兴至于孝武，事征四夷，广威德，而张骞始开西域之迹。其后骠骑将军击破匈奴右地，降浑邪、休屠王，遂空其地，始筑令居以西，初置酒泉郡，后稍发徙民充实之，分置武威、张掖、敦煌，列四郡，据两关焉。自贰师将军伐大宛之后，西域震惧，多遣使来贡献，汉使西域者益得职。于是自敦煌西至盐泽，往往起亭，而轮台、渠犁皆有田卒数百人，置使者校尉领护，以给使外国者。

征四夷，广威德，好战的西汉大帝们，走上了扩展西域的道路。当然，那时候的扩展也是被迫的，北方草原帝国兴起的马背民族，他们盘踞在黄土高原和蒙古高原，动不动就将自己的牛羊赶进汉族人的麦田里。他们只把粮食当牧草，通过牲畜的物理转换，再变成自己的粮食。那些北方民族里最强大的一支就是匈奴。

忍无可忍无须再忍，大汉王朝开始了针对西北的远征。而在远征之前，大汉王朝先派人去西北探望究竟，能收买的就收买，能招安的就招安。张骞确实是好男儿，深入西域九死一生，不辞使命带回西域的消息。大西北之远，三十六国之外，葱岭之西，那时候已经兴盛起波斯文明，相当于给东方皇城里带回"外星人"的感觉。能用细软拿下的已经拿下，拿不下的，只能真刀真枪地干就完了。

于是，就有了针对西域匈奴的战争。

当然，打响对匈奴第一枪的不是汉武帝，而是秦始皇。

公元前215年，秦始皇派大将军蒙恬率30万大军北击匈奴。蒙恬的大军攻占了今内蒙古境内位于黄河干流以南的河套地区，内蒙古乌加河以北，设九原郡，今内蒙古包头西北孟家湾，并将秦、燕、赵三国原筑的长城加以增修，建立起了西起临洮、东至辽东的万里长城，使之成了中原汉民族二千年来抵御北方游牧民族的要塞。

修长城防御匈奴的马蹄越界，那是不得已而为之。

秦始皇痛击了蒙古高原的匈奴，匈奴退守草原深处，但并没有被打死。他们游牧的战术，一天逃窜千里，很难被连根拔掉。帐篷一扎，就又开始经营打仗。到了西汉，匈奴迅速壮大，不但稳扎在蒙古高原，还把牧鞭指向了河西大走廊，并眺望整个青藏高原。匈奴，最终成为西汉的主要标靶，成了西汉王朝最称职的对手。

其实，从大秦与匈奴之战来看，战争彰显了国威。战争对利益的争夺肯定是得寸进尺、得尺进丈。进一步巩固统治之后，秦始皇还在公元前211年迁3万多户居民到内蒙古伊金霍洛旗以北。汉人的手艺活就是让泥土抒情，让土地说话，从那时候起，就开始了将牧场变成农田的屯垦行动。垦田生产，开拓边疆。这次大规模的移民，无论在经济上，还是在军事上均有重要意义。它不仅有力地制止了匈奴的抢掠，而且促进了这一地区的开发。

战争也促进了民族的交融。北伐匈奴，不仅有力地制止了匈奴奴隶主贵族对中原的抢掠，而且促进了区域开发。不少匈奴人南迁中原，逐渐同秦人及其他各族人民共同居住、共同生产，促进了民族大融合。北击匈奴，夺回河套地区，并使该地区永远成为中国的版图。秦王朝的江山边界自此被改写：

东至海暨朝鲜，西至临洮、羌中，南至北向户（北回归线以南），北据河为塞，并阴山至辽东。

这种地理边界或国界的改变，是振奋人心的。秦始皇一不做二不休顺势扩大战果，在北方击退匈奴的同时，还分别于公元前219年与公元前214年前后发动了两次对百越的战争，修筑了灵渠，对岭南地区进行了开发，将该地区首次纳入了中国的版图。在西南地区，还开通了西南的五尺道，大致为今四川宜宾至云南曲靖一带，控制了当地的部族国家，将政治势力伸入了云贵高原。

秦帝国一系列征战，成功地刻画了"天下版图"，奠定了中国多民族大一统、中央集权国家的基本格局。这种"天下"的感觉，当然不会因为秦王朝的灭亡而消失。这种"普天之下，莫非王土；率土之滨，莫非王臣"的天下唯我独尊的优越感，在汉武大帝这里得到了更宏大的叙事和抒情。汉武大帝将目光，投向了更远的西域。

张骞做了地理向导。张骞怀揣汉武大帝的手谕，目的是找到一个帮手，联合夹击这个横亘在大汉"后背"的匈奴。最好的选择是联合上大月氏，左右开弓夹击匈奴。大月氏这个民族原来就居住在河西走廊一带，硬是被匈奴连打带吓，赶到了西域三千里之远。他们虽然一直没有忘记国仇家恨，但是在新的地盘上已经过起了安稳日子，斗志渐消，嘴上骂骂可以，要是再回返千里跟匈奴算总账，他们似乎心有余而力不足。

建元三年（前138年），汉武帝招募使者出使大月氏，欲联合大月氏共击匈奴，张骞应募任使者，于长安出发，经匈奴，被俘，后逃脱。西行至大宛，经康居，抵达大月氏，再至大夏，停留了一年多才返回。在归途中，张骞改从南道，依傍南山，企图避免被匈奴发现，但仍为匈奴所得，又被拘留一年多。元朔三年（前126年），匈奴内乱，张骞乘机逃回汉朝。

三千里外的西域情况，被张骞来来回回摸了个清清楚楚、明明白白。

那时候的第一手资料得来确实不易，幸好有张骞这样的栋梁之材。还有后来的苏武，也是一个一心为国的好情报员。苏武在公元前100年，奉命持节出使匈奴，被匈奴扣留。匈奴贵族多次威逼利诱，欲使其投降；后将他迁到北海(今贝加尔湖)边牧羊，扬言要公羊生子方可释放他回国。苏武历尽艰辛，留居匈奴19年仍持节不屈。到公元前81年获释回汉。苏武去世后，汉宣帝将其列为麒麟阁十一功臣之一，彰显其节操。

张骞，陕西汉中人；苏武，陕西西安人。这两个固执倔强的情报人员，给历朝历代的情报系统书写了坚贞不屈的典范。他们心系国家，经得住金钱美女的诱惑。即便苏武与胡家女子结婚生子，他依然牢记使命，不改初心，令人起敬。

情报有了，跟匈奴的仗必打无疑。虽然没有帮手，单干也得干。这种单干的精神一直影响到后来的千百年。一个人不算孤独，最多只算独孤，干就完了。

大月氏的心思算是弄明白了。这仗还得自己打。

为了北方的安宁，汉武大帝也选择过"和亲"这条路。

和亲这门子事，化繁为简，既和谐又温馨，还有点实用。这似乎成了汉武帝之前的皇帝们的惯招，北方有骚扰，就赶紧送女人。汉初，天下初定，士卒疲于征战，刘邦采用建议，以汉朝宗室女嫁给匈奴单于，岁送一定量的絮、缯、酒、食等给匈奴。双方约为兄弟，开放关市，两族人民互通贸易。惠帝、吕后、文帝、景帝及汉武帝初年都采取了和亲政策。昭君出塞，就是汉王朝送女人送出的典范之作。还有"细君公主"满盈北方天空里的思乡情绪，是一个王朝让女人走在战争前沿的南方忧伤。

女人，能抵挡一阵子子弹。

丝绸，也能阻挡一阵子子弹。

但最终，还是要靠大刀说话。

16岁继位的汉武帝不想再送女人了，也不想再送丝绸了，战争是获得和平最后的手段，该拳头说话了。于是，跟匈奴的几次大战，既打出了千古名将，也打出了历史以来的经典案例：

河南之战： 年轻将领卫青一战成名。

漠南之战： 车骑将军卫青，一战制胜，将匈奴拦腰切断，远离汉境。

河西之战： 青年将领霍去病在河西走廊几次大捷，拔掉河西老巢，汉廷设置武威、酒泉、张掖、敦煌四郡，移民实边戍守生产。

漠北之战： 卫青出塞，李广协同，捣其老巢；霍去病率军直抵狼居胥山。漠北一战之后，后匈奴远遁，漠南再无王庭。

对匈奴反击战，开疆拓土，中国迎来了历史上第一个鼎盛时期，因此，充满自信的华夏文明第一次为世界所认知。飘扬在异域的大汉军旗，也为后世的华夏民族留下了一页引以为豪的传奇，成了其主体民族由来最初的渊源。

这仗一打，就不好收手。一打，就打了44个年头。一打，就打到发布《轮台罪己诏》。虽然打出了大汉盛世，打出了万里江山，打出了自己的龙威，但也打得国力空虚，老百姓怨声载道。是该收手休养生息一下了。暮年已至，血气不再方刚，老眼已经昏花，蓦然回首，是该歇歇了。

于是，千万里西去的大道上，铺满彩色的丝绸。和平鸽在西域的天空飞翔。

于是，屯垦为大，"粮食和蔬菜"为大。

《西域传·下》记载：

自武帝初通西域，置校尉，屯田渠犁。

是时军旅连出，师行三十二年，海内虚耗。征和中，贰师将军李广利以军降匈奴。上既悔远征伐，而搜粟都尉桑弘羊与丞相御史奏言：

"故轮台以东捷枝、渠犁皆故国，地广，饶水草，有溉田五千顷以上，处温和，田美，可益通沟渠，种五谷，与中国同时孰。其旁国少锥刀，贵黄金采缯，可以易谷食，宜给足不可乏。臣愚以为可遣屯田卒诣故轮台以东，置校尉三人分护，各举图地形，通利沟渠，务使以时益种五谷。张掖、酒泉遣骑假司马为斥候，属校尉，事有便宜，因骑置以闻。田一岁，有积谷，募民壮健有累重敢徙者诣田所，就畜积为本业，益垦溉田，稍筑列亭，连城而西，以威西国，辅乌孙，为便。臣谨遣徵事臣昌分部行边，严敕太守都尉明䓁火，选士马，谨斥候，蓄茭草。愿陛下遣使使西国，以安其意。臣昧死请。"

桑弘羊的建议很好。屯垦的"人和"和"地利"都已经具备。

郑吉，这个从士兵到将军的人物，正式走向前台。

他以士兵身份随军出征，多次前往西域，因此升为郎官。汉宣帝时任侍郎。公元前68年，郑吉由于为人坚韧刚毅，熟悉外国事务被选为"使者"，与校尉司马憙率领三校士卒屯田渠犁。偶然的小仗还得打，不过这种战斗多是战略性的，目的是促进和平。

郑吉奉命发诸国兵3万人及屯田卒1500人西击车师，车师王降汉。

郑吉根据渠犁屯田积谷的成功经验，派士兵300人屯田车师。

郑吉本人因功晋升为卫司马，被任命为护鄯善以西南道使者，这是西汉在轮台设置使者校尉的发端。

好运接连而至，神爵二年（前60年），匈奴内乱。日逐王遣使至渠犁，向郑吉表示愿意率众归属汉朝。郑吉尽发渠犁屯田军与龟兹诸国人马5万人前往迎接，日逐王率众1.2万人来归。郑吉将其安置在河曲(今青海一带)，期间有一些人逃跑，郑吉派兵追杀了他们，护送日逐王等至京师，汉宣帝封日逐王为归德侯，留居长安。

汉宣帝对郑吉的评价是：

郑吉，拊循外蛮，宣明威信，迎匈奴单于从兄日逐王众，击破车师兜訾城，功效茂著。

班固《汉书》赞云：

吉为人强执，习外国事。

至于地节，郑吉建都护之号，讫王莽世，凡十八人，皆以勇略选，然其有功迹者具此。

这人有武功，还有谋略。打仗武功需第一，而治理城池得靠脑子。这也就是中国几千年以来推崇的文治。

关于郑吉的屯垦功绩，他用"粮食和蔬菜"稳定了西域丝绸之路沿线的座座城池。《西域传·上》记载：

都护之起，自吉置矣。

于是徙屯田，田于北胥鞬，披莎车之地，屯田校尉始属都护。

都护督察乌孙、康居诸外国动静，有变以闻。可安辑，安辑之；可击，击之。

都护治乌垒城，去阳关二千七百三十八里，与渠犁田官相近，土地肥饶，于西域为中，故都护治焉。

这里说得明明白白，在种粮食收庄稼的时候，也得竖起耳朵聆听乌孙、康居诸外国动静，能保持安定就安定，不安定了，需要打仗就打。这种军屯的功能，从西汉到东汉，到隋唐，到清朝，以致到民国和共和国时代，都如出一辙。

屯田这种战略，马背上的民族学不来，他们上马就打仗，下马只为收割人头和耳朵。他们不会对一片土地表达深情和诗意，这也是他们被驱逐的主要原因。因为逐水草而居的一片牧场，很少赋予人为的因素，吃干就砸尽，一锤子买卖。不像以小麦和水稻为粮食的南方民族，他们会让方寸之地季季开花、年年结果。

汉族人对土地的哲学，是人类最高的智慧哲学，近乎宗教。

在西域大道上，汉族人以屯垦的方式，让古丝绸之路成为安康大道。屯垦最主要的几个朝代如下：

西汉时期：汉政府就总结了西征失败的教训，开始"置校尉，屯田渠犁"，为汉朝统一西域创造条件。

公元前60年统一西域后，西汉在西域的屯田又进一步扩大，屯田士卒亦兵亦农，亦耕亦战，不仅为军队提供了粮草，保障了军队的战斗力，而且发展了生产，繁荣了经济，促进了边疆地区的社会进步，也是维护西域社会安定和发展西域经济的一支重要力量。所以自汉朝以后历朝历代都把屯田作为社稷统一、经营西域的一项重要措施。

唐朝：自贞观就开始对西域进行大规模的屯田，在东起蒲类海（今巴里坤湖），西至碎叶川（今楚河），南抵昆仑山，北达准噶尔盆地的广大地区进行屯田，使西域的屯田事业有了新的发展。唐朝盛世之时，屯田也得到了大规模的发展，有"安西二十屯，疏勒七屯，焉耆七屯，北庭二十屯，伊吾一屯，天山一屯"。

为了有效地管理屯田，中央政府在尚书省工部设屯田司，置屯田郎中，主管大唐屯田政令；在各地置"营田使"，管理地方屯田。而西域地区的屯田设置，与军事紧密相连，设置的军使、都督、节度使不仅担负戍边重责，还必须管理屯田。屯田规模之大，分布之广，管理机构之完善，是唐代在西域屯田的特点。

清朝：清朝时期的屯田与收复边疆的战争密不可分。清朝前期，在平定准噶尔部叛乱时，为解决军队粮食供应问题，清朝政府开始在巴里坤、哈密、吐鲁番等地屯田。"屯田一事，实为安边、便民、足食、足兵之良法。"当清朝统一新疆后，屯田得到很大发展，遍及新疆。屯田已成为开发边疆，发展当地经济的重要措施。

清朝政府在平定准噶尔之乱以后，改变政策，召集流亡，兴办屯田，成为恢复和发展农业生产的主要手段，以民屯为主。也解决了内地一些地方人口过剩的问题，移民边疆成了清代新疆屯田的主要目的之一。清代在西域的屯田得到空前的发展。后来还出现了遣屯、回屯等形式多样的屯田。

《西域图志·屯政》记载：

自汉代实行募民徙塞下的屯田之法后，"屯政"日升，"凡有军兴，必修屯政"，然而汉唐之屯政，专为养兵，而未能"兵民并济"，"师行则举，师旋则废"是其屯田的局限所在。只有清代的屯田"战守兼宜"，更注重对边疆的开发和建设。

时间到了民国。这是一个战乱时期。

民国17年至民国22年，即1928—1933年，金树仁统治新疆，屯垦遭到极大破坏。

民国22年至民国33年，即1933—1944年，盛世才统治新疆，执行两个三年计划，建立屯垦委员会，有所作为。

民国33年至民国38年，即1944—1949年，新疆屯垦事业再次衰落，北疆屯垦全遭破坏，南疆屯垦陷入瘫痪。

以时间为线，轮盘转到了当代新中国。

这是一个用拳头打出来的新的政权形式。对于经营土地，管理者和开拓者们经验丰富，因为他们大多数人走上革命道路的最大愿望，就是"老婆孩子热炕头"，有块土地可以耕种，有头牛可以使用，有个女人生一堆孩子。所以，对于西域土地的开发，他们表示出了极大的热忱和耐心，以至于在土地上转化的劳动成果，远远超出西汉东汉、隋唐清。他们在自西汉开始两千多年的土地上绣花，对一片土地深情对话，并赋以诗篇。

1949年，司令员王震进军新疆，进驻哈密，剿匪反霸，建立新中国政权。

1954年10月，中央政府命令驻新疆的中国人民解放军第二、第六军大部，第五军大部，第二十二兵团全部，集体就地转业，脱离国防部队序列，组建"中国人民解放军新疆军区生产建设兵团"，接受新疆军区和中共中央新疆分局双重领导，其使命是劳武结合、屯垦戍边。此后，来自全国各地的大批优秀青壮年、复转军人、知识分子、科技人员陆续加入兵团行列，投身新疆屯垦建设。

1962年，新疆伊犁、塔城发生边民越境事件。根据国家部署，兵团调遣了1.7万余名干部、职工奔赴当地维护社会治安，施行代耕、代牧、代管制度，并迅速在新疆伊犁、塔城、阿勒泰、哈密和博尔塔拉蒙古自治州等长达2000多公里的边境沿线上建立了纵深10公里到30公里的边境团场带。这对于稳定新疆、维护国家边防安全发挥了不可替代的作用。

从屯垦的时间和治城可见，西域的屯垦达到了前所未有：

第一师：1953年，阿拉尔市。

第二师：1953年，库尔勒市。

第三师：1966年，喀什市。

第四师：1953年，伊宁市。

第五师：1953年，博乐市。

第六师：1953年，五家渠市。

第七师：1953年，奎屯市。

第八师：1953年，石河子市。

第九师：1962年，额敏县。

第十师：1959年，北屯市。

第十一师：1953年，乌鲁木齐市。

第十二师：1982年，乌鲁木齐市。

第十三师：1982年，哈密市。

第十四师：1982年，和田市。

屯垦兵团辖区面积达7.06万平方公里，耕地124.81万公顷，总人口276.56万人。"新疆粮仓""瓜果之乡""西域江南"成为当代屯垦的美丽代名词。当代的屯垦戍边，是中国几千年开发和保卫边疆的历史遗产。

屯垦兴则西域兴，屯垦废则西域乱。

历史充分证实了屯垦戍边事业在国家统一大局中的地位、作用和使命。两千多年来，治理西域，王朝最高统治者无不发出铿锵的指示。两千多年来，西域大地上花开花落,那些散落在西域大地各处的屯垦子民们,他们的族氏宗谱可以见证。他们血液里子弹呼啸的基因,将一片片深厚的土地改写成瓜果满园、鸟语花香的乐园。

这种以屯垦为目的的人口大迁移,在历史上并不少见。

明朝,大槐树移民前后经历了近半个世纪。元末,水灾、饥荒、战争等致使江淮以北大部分地区人烟断绝。明朝推翻了元朝之后,为了巩固新的政权,发展经济,增强国力,朱元璋做出了一个大决策:移民屯田,开荒垦地。这是典型的国家意志的"民屯"。山西洪洞大槐树下的移民,当初直接迁入地是豫、鲁、冀、京、皖、苏、鄂、陕、甘、宁、晋等省市。数百年间,峰回路转,这些地方的移民后裔,又辗转迁到云南、四川、贵州、新疆、东北、港台等地。大槐树的后人已经是遍布神州大地。

这是大半个中国的乡愁,也是一部移民史的内在密码:

"问我家乡何处是,山西洪洞大槐树。"

龟兹乐舞：丝绸古道的音乐国都

龟兹，宛若一个十字架

钉在西域大漠的中央

南，望和田；北，通天山

西，衔葱岭；东，握西州

城郭藏三重，佛塔庙宇有千万

王宫壮丽，焕若神居

珠宝在这里幽会，彩绸在这里低语

鸠摩罗什梵语阵阵，时光雕刻在克孜尔石窟

吕光到，城墙破，乐谱东渡去凉州

歌言声，舞言情

一首胡歌，让丝路闪亮

一支乐舞，让龟兹千古

龟兹舞，龟兹舞，始自汉时入乐府

胡旋女，胡旋女，心应旋，手应鼓

汉宫胡笳，酒肆胡舞，长安洛阳夜未央

出敦煌 | Travel all over Dunhuang

羯鼓追问家何在,琵琶一曲伤心处

山河长在,国常破

管他人间还是天上

来酒一杯,与尔同销万古愁

元康元年,逐来朝贺。龟兹王绛宾及夫人皆赐印绶。夫人号称公主,赐以车骑旗鼓,歌吹数十人,绮绣杂缯琦珍凡数千万。留且一年,厚赠送之。后数来朝贺,乐汉衣服制度,归其国,治宫室,作徼道周卫,出入传呼,撞钟鼓,如汉家仪。

——《西域传·下》

管弦伎乐,特善诸国。

——《大唐西域记》

闭上眼睛，展开联想，让我们悄悄进入唐朝的皇宫……

彼时，歌舞升平，唐玄宗正沉醉在西域歌舞的演艺中。

或者，再深入遐想一下，那跳舞的正是杨贵妃和安禄山。

胡旋女，胡旋女。心应弦，手应鼓。

弦鼓一声双袖举。回雪飘摇转蓬舞。

左旋右转不知疲，千匝万周无已时。

人间物类无可比，奔车轮缓旋风迟。

曲终再拜谢天子，天子为之微启齿。

胡旋女，出康居，徒劳东来万里余。

中原自有胡旋者，斗妙争能尔不如。

天宝季年时欲变，臣妾人人学圜转。

中有太真外禄山，二人最道能胡旋。

梨花园中册作妃，金鸡障下养为儿。

禄山胡旋迷君眼，兵过黄河疑未反。

贵妃胡旋惑君心，死弃马嵬念更深。

从兹地轴天维转，五十年来制不禁。

胡旋女，莫空舞，数唱此歌悟明主。

这场宫廷盛宴，大诗人白居易正好做了场记。

当然，安禄山和杨贵妃死的时候，白居易这个中唐诗人还没有出生。但诗人的想象力可以把自己安置在任何一个朝代。从这首《胡旋女》的诗作来看，白居易在场。

写这首诗，白居易并不是对自己胡人基因的回想。他出生于安史之乱后，对大唐王朝的中晚期的颓象相当明了。而且"忧国忧民"是那个朝代诗人的根魂，他也不例外，而且一辈子还力挺"说人话"的现实主义写作文风，即是"文章合为时而著，诗歌合为事而作"，少无病呻吟，也就是当代所说的"接地气"，讲好中国故事。

他知道唐玄宗早期治国有方，出现过太平盛世的景象。可到中晚期，就有点不务正业，沉溺酒色，偏爱胡旋舞。原因是杨贵妃爱胡旋舞。杨贵妃爱胡旋舞又是因为干儿子安禄山是胡人。安禄山祖上是粟特人，就是在丝绸之路上搞特快专递的商人。粟特人从葱岭过来，从西域过来，就把西域一路很嗨的歌舞顺带传进了中原，传进大唐的皇宫。人人都爱这种异域的歌舞，上瘾。最上瘾的就是唐玄宗。这是精神鸦片，唐玄宗的大唐江山就是被一支歌舞给败了兴。

白居易心里有杆秤，他写《胡旋女》，目的就是探讨安史之乱为何发生，唐王朝如何会由盛转衰的。白居易认为唐玄宗沉溺于歌舞享乐，宠爱和重用善舞胡旋的杨贵妃和安禄山是重要原因。说白了，就是中了精神鸦片的毒。这样说有点过，哪个朝代的皇帝老儿没有养过自己的歌舞剧团呢，关键是唐玄宗太没定力，所以好端端的大唐江山，被他整得乌烟瘴气，一溜烟跑到四川去躲命，半路上又丢掉了杨贵妃的小命。

不用探讨唐玄宗的丧国之因。

也不用讨论白居易这个写歌舞的高手，他的《琵琶行》《长恨歌》都已经名垂千古。

倒是迷惑了一个皇帝、败了一个江山的胡旋舞却也值得拿出来说道说道。

关于胡旋歌舞，还得从早期的一场战争说起。

在公元382年的前秦时期。

吕光挺枪跃马，领军向西。

反正正是乱象，乱中取粟。

那是华夏民族自秦汉大一统之后几百年间山河破碎最难堪的时代。汉族人记忆的基因里一直潜藏着"五胡乱华"的传说。那道传说，似乎血雨腥风，也似乎胆战心惊，令人心有余悸。可见一个"乱"字，让一个民族心碎了多少年。

吕光是乱世中的枭雄。

他成长的年代正是"五胡乱华"的大乱之时。也正应了那句话，乱世出英雄。和平时代，温水煮蛙，酒肉穿肠过，人生只有两件大事，醉生和梦死。只有山河破碎风飘絮的年代，民族才会觉醒，家国情怀才会油然而生，振臂一呼号令天下的英雄才会走上前台。

其实，吕光本人就是"胡人"的一分子。公元338年，吕光生于枋头（今河南浚县）。他出身于略阳氐酋世家，氐族。狩猎的基因还很浓烈，他从小就不喜诗文，只爱猎武。但成年后居然性情沉稳持重，喜怒不形于色。得王猛赏识。王猛何许人也，吕婆楼同朝大臣。吕婆楼又何许人也，吕光的父亲。得王猛推荐，以"举贤良"入仕，吕光进入了体制内。

吕光不久便升任鹰扬将军。

公元358年，吕光讨张平，一战成名，威名大振。

公元368年，吕光征讨苻双、苻武，斩首叛将等一万五千级。

公元370年，吕光随王猛灭前燕，获封都亭侯。

公元378年，吕光平定洛阳苻重叛乱，深得苻坚敬重。

公元379年，吕光镇压李乌起义，升任步兵校尉。

公元380年，吕光平定苻洛叛乱，升任骁骑将军。

一路打打杀杀，那些叛逆之将倒是成就了这个从小不喜诗文就爱武装的吕光。正应了那句话，一个将军的荣誉是需要用人头去成就的。吕光也不例外，而且，这才刚刚开始，更大的战事还在后头等着他。那就是，通向西域。

到了公元382年，前秦已统一北方，兵马强盛。唯西域断绝，丝绸之路淤塞，苻坚将经略西域端上桌面。吕光率姜飞、彭晃、杜进、康盛四将，统兵7万率5000铁骑，远征西域。

主攻目标就是龟兹。

以车师前国、鄯善国两国军队为向导，一路战歌嘹亮，焉耆国及其附属诸国纷纷请降。唯有龟兹国及其附属诸国据城抵抗。吕光身经百战，靠脑子打仗，他将大军集于延城，当时龟兹国都（今新疆库车南）每隔五里设一营寨，挖深沟，筑高垒，给木人披上衣甲，列于垒上，作为疑兵迷阵。龟兹王帛纯眼见敌军林立，赶紧将城外百姓迁入城中，倚仗坚城抵抗。这年，苻坚大举南征东晋，淝水之战中大败而回。鲜卑、羌、匈奴、丁零等胡族纷纷独立，北方再次陷入分裂。

这消息很要命，事不宜迟。

这期间，龟兹王帛纯以重金求援于狯胡国，联合温宿国、尉头国等共起70万兵马，一同援救龟兹。吕光集结各营兵力，操练勾锁战法，并以精骑作为游军，随时补充各处缺口。不久，吕光大败西域联军，斩首万余，逼得帛纯王连夜弃城出逃。真刀真枪一战见分晓，西域30余国害怕吕光威名，尽皆遣使纳贡，归附前秦，上缴汉朝政府所赐符节。是年八月，苻坚闻听西域平定，任命吕光为使持节，散骑常侍，都督玉门以西诸军事，任命为安西将军、西域校尉，并进封顺乡侯。可惜的是，因关中大乱，道路不通，苻坚的嘉奖任命并没有传递到前线的吕光手中。

将在外，军令有所不受。

那时候，龟兹是西域大国，丰饶富庶，民生安乐。王宫壮丽，焕若神居。

吕光的军队占据龟兹后，天下太平，都沉迷于奢华的生活，乐而不思蜀。其实，吕光也有割据西域之意。他为了安抚龟兹，册立逃亡了的龟兹王帛纯的弟弟帛震为新的龟兹国王。当时西域高僧鸠摩罗什，认为西域是"凶亡之地，不宜淹留"，建议吕光还是东归回家去。吕光于是大宴将士，征询去留意见。诸将皆有思乡之心，不愿留驻西域。于是，这才决定拔营东归。

占领龟兹这么富庶的城池，肯定不会白来一趟。据史书记载：

吕光遂用二万多头骆驼满载西域珍宝奇玩，并驱赶骏马万余匹，于公元385年三月引军东归。

该打包的都统统打包。

先看看运输队伍，两万峰骆驼，这样庞大的运输队伍肯定是丝绸之路上从未见过的大部队。再大的商队也就百而上千的驼队，两万峰骆驼，加之7万将士，整整是一个国家在迁徙的模样。掳掠的当然是好东西，西域自古出美玉、珍宝，搜索几十个小国家，打包两万峰骆驼也确实不在话下。而且，还有一万多军马。自古北方民族是马背之上的民族，好马决定了他们的生死存亡。他们一直跟东方王朝交易的就是以军马易丝绸。东方王朝对一匹好马的渴求，已经上升到汉武大帝的梦中，于是便有在敦煌阳关处捕捉天马的传说。

搜罗金银财宝，这不是最重要的。

甚至将西域的美女一并打包，也是情理之中。

自古战争的对象，也没少过以美女为目的物。

但有意思的是，吕光搜搜捡捡，最后将目光瞄向了龟兹王国里的娱乐节目。估计破城之后，他就没有少过夜夜笙歌。特别是龟兹国的音乐和舞蹈，最合他的胃口。加之西域女子的倾情演绎，更令他难舍难分。于是，他干脆将这些西域能歌善舞的美女一同打包东去。为了让这美丽曼妙的歌舞在东方王朝发扬光大，他干脆将曲谱都一并打上。吕光这一丝雅兴，以战争的方式，推动了龟兹音舞的扩散。不过当时，东方王朝的人们并不认识龟兹乐舞是何物，只是称之为：

奇伎异戏。

正是这奇伎异戏，丰富了自吕光之后上千年的东方皇宫的业余生活。

这样庞大的队伍几乎举国搬家，历经半年之久的跋涉，于当年九月抵达甘肃安西。谁知道得来噩耗，苻坚已被姚苌弑杀，前秦已名存实亡。

等吕光军到达玉门，早有自理野心的梁熙发布檄文责备吕光擅自做主班师回朝，派其子率领五万兵众，在酒泉与吕光交战，结果大败，河西走廊的胡人都来归附。武威太守彭济擒住梁熙请求向吕光投降，吕光斩杀梁熙。前秦已灭，东归梦碎，一不做二不休，吕光进入姑藏。

公元396年，吕光即天王位，国号大凉。

公元399年，吕光去世，时年63岁。

对于吕光，评价者很多，褒贬不一：

王猛：此非常人。

苻坚：吕光忠孝方正，必不同也。

苻宏：君器相非常，必有大福。

魏收：夷狄不恭，作害中国，帝王之世，未曾无也。

房玄龄：夫天地之大德曰生，圣人之大宝曰位。非其人而处其位者，其祸必速；在其位而忘其德者，其殃必至。天鉴非远，庸可滥乎！

房玄龄的话有些狠。怎么评价吕光不是此文讨论的焦点，我想求证的史实是，根据考证，龟兹乐舞就是吕光征服龟兹之后，从西域打包传到东方的。从文化传播的角度上说，吕光功莫大焉。他没有像后来有些草原民族征服城池之后，屠人毁城，将城市夷为平地种上牧草放牛羊，用弯刀将世界文明的进程倒推几百年。他在破城之后，将最早的也是最有特色的一种人类艺术文明，进行了传播和弘扬。

他顺便还带回了鸠摩罗什，将佛教艺术带到了东方。

仅就艺术传播和宗教传播，吕光功莫大焉。

在吕光征战龟兹后又380多年的样子，一个大唐王朝被这支歌舞败了国。

在吕光打包西域珍宝再顺便一揽子打包"奇伎异戏"的时候，他没有想到自己给300年后的大唐王朝带回了"蛊"。历史就是如此巧合，正如太平洋彼岸一只蝴蝶扇动翅膀，太平洋此岸就卷起风暴。由此可见，胡旋歌舞"毒性"之大。

白居易笔下的"胡旋舞""胡旋女"，其实就是吕光从龟兹带回的龟兹乐舞。

古代所说的"乐"，包括歌唱、器乐和舞蹈，它是一种音乐、舞蹈不分家的综合性的表演形式。其实，龟兹乐舞的起源并无记载，大体可以统称为是劳动人民智慧的结晶。宋代沈辽的《龟兹》诗所说"龟兹舞，龟兹舞，始自汉时入乐府"，可想在汉代，这样的歌舞随着丝绸之路的开通，已经进入到中原地带。只不过，吕光的破城龟兹并带回"奇伎异戏"是有具体的时间记载罢了。

也可以说，吕光这次带回来的更完整。

龟兹地处西域中心，是丝绸之路上的要冲。龟兹乐舞通过游牧传播、政权传播、宗教传播、战争传播和商业传播等多种形式，经过长期的文化交流，已经形成一种风格鲜明、独树一帜的乐舞。其中《西域传·下》有这样的记载：

时乌孙公主遣女来至京师学鼓琴，汉遣侍郎乐奉送主女，过龟兹。

龟兹前遣人至乌孙求公主女，未还。

会女过龟兹，龟兹王留不遣，复使使报公主，主许之。

后公主上书，愿令女比宗室入朝，而龟兹王绛宾亦爱其夫人，上书言得尚汉外孙为昆弟，愿与公主女俱入朝。

元康元年，遂来朝贺。

王及夫人皆赐印绶。

夫人号称公主，赐以车骑旗鼓，歌吹数十人，绮绣杂缯琦珍凡数千万。

留且一年，厚赠送之。

后数来朝贺，乐汉衣服制度，归其国，治宫室，作徼道周卫，出入传呼，撞钟鼓，如汉家仪。

外国胡人皆曰："驴非驴，马非马，若龟兹王，所谓骡也。"

绛宾死，其子丞德自谓汉外孙，成、哀帝时往来尤数，汉遇之亦甚亲密。

这段话说的是汉和亲乌孙，即解忧公主的女儿，被龟兹王看中，强留不还。随后，龟兹王跟乌孙公主朝汉，赐印绶，就是龟兹王国臣服汉室。然后汉室回赠公主"歌吹数十人"，想在说来就是送给了一支文工团，供娱乐使用。这也是汉文化的对外传播，果不其然，乌孙公主回到西域，就晨钟暮鼓地按照汉朝的礼仪治国。这倒是遭受胡人的嗤笑，说，简直就是驴唇不对马嘴。这估计是龟兹文化对汉文化的排异所致。但是，龟兹音舞一旦出了西域，进入东方帝国的土壤，就立马俘虏了汉朝王室。

从历史的印痕来看，不仅白居易留下了对胡女歌舞的诗歌记录，其他诗人的顺手拈来也不少。唐朝以写边塞诗闻名的李颀，一生交游广泛，性格疏放超脱，厌薄世俗。他的诗奔放豪迈，慷慨悲凉，与王维、高适、王昌龄等著名边塞诗人交往密切。有《听安万善吹觱篥歌》：

南山截竹为觱篥，此乐本自龟兹出。

流传汉地曲转奇，凉州胡人为我吹。

傍邻闻者多叹息，远客思乡皆泪垂。

世人解听不解赏，长飙风中自来往。

枯桑老柏寒飕飗，九雏鸣凤乱啾啾。

龙吟虎啸一时发，万籁百泉相与秋。

忽然更作渔阳掺，黄云萧条白日暗，

变调如闻杨柳春，上林繁华照眼新。

岁夜高堂列明烛，美酒一杯声一曲。

觱篥是产于龟兹的一种乐器，这在诗的开头就作了明确的交代。觱篥以竹为管，以芦为首，在龟兹壁画中有绘。觱篥音色深沉凄哀，能演奏行腔委婉、跌宕起伏的旋律。

现实主义大诗人杜甫生活在唐朝由盛转衰的历史时期，诗风抑郁，其诗多涉笔社会动荡、政治黑暗，反映当时社会矛盾和人民疾苦。他也写过《夜闻觱篥》的诗：

夜闻觱篥沧江上，衰年侧耳情所向。

邻舟一听多感伤，塞曲三更欻悲壮。

积雪飞霜此夜寒，孤灯急管复风湍。

君知天下干戈满，不见江湖行路难。

李颀和杜甫都没亲自到龟兹欣赏龟兹乐舞，这两首诗也写在不同的场合。李颀是在参加朋友的宴会上聆听了来自凉州的胡人吹奏的筚篥后所作，而杜甫却是在其晚年颠沛流离时在沧江的船篷中写出的。两首诗都写出了筚篥的演奏特点，哀怨切切，潸然泪下。

唐朝著名的边塞诗人岑参多年从军边塞，戎马生涯，但他在《田使君美人舞如莲花北鋌歌》中描写的胡旋舞却细腻柔美、出神入化：

美人舞如莲花旋，世人有眼应未见。

高堂满地红氍毹，试舞一曲天下无。

此曲胡人传入汉，诸客见之惊且叹。

曼脸娇娥纤复秾，轻罗金镂花葱茏。

回裾转袖若飞雪，左旋右鋌生旋风。

琵琶横笛和未匝，花门山头黄云合。

忽作出塞入塞声，白草胡沙寒飒飒。

翻身入破如有神，前见后见回回新。

始知诸曲不可比，采莲落梅徒聒耳，

世人学舞只是舞，姿态岂能得如此。

岑参两次入塞，在西域生活了六年之久。按理说，他对胡歌、胡舞有过亲身经历的。在北庭都护府，在交城的酒肆里，估计都能看见。所以，他的诗更有细节，对跳胡旋舞的美女轻盈的舞姿、美丽的面庞、纤巧的手指、流盼的眼神描绘得淋漓尽致。除此之外，描述龟兹歌舞的诗词还有很多。北宋诗人沈辽亦著有《龟兹舞》一诗：

龟兹舞，龟兹舞，始自汉时入乐府。

世上虽传此乐名，不知此乐犹传否。

黄扉朱邸昼无事，美人亲寻教坊谱。

衣冠尽得画图看，乐器多因西域取。

红绿结袖坐后部，长笛短箫形制古。

鸡娄揩鼓旧所识，饶贝流苏分白羽。

玉颜二女高髻花，孔雀罗衫金画缕。

红靴玉带踏筵出，初惊翔鸾下玄圃。

中有一人奏羯鼓，头如山兮手如雨。

其间曲调杂晋楚，歌词至今传晋语。

须臾曲罢立前庑，叹息平生未尝睹。

清都阆苑昔有梦，寂寞如今在何所。

我家家住江海涯，上国乐事殊未知。

玉颜邀我索题诗，它时有梦与谁期。

这首诗交代了龟兹舞自汉时已经传入中原。诗中还向世人介绍了鸡娄鼓、长笛、短箫、羯鼓等乐器，这几种乐器在龟兹壁画中都有所见。明朝诗人曾启在《陈员郎奉使西域周寺副席中道别长句》中有"舞女争呈于阗妆，歌辞尽协龟兹谱"句。大诗人杜牧的祖父杜佑对于龟兹舞的特征，在《通典》中描述为"跷脚弹指、撼头弄目"："跷脚"即足旋，"弹指"即以手指击节作响，"撼头"即摇动颈项，"弄目"即扬眉传情。

这些特征在现今库车维吾尔舞蹈当中仍然可见。

公元前2世纪，龟兹国随着佛教的传入，龟兹乐舞也渐入鼎盛。

公元4世纪初，龟兹石窟壁画为龟兹乐舞提供了十分形象的乐舞史料。凿窟年代在公元4世纪初的克孜尔石窟地38窟,被德国学者称为"音乐家合唱窟",其"天宫伎乐"所持乐器就有弓形箜篌、阮咸、排箫、横笛、筚篥、答腊鼓、手鼓、唢呐等十几种。其中吹横笛者4人,弹五弦琵琶者3人,弹阮咸弓形箜篌者各2人,吹筚篥排箫者各2人,器乐者各1人。

战争加快了乐舞的传播,其中吕光破龟兹,是一次大规模的相当完整的音乐搬家。其"奇伎异戏"就有《龟兹乐》。公元400年,李乔(汉族)建立西凉,西凉是中西交通要害之地,包括敦煌和酒泉,行旅不断,胡商云集,市有胡饭胡店,府有胡姬胡舞,相当繁华。在传播之中,人们将《龟兹乐》与中原旧乐相结合,创造了《秦汉伎》,又称《西凉乐》。西凉乐仍以龟兹乐为主。龟兹乐舞促进了魏晋南北朝宫廷乐舞的发展,为隋唐乐舞的建立做了充分的准备。

隋唐时期,龟兹乐舞进入到辉煌灿烂时期。不仅龟兹本土乐舞大道登峰造极,而且龟兹乐舞风靡中原,日本、朝鲜及东南亚一带也颇为流行。公元568年,龟兹音乐家苏祗婆随西突厥皇后史那入长安传播琵琶演奏技艺和龟兹音乐理论。公元606年,隋炀帝写大量歌词,命宫廷乐师龟兹人白明达配曲。唐朝,是中国封建社会鼎盛时期,经济繁荣,民族交融,龟兹乐舞为唐朝乐舞的发展注入了活力,推向了高潮。

夜夜笙歌夜夜醉,假若没有定力,谁也不想早朝。

唐玄宗,这个名叫李隆基的诗人皇帝就是这样的,一池酒色,祸了江山。

音乐是反映人类现实生活情感的一种艺术。

东方以中国汉族音乐为首的中国古代理论基础是五声音阶,即宫、商、角、徵、羽;西方是以七声音阶为主。音乐使人赏心悦目,并为大家带来听觉的享受。音乐能提高人的审美能力，净化心灵，树立崇高的理想。通过音乐可以抒发人们的情感，使很多情绪得到释放。

古代音、乐有别。《礼记·乐记》：

凡音之起，由人心生也。人心之动，物使之然也，感于物而动，故形于声。声相应，故生变，变成方，谓之音。比音而乐之，及干戚、羽旄，谓之乐。

音乐是人们感情的语言。

舞蹈是一种表演艺术，使用身体来完成各种优雅或高难度的动作，一般有音乐伴奏，是以有节奏的动作为主要表现手段的艺术形式。舞蹈本身有多元的社会意义及作用，包括运动、社交、求偶、祭祀、礼仪等。在人类文明起源前，舞蹈在仪式、礼仪、庆典和娱乐方面都十分重要。舞蹈产生于奴隶社会，发展到秦汉已形成一定特色。

前边说到的唐代宫廷乐舞，始称作"燕乐"。它是一个多民族的多元文化的综合呈现，主要有清商乐(汉族)、西凉(今甘肃)乐、高昌(今吐鲁番)乐、龟兹(今库车)乐、康国(今乌兹别克斯坦撒马尔罕)乐、安国(今乌兹别克斯坦布哈拉)乐、天竺(今印度)乐、高丽(今朝鲜)乐等。其中龟兹乐、西凉乐更为重要。

西凉乐的主要根魂来自龟兹乐，所以，龟兹乐依然是隋唐宫廷乐舞的主要灵魂。那么，龟兹乐的主要形式又是什么呢。

"以歌言声、以舞言情"是龟兹各民族歌舞的典型特征。

龟兹是西域三十六国中的大国，经济发达，文化昌盛，公元前就与中原交往频繁。在文化和民族大交流、大融合中，龟兹文化进一步发展，音乐艺术日趋繁盛，成为西域的乐舞胜地。前秦国主苻坚，派吕光平龟兹，将一大批龟兹乐舞伎人带至中原，从此揭开了龟兹乐舞大规模东传的序幕。隋代已有三种不同形式的龟兹乐流行在中国内地，即：

《西国龟兹》《齐朝兹》《土龟兹》。

公元581年，隋文帝定令置《七部乐》：

《国伎》《清商伎》《高丽伎》《天竺伎》《安国伎》《龟兹伎》《文康伎》。

公元611年隋炀帝定《九部乐》：

《清乐》《西凉》《龟兹》《天竺》《康国》《疏勒》《安国》《高丽》《礼毕》。

《隋书·音乐志》记载龟兹乐有七声：

宫声、南吕声、角声、变征声、征声、羽声、变宫声。

唐代是龟兹乐舞的黄金时期。

唐朝设乐工196人，《新唐书》记载分四部：一、龟兹部，二、大鼓部，三、胡部，四、军乐部。龟兹部，有羯鼓、揩鼓、腰鼓、鸡娄鼓、短笛、大小筚篥、拍板，皆八；长短箫、横笛、方响、大铜钹、贝，皆四。凡工88人，分四列，属舞筵四隅，以合节鼓。大鼓部，以四为列，凡24，居龟兹部前。龟兹乐器有：

竖箜篌、琵琶、五弦、笙、笛、箫、筚篥、毛员鼓、都昙鼓、答腊鼓、腰鼓、羯鼓、鸡娄鼓、铜钹、贝、弹筝、候提鼓、齐鼓、檐鼓等20种。

再细分之：

弦鸣乐器：弓形箜篌、竖箜篌、五弦琵琶、曲项琵琶等。

气鸣乐器：排箫、筚篥、横笛等。

打击乐器：大鼓、腰鼓、细腰鼓、羯鼓、铃、铜钹等。

根据历史学家向达考证，龟兹琵琶七调起源于印度北宗音乐。龟兹乐娑陀力（宫声）来自印度北宗音乐的Shadja，般赡调（羽声）来自印度北宗音乐的Panchama调。龟兹音乐传入中国，在唐代演变成为唐代佛曲。

隋唐时期，龟兹本地的音乐舞蹈也进入发展高峰。唐初著名高僧玄奘在《大唐西域记》中对当时龟兹音乐艺术作了高度的评价，称"管弦伎乐，特善诸国"。至今龟兹地区尚存500余佛教石窟和1万多平方米壁画。其中音乐舞蹈形象十分可观，舞蹈约18种，舞蹈姿态数十种。敦煌莫高窟、云冈石窟、龙门石窟等乐舞造型可以说源于龟兹乐舞。

隋唐时期，由于国力的强盛，龟兹乐舞对世界特别是亚洲产生了很大影响。龟兹乐舞成为对外文化交流的工具。日本在隋唐时不断派遣"遣隋使""遣唐使"来中国，这些使者归国时带回的中国乐舞不少就是龟兹乐。日本的"雅乐"里，有许多是与龟兹有关的乐曲，龟兹乐中的筚篥、五弦琵琶等成为日本传统乐器。至今日本还保存着唐代制作的五弦琵琶等乐器。

朝鲜半岛流传的"长鼓"就是随龟兹乐舞传入的。

古代越南、缅甸等国，亦有龟兹乐舞的影响。

今天龟兹古国的克孜尔石窟，是西域大地上一座伤心的石窟。

虽然它曾经的名气堪比敦煌石窟，但它现存壁画的状况，使得这座石窟几乎毫无意义。打开一个又一个洞窟，里边的壁画无一例外都遭受到最残酷的破坏。要么佛们被挖去眼睛，要么满脸都是刀斧留下的痕迹，几乎没有一幅壁画可以入眼。当然，这里既有德国、日本探险家们劫掠留下的伤痕，也是西域大地伊斯兰化的结果。伊斯兰对佛教做了最彻底的"斩尽杀绝"。

龟兹石窟是联系中亚和东方佛教文化艺术的桥梁和纽带。

克孜尔石窟作为龟兹石窟的典型代表，始凿于公元3世纪末至公元4世纪初叶。早期洞窟年代至少要比敦煌莫高窟早100年左右。克孜尔石窟遭到德国日本等国探险队的严重破坏，不完全估计仅德国人就挖走壁画500多平方米。

我走过两三个洞窟再不想挪动脚步。

趴在水泥的柱栏上远眺，溪水缠绕，天山巍峨，仿佛所有的悲痛都已经尘埃落定，一切哀叹都是多余的。眼泪是多余的，情绪也是多余。几百年前西域大地上的宗教角力，早已定型。佛，被赶出了西域大地。而佛的悲伤留在了克孜尔石窟。那个黑色石雕的鸠摩罗什，面朝克孜尔石窟，他疲惫地忧郁地低沉着脑袋。他是否在悲伤，谁也说不清楚。

但他那弘扬佛法的舌头，在大火焚化肉身之后，成了舍利。

这将是关于龟兹不得不说的另一个故事。

自古以来的战争，为争夺美女有之，为争夺地盘有之，为争夺黄金珠宝亦有之，而为争夺一名高僧，几乎闻所未闻。但在1500年前，一个国君为一位西域高僧而发动战争。

鸠摩罗什的名声远传至东土。前秦苻坚对他产生了想法。

太史上奏：在外国出现一位大德智人，将来到我国。

苻坚说：我听说西域有位鸠摩罗什。

苻坚派遣骁骑将军吕光讨伐龟兹诸国。临行前，苻坚对吕光说："帝王顺应天道而治国，爱民如子，哪有贪取国土而征伐的道理呢？只因为怀念远方的大德智人罢了。我听说西域有一位鸠摩罗什大师，他深解佛法，擅长阴阳之理，是后学的宗师，贤哲之人，是国家的大宝，如果你战胜龟兹国，要赶快护送他返国。"苻坚这理由相当漂亮。

吕光掳获鸠摩罗什，看他年纪尚小，不知他智慧高深，几番戏弄，并强迫他与龟兹公主成亲，鸠摩罗什苦苦请辞不得。鸠摩罗什对吕光说，凶险之地，不宜久留，中途有一福地，适合居住。吕光听从建议，迅速率军离开。当大军到达凉州（今甘肃省武威市）时，闻知苻坚已被姚苌杀害，吕光遂下令三军缟素服丧，并自立为帝，国号凉。

不久，吕光死亡。

鸠摩罗什前往关中，年已58岁。

鸠摩罗什抵达长安，翻译经典，缔造空前盛况。入室弟子三千，后世有什门四圣、八俊、十哲之称。他翻译的经卷准确无误，对后世佛教界影响极为深远，并留有"色不异空，空不异色；色即是空，空即是色"的名句。鸠摩罗什两次"破戒"，苦不堪言，但为了译经大业，只得忍辱。他告勉自己：身如污泥，心向莲花。圆寂之前，他说，我希望所有翻译的经典，能够流传后世，如果传译的经典没有错误，愿我的身体火化之后，舌头不会焦烂。公元413年，鸠摩罗什在长安圆寂，火化之后，舌头如生。弟子遵其遗嘱，将他的"舌"舍利供奉于甘肃武威市鸠摩罗什寺。这是世上唯一的一座"舌舍利寺"。

鸠摩罗什一生命运坎坷，曾赠友人一诗云：

心山育明德，流薰万由延。哀鸾孤桐上，清音彻九天。

他是站在梧桐树上哀鸣的鸾鸟啊，只有苍天能知道他的内心啊！

宗教需要传承，艺术也需要传承。

有了宗教，人类的族群就有了心灵的皈依；有了艺术，人类的生活就有了颜色。

两千多年过去，龟兹的乐舞这一称谓早就随着时间的流逝而淡出人们的知识体系，但那凝结着人类智慧的美好的音乐样式，永远也不会消失，并潜生于时间的长河，在世俗的生活土壤里，开出奇异的花朵。

据考证，现流行于新疆大地的"木卡姆"的根魂，就来自于龟兹乐舞。

"木卡姆"为阿拉伯语，意为规范、聚会等，转意为古典音乐。维吾尔木卡姆渊源于维吾尔民族文化，又受波斯——阿拉伯音乐文化的影响。根据传说，叶尔羌汗国的拉希德汗与妻子阿曼尼莎汗邀集汗国各地熟悉木卡姆的民间艺人，在音乐家卡迪尔汗·叶尔羌的主持下，对当时散失的木卡姆进行了一次系统的加工和整理，使木卡姆得以定性和发展。

木卡姆音乐现分布在西亚、中亚、南亚、北非19个国家和地区，新疆处于这些国家和地区的最东端。得益于横贯欧亚的古代陆上交通大动脉——"丝绸之路"，维吾尔木卡姆作为东、西方乐舞文化交流的结晶，记录和印证了不同人群乐舞文化之间相互传播、交融的历史。"中国新疆维吾尔木卡姆艺术"被人们赞誉为"中华瑰宝""丝路明珠"。

十二木卡姆就是12套古典音乐大曲，这12套大曲分别是：

拉克、且比亚特、木夏维莱克、恰尔尕、潘吉尕、乌孜哈勒、艾介姆、乌夏克、巴雅提、纳瓦、斯尕、依拉克。

十二木卡姆的每一个木卡姆均分为大乃额曼、达斯坦和麦西热甫三大部分；每一个部分又由四个主旋律和若干变奏曲组成。其中每一首乐曲既是木卡姆主旋律的有机组成部分，同时又是具有和声特色的独立乐曲。为木卡姆伴奏的乐器有萨塔尔、弹布尔、热瓦普、达普、都塔尔等。

现代维吾尔语中，"木卡姆"除"古典音乐"的意思外，还具有"法则""规范""曲调"等多种含义，它由12部木卡姆组成，每一部又由大曲、叙事诗和民间歌舞三大部分组成，含歌、乐曲20至30首，长度两小时左右。全部演唱完十二木卡姆需20多个小时。木卡姆体裁多样，节奏错综复杂，曲调极为丰富。其生动的音乐形象和音乐语言，深沉缓慢的古典叙诵歌曲，热烈欢快的民间舞蹈音乐，流畅优美的叙事组歌，艺术成就无与伦比。

这是一个民族文化艺术的集大成现象。

在当代，新疆民间音乐发扬传承者必须提到两人：王洛宾，刀郎。

王洛宾，出生北京，中国民族音乐家。1934年毕业于国立北平师范大学音乐系。1938年王洛宾在兰州改编了新疆民歌《达坂城的姑娘》，之后便与西部民歌结下了不解之缘，并将一生都献给了西部民歌的创作和传播事业，有"西北民歌之父""西部歌王"之称。

王洛宾一生创作歌剧7部，搜集、整理、创作歌曲1000余首，出版歌曲集6册。

王洛宾的歌亲切、生动、优美、流畅，有很强的可唱性、可听性。同时又短小精悍，通俗易懂，易于记忆，便于传唱。歌中不乏风趣、幽默、诙谐、夸张的特色，常用比兴的手法塑造形象，以小见大，寓意深长。他是改编中有创造，创造中有改编，具有很高的审美价值。

《在那遥远的地方》：

在那遥远的地方

有位好姑娘

人们走过了她的毡房都要回头留恋地张望

她那粉红的小脸好像红太阳

她那活泼动人的眼睛好像晚上明媚的月亮

我愿抛弃了财产跟她去放羊

《达坂城的姑娘》：

达坂城的姑娘辫子长

两个眼睛真漂亮

你要是嫁人

不要嫁给别人

一定要嫁给我……

这些歌曲已经成为中华民族的经典民歌，将永远流传于世。

2017年的冬天，在敦煌偶遇王洛宾先生的孙女王平。酒宴上，她生动地为我们讲述了王洛宾先生不为外人所知的故事。更重要的是，她将长期致力于发掘、整理、编辑、出版、传播王洛宾先生的作品，进一步打造"王洛宾"这一国际文化品牌。

关于刀郎，这个出生于20世纪70年代的现代音乐人，因为对西域大地新疆民族音乐的传承，也很有必要将他作一介绍。

刀郎，原名罗林。1971年6月22日出生于四川省，歌手、音乐人。高中还未毕业，罗林便从资中到内江学习键盘乐器，两年后又到成都、重庆、西藏、西安跑摊4年多。后来，组建"手术刀"乐队，巴蜀笑星廖健当主唱，他做键盘手。

罗林九十年代初在海南以音乐的方式流浪，1995年跟随恋人到了新疆，开始了和新疆民乐的亲密接触。2001年，出了一张流行和时尚音乐拼凑的专辑，结果只卖了2000多张。遭遇失败后，他天天泡图书馆，还到戈壁滩、到维吾尔族老百姓家采风，终于找到了新疆民族音乐的根魂，自此，"刀郎"的名字面世。

时间到了2004年，刀郎一炮走红大江南北，源自于专辑《2002年第一场雪》。在没有任何宣传的情况下，专辑中的《情人》《冲动的惩罚》《2002年第一场雪》等歌曲相继从新疆火到全国，大街小巷，无论洗发店还是牛肉面馆，无论是出租车还是大巴车的音响里，或是KTV歌厅里，到处都是《2002年的第一场雪》和《冲动的惩罚》，好像谁都在渴望那场百年不遇的大雪，谁都在对冲动的惩罚进行赎罪。

刀郎，走遍全国没有红。站在新疆的大地上，他比火焰山还红。乃至于在中国街头巷尾的深情传唱里，他独领风骚三五年，几乎成为一种"流行不老现象"之现象。从一个并不完全"刀郎迷"的角度理解刀郎，我觉得他是继王洛宾之后唯一一个参透了新疆音乐秘籍的流行音乐家。无论怎么说，刀郎都得感谢这片生长过"龟兹乐舞"的西域大地，他都得感谢深埋民族瑰宝"十二木卡姆"的新疆大地。当然，他还得感谢对新疆音乐有独到情感的一代又一代歌迷。

还是看几首刀郎的经典曲目。

《2002年的第一场雪》：

2002年的第一场雪

比以往时候来得更晚一些

停靠在八楼的二路汽车

带走了最后一片飘落的黄叶

2002年的第一场雪

是留在乌鲁木齐难舍的情结

《冲动的惩罚》：

那夜我喝醉了拉着你的手胡乱地说话

只顾着自己心中压抑的想法狂乱地表达

我迷醉的眼睛已看不清你表情

忘记了你当时会有怎样的反应

我拉着你的手放在我手心

我错误地感觉到你也没有生气

刀郎不仅仅是幸运的。

从刀郎回溯过去,从王洛宾回溯过去,就看见了十二木卡姆和鸠摩罗什,那是一条传承艺术文化的时间长廊。在那条长廊里,一切都可能发生,一切都已经发生,一切都正在发生,一切还将会发生。这一切都不是偶然。比如一座城池的坍塌,比如一个王国的消亡,那都是时间说了算。这世上唯有时间是最后的判官。其余的,就是梦。梦想,偶尔也会成真。

正如距今1637年前的西域大地的某个夜晚一样,征讨龟兹的将军吕光正在做梦。

吕光夜梦金象,梦到金象飞出了被自己团团围住的龟兹城外。

吕光说:此谓佛神去之,胡必亡矣。

不久,城破。

死亡之海：塔克拉玛干千年守望

丝绸丝绸，西渡西渡

一条丝绸在玉门关口就开始踟躇

昆仑在左，天山在右

塔克拉玛干切断了归途

要么向左，要么偏右

沿着昆仑和天山的地脚线乘风西去

左右都被淤堵

古尔班通古特沙漠那是最后的线路

上天总会留给一个出口

丝绸丝绸，西渡西渡

一条丝绸由江南的柔软变成西北的忧郁

万里流沙，流沙万里

每前进一步都是超度

一株胡杨等候在罗布人的村口

它向每一个过客传道

为何生而一千年不死

死而一千年不倒,倒了也一千年不朽

丝绸丝绸,西渡西渡

在这片沙漠里会碰见一桩奇异的事情，那就是一队旅人若是在赶夜路，其中有个人碰巧落了单或者是睡着了还是什么的，等他想加快速度赶上同伴的时候，就会听见有鬼魂在说话，于是错以为这些说话的就是他的伙伴。有时候鬼魂会叫他的名字，如此一来这个人就被引入歧途，再也找不着他的同伙了。很多人都是这样送了命。即便是在大白天，也会听到那些鬼魂在说话，有时候你还会听见各种各样的乐器演奏的声音，而且常常都是击鼓的声音。

——《马可·波罗游记》

普天之下,从来就没有坦途。

当一条丝绸走过千里河西大走廊,在阳关、玉门关的口岸就遇上了难题。可以说,一条从江南丝绸厂款款而出的柔软的丝绸,在这里开始变得犹豫不定。前方的路,无论怎么走,都不是坦途,都充满死亡的威胁。而死亡,不是一条丝绸的初衷,它的远方是越帕米尔,过葱岭,到达西方广袤的原野,与城堡皇宫里的黄金照面。

物与物,心照不宣。一条万里之远的丝绸之路,才完成超度。

但是,从长安开始,一条丝绸的路就开始变得充满挑战。

千里河西大走廊,在张骞之后,也经过"三通三绝"。大汉王朝的意志是坚定的,丝绸打不开的关隘和城池,就由弯弓和利剑说话。弯弓和利剑发言之后,丝绸的行走就变得格外通畅。但通观千年丝绸之路的变奏可以得出如下规律:

国运兴,丝路通;西域闭,王朝衰。

这似乎成了一个规律。

想想,当东方王朝国运衰微的时候,江山破碎,生灵涂炭,哪还有心思顾及西域的通道呢。大汉王朝未曾延续千秋万代,汉武帝也只活到了虚岁70。他16岁登基,也只干了54年。对比两千多年的封建社会,他执政已经算长的了。在这半个多世纪里,他不乏丰功伟绩。为了巩固皇权,他在地方设置刺史,开创察举制选拔人才。采纳主父偃的建议,颁行推恩令，解决王国势力，并将盐铁和铸币权收归中央。文化上采用了董仲舒的建议，"罢黜百家，独尊儒术"，结束先秦以来"师异道，人异论，百家殊方"的局面。

他的主要功绩是对外。他攘夷拓土、国威远扬，东并朝鲜、南吞百越、西征大宛、北破匈奴，奠定了汉地范围，首开丝绸之路。是他，让中华文明明确了"汉"的容颜。汉室江山"天子"的威严，也是在他的手上名扬四海，让西域三十六国五十五国等俯首称臣。但最后，他老来昏头，穷兵黩武，又造成了巫蛊之祸，给一生留下了污点。

是非功过，暂且不说。当弯弓和利剑代表丝绸说话的时候，西域畅通能跑马。这种人为的阻隔是可以解决的，但有一种阻隔人力无能，那就是大自然的阻隔。一条丝绸在阳关玉门关发愁的时候，是因为它看见了被称为死亡之海的塔卡拉玛干大沙漠。

斯坦因称之为：死亡之海。

斯文·赫定说是：进得去，出不来。

这两位20世纪初的伟大探险家说的都没错，塔克拉玛干大沙漠是横绝丝绸之路的最大障碍。翻开中国地图，对照古西域今新疆的地理，不难发现丝绸之路的艰辛。出阳关玉门关向西，左手边就是阿尔金山和昆仑山串联起来的天险，与两山对应的就是相隔五百多公里的天山山脉。两山之间就是塔里木盆地，塔里木盆地的中央就是塔克拉玛干大沙漠。走哪一条路，都是拿命做赌注。别说战争，就是地理，也够一条丝绸九死一生。

先看看塔里木盆地：

盆地位于中国新疆南部，是中国面积最大的内陆盆地。盆地处于昆仑山、阿尔金山和天山之间。南北最宽处600公里，东西最长处1500公里，面积达53万平方公里。海拔高度在800—1300米之间。

盆地地貌呈环状分布，边缘是与山地连接的砾石戈壁，中心是辽阔沙漠，边缘和沙漠间是冲积扇和冲积平原，并有绿洲分布。塔里木河以南是塔克拉玛干沙漠：

塔克拉玛干沙漠，位于南新疆塔里木盆地。"拉玛干"，准确的翻译应该是"大荒漠"，引申有"广阔"的含义；那么"塔克拉玛干"就是"山下面的大荒漠"的意思。整个沙漠东西长1000余公里，南北宽400多公里，总面积32.4万平方公里，是中国境内最大的沙漠，也是世界第十大沙漠，故被称为"塔克拉玛干大沙漠"，也是全世界第二大流动沙漠，流沙面积世界第一。

死亡之海阻挡了一条丝绸的去路。《西域传·上》记载：

自玉门、阳关出西域有两道。从鄯善傍南山北，波河西行至莎车，为南道，南道西逾葱岭则出大月氏、安息。自车师前王廷随北山，波河西行至疏勒，为北道，北道西逾葱岭则出大宛、康居、奄蔡焉耆。

要么向南，从阳关出发，经罗布泊楼兰古国出去，傍着阿尔金山和昆仑山的北边的山脚线，一路过若羌、且末、民丰、于田、皮山、叶城、莎车，此处一部分折向向南，进尼泊尔印度，另一部分继续向西，汇集喀什噶尔，越葱岭，到古时候的大月氏和安息，今伊朗高原。

要么向北，从玉门关出去，经伊吾、高昌、交河，过库尔勒、轮台、库车、阿克苏，到喀什噶尔，再西去翻葱岭，到大宛、康居，也就是今天的乌兹别克斯坦。

这是汉代丝绸之路的南北两道。不过，在西域堵塞的时代，这两条道都不得通畅的时候，丝绸再往北去，就是后来的一条丝绸之路，叫"北新道"。

该道出唐玉门关后，经伊吾（今哈密），北越天山进入巴里坤草原，而后沿天山北麓西行，经蒲类海（今巴里坤湖）、庭州（今吉木萨尔）、轮台（今乌鲁木齐附近乌拉泊古城）、张堡守捉（今昌吉）、乌宰守捉（今玛纳斯）、赛里木湖、弓月城（今伊宁附近）等地，过伊犁、昭苏进入丝路西段。再经热海（今伊塞克湖）、碎叶（今吉尔吉斯斯坦托克马克）、浩罕（今乌兹别克斯坦），后在撒马尔罕（今乌兹别克斯坦）与丝绸之路西段中道相汇，继续向西亚和欧洲延伸。

丝绸的柔软里也藏着坚硬和锋利。

在唐朝，那时的南线和北线已被吐蕃占据，淤塞不通。新开辟出来的丝绸之路北新道是唐代丝路中段的主要交通线。这条道路平缓易行，多水草，少沙碛。但路途较为遥远，也是不得已开辟出来的一条丝绸之路。

无论走南线还是走北线，或者北新线，哪一条路都不好走。

特别是绕塔里木盆地南北边沿，那些城池都是险途，那些古国都是险隘。你说不上哪座城池明天就会反水，你也说不上在哪个关隘你会货走人亡。城邦之国，有的在陆地上生根，筑墙围城，有的国家就在马背上，就在骆驼的驼峰之上，牲畜走到哪里，国家就在哪里。也许今天是国，明天就成了奴。

丝绸的东西方万里之行，大多以短途转运的形式贩卖。江南的丝绸厂到了洛阳到了长安，也许就要打散，课税，然后在洛阳在长安的商铺里，重新打包，上驼。等到了敦煌这个中转站，又要打散，课税，然后在敦煌的商铺里，重新打包，上驼。在阳关玉门关的口岸，丝绸开始犹豫，官方也许会安民告示，前方是否燃有狼烟。或许干脆占卜一下前方的凶吉，看马走南山，还是驼向北道。

这有点拿命做赌。赢了，月光如银；输了，颈上留疤。

当然还有一道不变的命题，那就是西域没有一条好走的路。

马可·波罗在他游记里讲述的那个故事，那时他正走在罗布荒原的沙漠上。

那是一种幻觉，一种死神召唤的前兆。

在沙漠里走过的人对这种感觉不会稀奇。

那是死神在跟你对话。马可·波罗说，听见有鬼魂在说话，于是错以为这些说话的就是他的伙伴。有时候鬼魂会叫他的名字，如此一来这个人就被引入歧途，再也找不着他的同伙了。很多人都是这样送了命。即便是在大白天，也会听到那些鬼魂在说话，有时候你还会听见各种各样的乐器演奏的声音，而且常常都是击鼓的声音。那肯定不是大自然的交响，那是地狱之门的音乐。

关于塔克拉玛干大沙漠这个"死亡之海"的记叙，瑞典探险家斯文·赫定最为清楚。

1895年2月，斯文·赫定从麦盖提进入塔克拉玛干大沙漠，从西向东穿越，由于经验不足，条件恶劣，中途不慎缺水8天，两名队员牺牲，经过苦苦支撑才被正巧路过的一支骆驼队搭救。和田河中游一处河湾的水潭拯救了他们。此后，英国探险家斯坦因、瑞典科学家安博特都找到过那个水潭。那就是斯文·赫定所命名的"天赐之池"。

他们最终丧失了全部骆驼，牺牲了两个驮夫，放弃了绝大部分辎重，遗失了两架相机和1800张底片。斯文·赫定因此从灭顶之灾中获取了宝贵的经验，在此后的探险途中他用铅笔速写代替照相，竟然练就成为一名画家，一生留下了5000多张速写。因为干旱缺水的梦魇，他选择冬天携带冰块进入沙漠，因此找到了一处处重要古城遗址：丹丹乌里克、喀拉墩、玛扎塔格戍堡……

不妨打开斯文·赫定的《在亚洲腹地的旅行记》，跟他走进塔卡拉玛干大沙漠。

时间是1895年的春天。

斯文·赫定来到了小镇马拉尔，他前行的目的地是塔克拉玛干沙漠。

每到一个歇脚的地方，都能听到许多关于这个沙漠的故事。有这么个传说：很久以前，塔克拉玛干这个古老的镇子被埋在沙漠中央的沙土之下，而镇子里的寺塔、高墙、房屋以及金锭银块却还暴露在沙土之外。如果有商队从这儿经过，把那些金子装上驼车带走，那么这个商队里的车夫就会中邪，一圈又一圈地绕个不停，直到力尽气绝。只有把金子都扔掉，才能破了这个魔咒，得到拯救。这个故事浅显易懂，告诫人们贪财就要丢命。

3月19日，他们在河右岸附近的麦盖提村扎下营地。

在这个村子里，斯文·赫定住在村子长老塔格霍嘉的家里。

长老享有司法仲裁的权力，他每天都能在他家的院子里亲眼看见司法判决是如何执行的。有一天，一个与人通奸的妇人被带到塔格霍嘉长老面前。长老判她有罪，罚她把脸涂黑，双手反绑在背后，然后倒骑在一头公驴上穿过市集。还有一次，长老审问一个遭到毒打的妇人。那女的指控她的丈夫拿刀向她施虐。她丈夫矢口否认，结果被反绑了双手，手腕上捆上绳子，就这样给吊在了一棵树上。那男的只好招供，受了一顿鞭刑。后来他又说他老婆也打了他，但是长老判他说谎，于是又招来一顿鞭打。

在4月8日，斯拉木巴依买了不少东西：用来盛水的4个铁罐和6只充气羊皮；在沙漠之中为骆驼补充营养的芝麻油；各种食物补给，包括面粉、蜂蜜、干蔬菜、通心粉；铲子和烹饪用具；还有其他许多长途旅行时必不可缺的东西。最要紧的是，他买了8匹相当棒的骆驼回来，每头骆驼花费35元，都是公的。除了一头，其他的都是双峰骆驼。他们用当地的买克提土耳其语给它们取了名字：

阿白、种马、独峰、老头、大黑、小黑、大黄、小黄。

除了斯拉木巴依，斯文·赫定又雇了三个人：

穆罕默德：他岁数大，留白胡子，是个骆驼车夫，妻子和小孩住在叶尔羌；

卡西姆：留黑胡子，力气大，有责任心，很会赶骆驼；

尤奇：意思是"向导"，他说对沙漠相当熟悉，随便什么地方都能找到路走。

临出发前的最后一刻，他们给补给里又加了两袋新烤好的面包、3只绵羊、10只母鸡和1只公鸡。铁罐子和充气羊皮袋子一共盛了455公升的水，预计够用25天。他还带上了毛皮外套、毯子和冬衣。携带的武器有3把长枪、6把左轮手枪和两箱沉甸甸的弹药。带了3台照相机、1000张拍片用的玻璃夹和胶片板、常用的天文与地理测量仪器以及几本科学书籍和一本《圣经》。

4月10日，探险队从麦盖提出征了。

骆驼的负重都很沉，大铜铃的铃声庄严肃穆，仿佛是要去送葬似的。村庄的屋顶上和街道上都已经站满了村民，神情无不沉重。一位老人说道："他们一去不回了。"又一位也跟了一句："骆驼背的东西太重了。"还有两个做高利贷生意的印度人朝他们头上扔了几个铜币，叫了一声"旅途愉快！"大约有100位村民骑马送了他们一小段路。

4月25日，等他们把水罐重新装上3匹载水骆驼背上的时候，斯文·赫定听见里面水晃荡的声音不对劲，于是检查了一下存水量，里面的水居然只够喝上两天的。他质问手下人，不是带上10天的水量么，向导尤奇回答说，离和阗河也就两天的路程了。最终，严重的缺水要了他们一行的命。每人每天只能饮两杯水，骆驼已经有3天没有进水了，现存的水量连给一头骆驼湿湿肠胃都不够。只好把帐篷地毯、行军床、炉子等等可要可不要的东西都扔了。

斯文·赫定悲情地记叙到：

"老头"和"大黑"两头骆驼已经无力跟上我们，走不到那天晚上的营地。一直领着它们两个的穆罕默德和向导尤奇只得自己走到营地来。穆罕默德告诉我们，"老头"已经倒地不起，腿和头瘫在沙地上，而"大黑"倒是还站得挺直，可是腿直打战，一步也走不了了。"大黑"看着另6位伙伴的身影消失在层层沙丘之间，它在后面投过深长又困惑的一瞥。

他们便抛下了两匹垂死的骆驼，连两只空水罐也一起扔了。那天晚上斯文·赫定辗转反侧，想着那两头骆驼，心里满怀恐惧。一开始，它们还只是在享受这休息的时光。接着夜幕降临，气温也变得凉爽，它们便盼着主人回来带它们走。流淌在血管里的血液越来越黏稠。很可能是"老头"先断了气，只余下"大黑"形影相吊，到最后它也在这一片孤寂的沙漠之中死去了。再过一些时候，四处游移的沙丘就会淹没这两头半路殉难的骆驼的遗体。

晚上，斯文·赫定听见手下人在说话。

斯拉木巴依说："骆驼会首先一个一个垮掉，到后面就轮到我们了。"

向导尤奇则觉得他们是撞了邪，说："我们自己还以为是在一直向前走呢，其实啊，我们从头到尾都是在转圈子，费了老大劲，结果啥也没办成，自己搞得半死不活，还不如随便找个地方躺下来等死算了。"

斯文·赫定问道："你难道没有注意到太阳起落的正常轨迹吗？每天中午太阳都在我们的右手边，你怎么觉得我们是在绕圈子呢？"

尤奇依然嘴硬："都是巫术搞的鬼，要不然就是太阳自己疯掉了。"

4月28日清晨,一场前所未见的沙尘暴侵袭了营地。斯文·赫定记叙道:

我们的身上、行李上和骆驼身上全都堆积了狂风席卷而来的沙子。

天亮时我们起身,却迎来又一个倒霉的日子,原来我们几乎整个儿被沙子埋在了下面。所有的东西里面全是沙子。我的靴子、帽子、装仪器的皮袋,还有其他一些东西全都不见了,我们只好徒手将东西从沙堆里面挖出来。

这一天都黑蒙蒙的,即便在正午,天色也要比黄昏时候来得更暗,我们就像是在黑夜中行军。空气里满是一团团漂浮的混沌沙云。只有靠得最近的骆驼才能模模糊糊地辨出个样子,仿佛是影子隐没在这密不透风的沙雾之中。骆驼身上的大铜铃就算靠得很近,也听不见响声。人的叫喊同样不相与闻。耳边呼呼的只有风暴震耳欲聋的怒吼。

在沙漠里遭遇沙尘暴并不稀奇,就像江南的梅雨季节,下雨才是正常的表现,不下雨反倒才奇怪。再走时,他们将把余下的箱子一并连装在里面的补给、毛皮、毯子、地毯、枕头、书籍、炊具、煤油、锅盆以及一套吃饭用的搪瓷器皿和瓷器等等东西,全都扔了。所有可以处理掉的东西统统塞在箱子里面,再把箱子藏在两座沙丘之间。他们在较高的那个沙丘顶上插了一根杆子,杆子的顶端又绑了一张报纸,当作指引的标记,等待今后找寻。

4月29日,他们带上余下的5头骆驼上路。

死亡随时都会降临。斯文·赫定在日记里写下了自认为是此生最后的几行字:

停在一座高山丘上,骆驼在此无不倒下。我们用望远镜仔细眺望东方,四面尽是沙山,不见一根草,也不见一丝生命。人和骆驼都是极度虚弱。求上帝开开眼!

5月1日,斯文·赫定试着站起身,可是两腿却撑不起来。整个队伍已经拔营，而他仍在后面动不了。斯拉木巴依手里拿着指南针，带领大家向着东方走。

我使出毕生所有的力气，站起身，晃了晃，又倒下，再沿着沙地上的足迹爬上一阵子，重新站起来，拖着身子向前，走两步再爬。一个小时过去了，接着又是一个小时。在一个沙丘的顶上，我终于看见了我的队伍，他们站着没动，铃铛也没有叮当响。我凭着超出常人的努力，终于赶上了队伍。

第二天早上已经9点半，他们走了5公里还不到。斯文·赫定觉得从头到脚都累得不行了，手指都没办法动一下。他觉得自己要死了，想象着自己已经躺在一个办丧事的教堂里，教堂的钟因为他的葬礼而不再敲响。他的整个人生像一场梦在眼前飞过。最让他受不了的是，父母和兄弟姐妹会在家中一直等啊等，年复一年，但是没有任何消息，直到绝望。

斯拉木巴依和尤奇都渴疯掉了，竟把骆驼的尿收集在一个容器里，加上糖和醋一搅和，便捏着鼻子喝了下去。那两人喝过这毒液之后，浑身动弹不了，紧接着出现剧烈的痉挛，并且呕吐不止，一边呻吟着一边在沙地上不停地扭来扭去。

必须活下去。斯文·赫定目光落在那只公鸡身上，他还没有做出决断，他们就砍断了公鸡的头，喝起鸡血，但这只是杯水车薪而已。大家的目光落在绵羊身上，这头绵羊一直像条狗一样忠心耿耿地跟着他们走到现在，没有一声抱怨。大伙儿犹豫了，杀了绵羊，他们也只能多活一天，这无异于丧尽天良。但斯拉木巴依还是把羊牵到一边，将它的头对着圣城麦加的方向，然后割断了它脖子上的动脉。斯文·赫定说：

红褐色的羊血黏稠难闻，缓慢地淌下来，血立即凝成了块，大家连忙吞下肚去。我也试着吃了一口，但是实在令人恶心，而且我喉咙里的黏膜太干燥，血块就卡在了嗓子眼，只好赶紧吐了出来。

尤奇先躺在毛毯上没有了反应，穆罕默德也早已神志不清，胡言乱语之中喃喃地念叨着真主的名字。这两位最终还是死在了营地里，抑或是死在营地附近。斯文·赫定从要扔掉的那堆东西里找了一套干净衣服出来，从头到脚换了一身新，即便要葬身在这无垠沙漠之中，我至少也要穿上一套干净体面的寿衣。

5月5日，在绝望之中，他们看见地平线的远方出现了一道墨绿色线条：胡杨林。

而我现在就是来到了这样一个极其罕见的一湾水边！

我静静地坐在岸边，量了下脉搏，非常微弱，几乎感觉不到——只有49下。接着我开始喝水，喝了又喝，完全不加节制。池水很凉，如水晶一般清澈，跟最美的泉水一样甘甜。我还是在喝个不停，干瘪的躯体像一块海绵一样吸收着水分。顿时所有的关节都软化了，动作也自如了许多。皮肤本来粗硬如羊皮纸，而今也变得柔软了，额头上也有了湿气。脉搏加快了跳动，几分钟之后就上升到56下。血管里的血液流动得更畅快了，心中有了幸福舒畅的感觉。我又喝了些水，坐在水边抚弄这上天恩赐的池水。

后来我给这面池塘取名为"天赐之池"。

5月8日，斯文·赫定在一个小岛的岸边发现了刚刚有人走过的足印……

因为斯文·赫定探险走过的麦盖提的拉吉里克村位于北纬39度，N39°的名字便被众多考古学家、探险家与越野爱好者所熟知。如今为纪念这位瑞典探险家，从麦盖提县的拉吉里克村出发而建的景区就命名为N39°国际沙漠旅游区。

54年后,时间推移到公元1949年。

一支解放军军队,从北到南横穿了塔克拉玛干大沙漠。他们的行走路线刚好跟斯文·赫定54年前探险的路线(从西向东)构成一个十字。对于这次伟大的穿越,完全可以载入塔克拉玛干大沙漠的撼人史册。

古代的丝绸之路的商队不会贸然进入塔克拉玛干大沙漠的腹地,他们只会选择塔里木盆地南北两条边沿线的绿洲迸发,即便是死,也不会涉入。因为谁也不可能在渺无人烟的茫茫大沙漠里,徒步穿行十天半个月。只有军队,负载国家使命才能做到。然而,在历史上鲜有大部队穿越塔克拉玛干大沙漠取得成功的,因而,1949年解放军某团徒步穿越塔克拉玛干大沙漠并取得成功,可谓奇迹。

穿越时间是:1949年12月。

参与人数为:1800名官兵。

穿越路线是:从阿克苏至和田。

行程为:行程1580公里。

穿越的原因是:和田发动武装暴乱,解放和田迫在眉睫。

当时,从阿克苏进入和田有三条路:

一条是沿迪化(今乌鲁木齐)至和田公路经喀什、莎车至和田;一条是由巴楚沿叶尔羌河到莎车,再经叶城到和田;第三条则是沿着和田河穿越塔克拉玛干大沙漠,直插和田。

前两条路都是大道,有城市村庄也有水源,肯定好走,但绕了五六百里路。因为解放和田的任务非常紧急,部队首长决定:选择第三条路横穿塔克拉玛干大沙漠。

随后,找到带路的向导成了解放军面临的一大问题。部队找到了两位"老沙漠",但当他们听说解放军要穿越"死亡之海"连连摇头,认为解放军不可能穿越成功。随后,部队四处打听,找到了当地一位叫阿不杜拉的老人。这位老人很有传奇色彩,早年曾为瑞典探险家斯文·赫定的探险队进入塔克拉玛干大沙漠做过向导,那次向导带15人的探险队进入塔克拉玛干后,就遇到了沙尘暴,最终队伍只剩下阿不杜拉和斯文·赫定两人。

阿不杜拉老人决定沿和田河古河床带领解放军穿越沙漠。

前边在斯文·赫定的《在亚洲腹地的旅行记》里并没有见到阿不杜拉这么一个名字。根据书中记载,斯文·赫定最后走出大沙漠确实还有一人,但绝不是阿不杜拉这个名字。也许,是另外一次穿越的向导,因为斯文·赫定不止一次在塔克拉玛干大沙漠探险。

1949年12月5日,征服"死亡之海"的行动拉开了序幕。

当时,阿克苏万人空巷,群众都前来为解放军送行。1800名解放军官兵整装待发,他们每人配备1支步枪、1把刺刀、40发子弹、4颗手榴弹、1把铁锹,外加5斤炒面、馕饼若干,以及背包、行李等。时间紧、任务重,部队每天都要急行军100多公里。一路上穿越的队伍浩浩荡荡的,队伍是见首不见尾,官兵们每天都要跑着走。

在沙漠里,最揪心的还是水。

据悉,部队行军到第7天时,仍然没有找到水源,一些人开始虚脱,部队便组织人手抬着他们前行。连长拿出最后一壶水,自己在嘴上碰了一下,舍不得喝,对身后的副连长说,往下传!副连长干咽了一口,又传给了后面的战士,就这样一个一个地传了下去。等传到连长手里的时候,一壶里的水只少了一口。原来,官兵们都舍不得喝水,只将水壶贴在嘴上湿了一下嘴唇。

就这样,这支干渴的部队在沙漠中行进了半个多月,于当月22日终于走出了塔克拉玛干大沙漠。这支突然从天而降的沙漠奇兵让叛乱分子措手不及，一交火，顷刻间便土崩瓦解。

这个感人的故事，曾在2017年被拍成电视剧，名字叫《沙海老兵》。

拍摄地在甘肃敦煌火车站后，一个国营单位废弃的"东风农场"里。

斯文·赫定探险大沙漠113年后，时间推延到公元2008年。

那一年，我在塔克拉玛干抛了锚。

因为要修一条路，在塔克拉玛干大沙漠的南沿315国道，且末与民丰之间。从敦煌出发，从库尔勒过去到轮台，穿过塔克拉玛干大沙漠南插下去，进且末。越野车在塔中抛锚，需要修车换配件，司机搭车去了且末，我一个人在塔中这个沙漠孤岛上守着那辆车。那时的塔中都是活动房或者木板房，少有几间砖房。有那么几间饭馆，四川人开的。还有一家"川妹"洗头屋，有好几个晃荡着大白腿的川妹子。只感觉那是人类最后的荒凉之地，居然也自成人间风景，一时思绪万千。之后，写了一篇小说，名字就叫《我在塔克拉玛干抛了锚》。

回想起来，那是十多年之前了，但是那画面感非常清晰：

塔中有一个加油站，十几间店铺，除了一个汽车修理铺，全是饭馆，饭馆都带着小卖部和招待所。饭馆多是四川饭馆，除了一家新疆大盘鸡拉面。店铺全靠公路一侧，可能是为了背阴，沙漠里的太阳谁都不敢惹。公路中间一座跨路钢架广告，七个鲜红的喷绘大字"我为祖国献石油"。正反两面都是，顶上插着彩旗，没有风，旗子也不招展。有很多石油特种作业车来往穿梭。也有几辆小轿车，懒洋洋地泊在饭馆门口，车好像是空的，人都进了饭馆深处的某个房间。突然，身边一辆北京"现代"的车门开了，出来一位艳丽的女子，超短裙非常短，高跟鞋非常高，一双长长的腿先伸出来，然后是身子。她从我身边擦过，目光狠狠地扫了我一眼，携带一股说不清楚的香水味。我看见她将一张彩色的纸叠了，很清脆的声音，手探进胸罩，塞了进去，然后昂首阔步进了"天府"饭馆。

那是很真实的现场记录，我没必要虚构。在大沙漠中心虚构场景不好使，最好使的就是原生态记录。于是，在我那非常纪实的文字里，有这样的画面感：

突然我看见沙漠里一个人影，摇摇摆摆在沙脊上。我来不及考虑照相的光线问题，赶紧将相机举了起来，锁住他。那人影显然也发现了我，迟疑了片刻，就向我蹒跚过来。我们刚好在两个沙梁，他过来得下一道沙坡，再爬上来。等他爬上来，我才看清他是一个维吾尔族老妪，头上盖着一块方巾，分不出颜色，脸上的皮跟老树皮一样，黑而深沉的眼窝如同两口枯井，没有水分和生命的痕迹。她眨巴着眼看着我，感觉告诉我没法跟她语言交流。她艰难地伸出舌头舔了舔皱裂的嘴唇，像羊在沙漠里无望地寻找着青草。我赶紧将剩下的半瓶矿泉水递给她，她小心拧开瓶盖，象征性地滋润了一下舌头，又拧上，捏在手里。

我说：你到那里去？

她说：我找我的羊。

我说：你的羊丢了吗？在这沙漠里怎么能找得到？

她说：我找我的羊。

幺妹子说：是个神经病，去年一场沙尘暴刮走了她家一只羊，她就从民丰那边找过来，找了一年连一根羊毛也没有找到，神经都找出毛病了，像沙漠里的幽灵。

那是一个维吾尔族老太婆，神经有些问题的。烈日下，就在沙漠里找她丢失的羊。羊肯定找不到，她的找更似乎是一种生命的暗喻，那也是生命的一种动能。想想，在茫茫大沙漠，生命的寻找是缥缈的，恍若寓言。而那个幺妹子等一大帮四川女人们，她们蜜蜂一般飞到大沙漠，用青春寻找灵魂深处的物欲。两种寻找，正契合了小说文本的主题，人生有些寻找毫无意义，但有些寻找又是生命的本来。最后，幺妹子也逃离了塔中，她去库尔勒寻找她的爱情。结尾处：

我找老板结账去，老板不在。

幺妹子的妈说：他中午就走了，搭车去库尔勒了，他去找幺妹子去了，他走时特地交代不能收你一分钱，你别硬塞，我是不敢收的，别看我家老头子蔫不唧唧的，发起狠来可是一头吃了枪药的牛。

我仔细地看了一眼幺妹子的妈，脸相是人到中年了，眼角粗粗的几条纹，但眼眸清朗，是个利索人。我想，时光再回撤个二三十年，她也是个不错的"幺妹子"。

这时炫妹追了出来，把一本书递给我，说：没事干，拿了你的书翻了翻。我拿过翻了翻，感觉一股温烫的气息，幺妹子的气息。炫妹卸掉了浓妆，素面朝天，判若两人。炫妹趴在车门上盯着我，说：你应该知道幺妹子到哪里去了，是吧？

我没有吭声，将书递给她，说：这书就送给你了，没事可以翻翻。

炫妹满脸迷茫目送我们的车窜进茫茫的塔克拉玛干大沙漠。突然，我又看见路边沙梁上一个行走的苍老的背影。看见那苍老的背影，我眼前恍然出现一大群绵羊……

生活不允许绝望，希望就在不竭的寻找深处。

这是十几年前对塔中的真实记忆，也是对那段生活的一种珍贵记忆。我愿意奉献于此，省去我现在对十几年前的辛苦回忆。我在时间的远处，看见今天的自己，说实话，我感到陌生。但我从今天的时间之岸回望过去，倒是异常的清楚。我怀疑这就是时光返照。

时光返照在2018年的秋天，距离斯文·赫定探险大沙漠123年。

我再一次穿越在塔克拉玛干大沙漠。这是一次精心选择的线路图，我习惯或者说喜欢重复一条线路，回忆让我欲罢不能。其实，当时间撑大了空间，重复本身就变得不可能。在重复的线路上，我像溯回子宫的卵子，又像一片秋叶垂落在大地之上。

带着命题，我想考证古丝绸之路南线、北线和北新线所有的绿洲，所有绿洲上的古代城邦，和所有古代城邦遗留下来的关于丝绸的故事。就在几年前，我的写作莫名其妙地转向到了纪实题材。先是2013年书写电视剧本的时候，插空写了一本关于当代敦煌人文艺术的散文《在敦煌》，2017年被作家出版社出版。2018年，又书写了敦煌大地理的散文，取名《再敦煌》。当《再敦煌》被出版社锁定为精品图书在2019年出版的时候，2018年秋天，我站在了阳关玉门关的古关隘处，目光越过楼兰古国，向度葱岭，准备《出敦煌》。

这是一条丝绸的向度。这也是我将一生最美好年华交给北方大漠之后的最后的文字回馈。对敦煌这片古丝绸之路重镇的土地，我用四本书（之前还有一本长篇小说《我以为莲》）回敬于此。感觉一生也就这么一点光和能，也许会留给后世。但不管怎么样，那是我对这片北方沙漠的交代。所以，在我精心地策划了路线图后，我就出发了。

确切地说，因为在北方的沙漠里生长，所以对沙漠爱恨有加。沙漠是死亡的海，但沙漠也是活着的生命。我更愿意认可它是活着的一种物质形态，就像南方活着的葱郁一样。驾车西去，穿越在古丝绸之路的万里车辙上，在时间的长河里，我目空一切。我看见了所有的消失的景象，我又成了亟待消失的物体。世界，本就是这样匆忙。

从民丰出发，天色微明。幸亏有导航，否则在沙漠里也会摔跟头。等到穿越了一片大草原，沙漠就扑入了眼帘。草原上有草，有红柳，也有胡杨，电线杆上还有鹰。等这些景致快速闪过，沙漠就结结实实包裹了我。也许我是重温一种仪式感，但确切地说，仪式一点也不新鲜。当那绿色的沙漠城墙在视野里一望无际，你会感到疲惫不堪。

当然，这条沙漠之路，是必须要纪念的。

塔克拉玛干沙漠公路是目前世界上在流动沙漠中修建的最长的公路，沙漠公路北起314国道轮台县东，经轮南油田、塔里木河、肖塘、塔中4油田和塔克拉玛干大沙漠，南至民丰县恰汗和315国道相连，南北贯穿塔里木盆地，全长522公里，其中穿越流动沙漠段长446公里。公路于1993年3月动工兴建，1995年9月全部竣工。

沙漠公路是国家"八五"重点科技攻关项目，先后由17个科研单位、180多名专家和技术人员参加了攻关，攻克了在流动沙漠中修筑上等级公路的一系列世界级难题，项目研究达到了国际领先水平。该沙漠公路路基宽10米，黑色路面为7米，它采用了"强基薄面"的路面结构，沙基振动干压实和土工布加固沙基的施工工艺，以及芦苇防栏和芦苇方格防沙治沙体系。沙漠公路的贯通对加快塔里木盆地油气勘探开发、促进新疆经济发展和政治稳定将发挥重要作用，同时也为国内外游客深入塔克拉玛干大沙漠腹地，开展沙漠探险旅游创造了良好的条件。

如今在轮南镇沙漠公路和民丰县恰安沙漠公路的终点处都建有壮观的沙漠公路彩楼，门楼旁立有宏伟的沙漠公路简介纪念碑。彩楼两侧书写着标语：

千古梦想沙海变油田

今朝奇迹大漠变通途

沙漠公路像一条游弋茫茫沙海的黑色长龙，顺着沙丘间低地起伏延伸。如不采取防护措施，则路面随时会被流沙吞噬。全线形成阻、固、输、导、控相结合的完整的防沙体系。栅栏和草方格随沙丘起伏绵延，犹如一条千里锁链牢牢缚住了黄色巨龙，令其动弹不得，其雄伟壮观的气势动人心魄，也为塔克拉玛干大沙漠增添了一道独特的风景线。沙漠公路沿线利用沙漠地下水，栽种红柳、沙枣等耐旱沙生植物，并将在公路两侧营造六条绿色林带。

塔克拉玛干沙漠年平均降雨量仅为25毫米，年平均蒸发量却是其150倍。沙漠公路绿化工程于2003年开工建设，全长436公里，宽72至78米。绿化带全线采用滴水灌溉技术，每约2公里设立一个浇灌增压站，长年有护林员管理，年耗水总量不超过600万立方米，苗木栽植总量达到1800余万株，它被誉为世界上第一条"沙漠绿色走廊"。

在整条沙漠公路上，共有108个水井房，每处水井房都有一对夫妻看护。

每天，他们都要照管好所在的护水站，同时徒步走遍所辖的数公里道路，照料路旁脆弱的植被，确认滴灌管线的完好。在无边的沙漠中，他们忍受着难耐的寂寞，日复一日地重复着枯燥的工作，坚持守卫这条绿色通道。

绿色林带现在已经自成生态，红柳沙棘等植物高大茂密，早已遮蔽了观望沙漠的视线。还有成群的鸟儿。每到一个水井站，就可以看见那些驻守绿色长城的人们，早早招手在路边，叫下车去购买他们在绿色林带里采挖的苁蓉。苁蓉具有较高的药用价值是沙漠给人类呈现的宝贝。在一处水井房停留下来，从房子里出来一个身穿蓝色制服的中年男人。他很健谈,一是推销苁蓉,二是他很久没有跟人类说话了。

一排水井房两间屋子,一间是泵房,机器轰鸣,震耳欲聋。一间做工作室,也是卧室,做饭起居都在一起。墙上贴着告示,一张A4纸写着学习宣传重点:

3000万吨大油气田目标:石油产量600万吨,天然气产量300亿方以上,油气产量当量突破3000万吨。

另一张A4纸写着日常重点工作:

要安全(无价)

填记录(50元)

做卫生(50元)

着工装(20元)

浇好水(500元)

否则,罚人民币

还有一张A4纸上写着"绿化队管理之补充规定":

一、各井值守人员必须在天黑之前回到自己的井房,春秋两季为北京时间21:00之前,夏季为北京时间22:00之前,违者每一次罚款200元。

二、春秋两季管护时间,21:00以后值守人员不得在公路两侧逗留、散步等,夏季管护时间,22:00以后值守人员不得在公路两侧逗留、散步等,违者一次罚款200元。

工作之外就是吃喝拉撒睡。一个人吃喝倒也简单,想做就做一顿,不想做就凑合一顿。这个来自陕北的男人说,他是中医世家,父亲是方圆几百里的著名郎中,人到80还一口好牙,活到了99岁,差一岁就百年。

他问：你知道我多少岁么？

我说：50多吧。

他说：嘿嘿，告诉你，我都60了呢。

我笑笑，不接话。我是故意那么说的。

他又问：你多大了？

我又故意报出数字，我知道他的心眼。他"哟"的一声，舌头被烫了一样，满脸可爱的表情。他说：你看你，可不是你说的年龄，最起码大五六岁呢。

我说：别人都那么说。

他说：抽烟吧？

我说：抽！

他说：喝酒吧？

我说：喝！

他说：熬夜吧？

我说：熬！

他一拍大腿，手一伸，将我的目光引向墙角。其实我早看见了，墙角一堆半干的苁蓉，黑不溜秋，像一堆煤球。

他说：你该补。

我说：哦。

他说：这好东西呢，沙漠人参，专补男人的精血。

我说：谢谢了。

他说：不来个10斤8斤的？又不贵，80块钱1斤。

我摇摇头。

他脸上落寞了表情，半天才说，没事，不要也没事，过路的车多，要的人也多，别看那么多，说不定有人一揽子就打包走了呢。

他的表情非常可爱。

也就是说，绿色林带已经产生了经济效益。在沙漠公路上，也零星地驻扎着居民。他们开着饭馆或者烤包子，专门为过往的司机提供服务。那些养家糊口的人们，也说不清他们的祖先是古丝绸之路上的哪个族群，来了，走了，走了又来了，几千年来，基因像沙漠里的植物一样，他们顺着沙漠的脾气生长，也顺应着沙漠的命运而生息。

到了塔中，已经满是疲惫。

横跨公路的标语门一如既往地威严耸立着，一面是：

横标：我为祖国献石油

竖标左：寻找大场面以艰苦奋斗为乐

竖标右：建设大油田视无私奉献为荣

另一面：

横标：征战死亡之海

竖标左：只有荒凉的沙漠

竖标右：没有荒凉的人生

出乎意料的是，十年前的塔中不见了，要不是那个跨路标语门的存在，我差点认不出十年后的塔中。十年后的塔中成了一个实实在在的小镇模样，街道两边都起了楼房，一层，两层，还有三层的。它们变得华丽，讲究。开饭馆的还是那些四川人和新疆人，四川人依然开"正宗川味"，新疆人依然开"拉面大盘鸡"。还有"久久鸭脖""塔中瀚海拾贝快捷宾馆"。

吃过一碗面条，出去转了转，"川妹子饭馆"依然还在。我头皮一麻，迈了进去。一句四川话冒了出来：吃啥子嘛，米饭、炒菜、啥子都有。我又是一愣，以为幺妹子的母亲还在。细细一看，吧台后边一个60多岁的女人走了出来。我赶紧"喔喔"地离开，那人在身后又冒出一句话：找人吗？

本来想在塔中小睡一觉，或者干脆在塔中住宿一夜，都是之前的选项。但是，我还是赶紧离开了这个陌生的地方，它让人记忆错位。车蹿出了小镇，又是连绵的沙海。那令人困倦的沙海，使人瞌睡连连。我连忙将车泊在路边，瞌睡瞬间迷漫了我的大脑。

在睡梦中，我恍惚回到了十年前。我突然看见沙山上出现了那个熟悉的背影，那个寻找丢失了羊的维吾尔族老妪，她在烈日之下的沙海里，走得跌跌撞撞，走得有气无力，好几次我都感觉她要翻跟头，似乎只要一缕风，都可能将她埋在沙漠里。可她还是跌跌撞撞地寻找着她的绵羊。瞬间，我看见成群的雪白的绵羊，在大漠深处向我云朵一般飘过来……

塔克拉玛干沙漠公路，它不是古丝绸之路，也不是今丝绸之路，但它构成了"一带一路"的新路网，它将"丝绸南道"和"丝绸北道"贯通起来。这也证明着一个时代新生的模样。

为此，不能忘记另一条横贯天山山脉的享誉海内外的"独库公路"。它也构成"一带一路"新的路网。独库公路将天山山脉横腰劈开，从独山子连接到库车，将古丝绸之路"北新道"与"丝路北道"串联起来，将天山南北的"塔里木盆地"和"准噶尔盆地"串联起来。这种"开天辟地"的连接，也证明着一个时代生命力的模样。

每到夏季六七月份，从独山子到库车，成了观光者和探险者们必去的路径。

独库公路，全长561公里，连接南北疆。横亘崇山峻岭、穿越深山峡谷，连接了众多少数民族聚居区。它的贯通，使得南北疆路程由原来的1000多公里缩短了近一半，堪称是中国公路建设史上的一座丰碑。为了修建这条公路，数万名官兵奋战10年，其中有168名筑路官兵献出了宝贵的生命。

纵贯天山南北，公路南下穿过巩乃斯草原和巴音布鲁克草原，翻越哈希勒根、玉希莫勒盖和铁列买提三个达坂。公路全部在天山山区穿行，不少地方要经过3000米以上的高山，筑路施工难度很大。但是，该路的建成，在天山中段沟通了南北的直接往来，从而大大缩短了运距。

这是一条英雄之路。当年的筑路官兵，硬生生地在达坂上凿通了隧道，在黄羊都望而却步的达坂上修建了通途，跨越了不可逾越的山峰……修建独库公路时牺牲的人，他们年龄最大的31岁，最小的才16岁。后人在独库公路上修建了乔尔玛纪念碑，这是为了缅怀那些为独库公路建设而献身的官兵们，这是人们永远不能忘却的纪念！

独库公路南端起始于星罗棋布的喀斯特地貌，紧接着是山体被风蚀得千疮百孔玲珑剔透、宛如巨大的浮雕艺术馆的盐水沟地貌，被高耸的红褐色山峰朝拜般环抱着的"布达拉宫山地景观"，其势险峻陡峭，大气磅礴。

在独库公路南端，将欣赏到壮丽的克孜利亚山地景观区，这里的红山石林蔚为壮观。不仅如此，在其附近的天山神秘大峡谷景区，也同样以曲径幽深的惊险震惊游客。而且峡谷中还发现了开凿于唐代的佛窟"阿艾石窟"，窟中有精美壁画，已成为驰名的外景拍摄基地。

幽蓝如玉的库车河一直伴随在公路一侧，当公路通过天山南麓的"火焰地带"后，取而代之的是陡峭的岩壁，绿色的草，满树激情盛开着黄色花儿的荆棘，以及零零落落的松树。山谷中弥漫着野花芳香，高耸入云的山峰上驻留着瓦蓝的白雪。雪峰之上，神鹰翱翔。

途经美丽的巴音布鲁克大草原。山间是奔流的河水，山坡上是平缓的草场,傍晚的霞光落在草地上,给草场罩上了一层金黄。牧羊人把羊群用石头和木栅栏圈起来,在毡房里点燃柴火,袅袅炊烟缓缓升腾……高原牧歌入眼帘,诗意飞翔。

也有人说,这是一条风景绝佳的路,是一条摄影之路

更有人说,这是一条朝拜之路,它可以净化凡尘。

独山子,隶属于北疆克拉玛依市。

公元前60年,汉朝设西域都护府,独山子归其领属。自此以来至清朝晚期,独山子一直都是游牧民族的牧场。1897年,独山子石油开始开采。1936年,开始引进苏联技术装备,在独山子北坡形成石油工人聚居的矿区,即独山子矿区。1953年,独山子已发展成万余人的新型城镇。目前,克拉玛依是新疆重要的油区。

独库公路,横断天山,将天堑变通途。

公路南下,直达库车。库车,古丝绸之路重镇,西域古龟兹国。汉朝置西域都护,治乌垒城,龟兹国归其统辖,部分官职由汉朝政府设置,龟兹王及下属官员皆佩汉印绶。东汉班超定西域,设都护府于龟兹,治它乾城。

两座历史悠久的城市,在新时代"一带一路"的串联下实现"并网"。

大道通,国运兴。国运旺,西域通。大道起宏图,"一带一路"将给世界一个崭新的中国,中国也将给西方一个崭新的世界。

这是一个新的时代。

两千年来,在西域大道走过商人,走过驼队,走过金客,走过采玉人,走过宗教徒,走过艺术家,走过诗人,走过流浪者,走过殉道者,也走过使团,

走过军队，走过联姻的队伍，走过那前赴后继的探险家、盗宝者，也走过兔，走过鹰，走过驴和狼。这些都是这条大道上的行者，是这条大道上的主人。他们以不同的身份赋予这条大道以意义和价值。

走过之后，步步为莲，百花盛开。

这是一条丝绸的本质，也是一条丝绸的道义。

爱，在一条丝绸的源头已经展开。突然记起那个身份相当复杂的斯文·赫定在《亚洲腹地旅行记》中记录穿过塔克拉玛干大沙漠的一个片段。记录这个片段时，他已经走出了沙漠的死亡。

一出极富戏剧性的场景，令我终生难忘。

一只死天鹅浮在芦苇丛边上，它的伴侣就在近旁来回游动。

我们的船桨在水里一划，独木舟便如箭一般轻盈地驶向天鹅。

天鹅并没有展翅飞起，而是用翅膀加速游走。它游到芦苇丛的边缘，便一头扎进干枯的芦苇秆里去。但是一旦进了芦苇丛，它就再也舒展不开双翅。

一个罗布人跳进水里，游过去追。

那天鹅一下子潜入水中，但是由于芦苇丛的缘故，又在原地冒出来。

罗布人一把抓住天鹅，扭断了它的脖子。整个过程还不到一分钟。

那天鹅根本无法让自己抛弃死去的伴侣不管，它这样丧命也正好了结了自己的痛苦。

我也只有这么想想，才让心里得到些许宽慰。

我们惯常将斯文·赫定骂为强盗、掠夺者、文物贩子之外，他还有另外的身份：地理学家、考古学家、探险家、摄影家、画家。

死亡之海，是他的丰碑。

月光如银：大唐诗人的家国情怀

从宋朝往回望

宋朝的月光撒满江南小巷

喜欢苏轼——大江东去，浪淘尽，千古风流人物

也喜欢岳飞——怒发冲冠，凭栏处，潇潇雨歇

更喜欢辛弃疾——道男儿到死心如铁，看试手，补天裂

笔势浩荡，乾坤满怀，弱豪胜千军

走马川行，梦回唐朝

西域的月光铺满西域

喜欢李白——人生得意须尽欢，莫使金樽空对月

也喜欢杜甫——朱门酒肉臭，路有冻死骨

还喜欢白居易——在天愿作比翼鸟，在地愿为连理枝

意气风发，天马行空，为国诉衷肠

但在西域，我更喜欢——

岑参——将军金甲夜不脱，半夜军行戈相拨，风头如刀面如割

还有高适——积雪与天迥，屯军边塞愁。谁知此行迈，不为觅封侯

还有王昌龄——但使龙城飞将在，不教胡马度阴山

还有王之涣——羌笛何须怨杨柳，春风不度玉门关

把词填满家国情怀，把诗绑定万里河山

他们的诗词丝绸一般光亮

他们的面相月光一般皎洁

回头望，大唐是故乡

岑参：29岁出塞

塞上诗：马上相逢无纸笔，凭君传语报平安

塞下诗：忽如一夜春风来，千树万树梨花开

高适：28岁出塞

塞上诗：汉家烟尘在东北，汉将辞家破残贼

塞下诗：莫愁前路无知己，天下谁人不识君

王昌龄：23岁出塞

塞上诗：秦时明月汉时关，万里长征人未还

塞下诗：洛阳亲友如相问，一片冰心在玉壶

王之涣：出塞时间不详

塞上诗：黄河远上白云间，一片孤城万仞山

塞下诗：羌笛何须怨杨柳，春风不度玉门关

诗歌，从中国古代的先秦文学，到汉晋，到隋唐，或者到民国，它的格调和范式都是不一样的，这跟文学的发展有关，也跟写诗的时代风物有关，还跟诗人的情调有关。回想起来，还是愿意承认诗歌的故乡在唐朝，文化的故乡在唐朝。这不仅仅是因为那个朝代有李白、杜甫、白居易，可能还因为那个朝代自由、开放与包容的文化氛围。

这种朝代的文化氛围，才是成长诗歌最好的养分。

于是，在那个朝代，诗人如天宇里的繁星闪烁，随便坠落一颗，也能砸碎当今诗坛。没办法，怎么比喻都是恰切的。必须承认，唐朝的诗歌不仅是唐朝的璀璨星群，它还是世界文艺天空里的银河系。我们先可以看看这个被称之为伟大的唐朝的几个关键性时间表。

大唐开国：公元618年至公元626年，李渊称帝，玄武门政变。

初唐盛世：公元626年至公元779年，贞观之治、移都洛阳、武周代唐、开元之治、天宝危机、安史之乱、藩镇割据。

中唐时期：公元780年至公元820年，期间有德宗改制、永贞革新、藩镇叛乱。

晚唐时期：公元821年至公元895年，期间内乱频繁、甘露之变、会昌中兴、牛李党争、大中暂治。

走向灭亡：公元895年至公元907年，期间有黄巢之乱、藩镇之争、朱温篡唐。

从这个时间表可以看出，称之为盛世唐朝的时间只是停留在"初唐盛世"阶段的153年时间。耳熟能详的"贞观之治""武周代唐""开元之治"以及"安史之乱"都在这一时期。那些朗朗上口的皇帝名号"唐太宗""武则天""唐玄宗"也在这一阶段。

当然，那些大诗人也在初唐盛世这一时期集中涌现：李白杜甫这两个"天才""地才"级别的大诗人集中亮相在初唐。

李白生于公元701年，死于公元762年，61岁。

杜甫生于公元712年，死于公元770年，58岁。

李白是杜甫的大哥，年长10多岁，但李白比杜甫多活了3年。人类诗歌界两个需要仰望的星辰，集中出现在初唐，又集中陨落于初唐，没有给任何朝代攀附风雅的机会。

瞬间，两道亮光消失。

好在，那是一个群星闪烁的时代。报上任何一个唐朝诗人的名字，都令唐之前的千年和唐之后的千年的诗坛无颜色。大唐诗歌群达2300多人，存世诗歌达五万多首，我们只能罗列极少一部分：

张九龄（673或678—740年），开元二十一年（733年）任中书侍郎，同中书门下平章事、中书令，唐代有名的贤相。

李白（701—762年），号青莲居士，先世于隋末流徙西域，出生于碎叶城，天才横溢，被誉为"谪仙人"，称之为"诗仙"

杜甫（712—770年），为初唐诗人杜审言之孙。做过检校工部员外郎，故世称杜少陵、杜工部，被称为"诗圣"。

王维（701？—761年），开元进士。任过大乐丞、右拾遗等官，安禄山叛乱时，曾被迫出任伪职。世人称其为"诗佛"。

孟浩然（689—740年），40岁时到长安应过一次科考外，还乡隐居写诗自娱。盛唐主要的山水田园诗人，与王维合称"王孟"。

王昌龄（？—约756年），开元十五年进士，一生只做过中下级官吏，安史之乱时，于还江宁途中被亳州刺史闾丘晓杀害。"七绝圣手"之称，推为"诗家天子"。

岑参（715—770年），天宝三年进士，初为小官，后做过嘉州刺史等官，世称"岑嘉州"。诗以写边塞生活著称，与高适合称"高岑"。

韦应物（约737—791年），曾任玄宗侍卫，早年为人任侠，狂放不羁，后来发奋读书中进士。做过苏州刺史。

柳宗元（773—819年），德宗贞元年九年进士，官礼部员外郎，因变革被贬为永州司马，后迁柳州刺史。和韩愈共同领导了唐代古文运动，是唐宋八大家之一。

孟郊（751—814年），早年隐居，40多岁中进士，做过县尉一类小官。一生困顿，性情耿介，诗多炎凉世态。与贾岛合称"郊寒岛瘦"。

陈子昂（659—700年），年轻时使气任侠，睿宗文明元年进士，武则天执政时，为武则天怕赞赏，拜麟台正字，转右拾遗。

韩愈（768—824年），德宗贞元八年进士。曾任监察御史，故世称韩吏部、韩文公。是唐代古文运动倡导者，与柳宗元合称韩柳。

白居易（772—846年），贞元十五年进士。元和时曾任翰林学士、左赞善大夫，贬为江州司马，晚年好佛，又自号香山居士。

李商隐（约813—约858年），开成进士。因处于"牛李党争"的夹缝之中，一生不得志。其诗奇丽，缠绵悱恻，为人传诵。

高适（约700—765年），40岁后举有道科中第，授封丘县尉，后来在河西节度使歌舒翰幕中掌书记，大多写边塞生活，与岑参称"高岑"。

唐玄宗（685—762年），本名李隆基，唐明皇，初期任用贤相，政治清明，史称开元盛世。后来继任用奸臣，宠幸贵妃，酿成安史之乱。能诗，通音律。

王勃（650或649—676年），14岁及第，曾任虢州参军，不幸溺水而死，卢照邻、骆宾王合称"初唐四杰"。

骆宾王（626？—约687？年），早年落魄无行，但诗文早有名，平生只做过主簿一类的小官，参加过讨武义兵，兵败亡命，不知所终。

杜审言（约645—708年），是大诗人杜甫的祖父。高宗咸亨进士，与李峤、崔融、苏味道合称"文章四友"，是唐代"近体诗"的奠基人之一。

卢纶（约742年—约799年），屡举进士不第，后得宰相元载赏识，几任小官，累官检校户部郎中。大历十大才子之一。

李益（约748—约829年），大历四年进士，初任郑县尉，久不得升迁，后弃官漫游，终礼部尚书。诗风豪放明快，尤以边塞诗为有名。

刘禹锡（772—842年），贞元九年进士，登博学鸿词科，授监察御史，后被贬。后任太子宾客、检校礼部尚书，世称刘宾客。

张籍（约767—约830年），贞元十五年进士，历任太常寺太祝，水部员外郎、国子司业等职，故世称"张水部"或"张司业"。

杜牧（803—853年），太和二年进士，历任监察御史，黄、池、睦诸州刺史，后入为司勋员外郎，诗豪爽清丽，自成风格，人称"小杜"。又与李商隐齐名，并称"小李杜"。

温庭筠（？—866年），文思敏捷，精通音律。每入试，押官韵，八叉手而成八韵，时号"温八叉"。仕途不得意，官止国子助教。

韦庄（约836—910年），昭宗乾宁元年进士，年轻时生活放荡，后入蜀为王建掌书记，王建为前蜀皇帝，任命他为宰相，长诗《秦妇吟》。

崔颢（？—754年），开元十一年进士，官司勋员外郎。早期风流不羁，诗多写闺情，流于浮艳，后历边塞，诗风变得雄浑豪放。

元稹（779—831年），举贞元九年明经科，十九年书判拔萃科，曾任监察御史，遭贬，暴疾卒于武昌军节度使任上。与白居易同为早期新乐府运动倡导者。

王之涣（688—742年），豪放不羁，其诗多被当时乐工制曲歌唱，名动一时，常与高适、王昌龄等相唱和，以善于描写边塞风光著称。

王建（约767—约830年），大历十年进士。从军边塞，晚年退居今陕西西安市。擅长乐府诗，与张籍齐名。

贾岛（779—843年），初落拓为僧，后韩愈劝之还俗。屡考进士不中，曾任长江县主簿，人称贾长江。是有名的苦吟诗人。

贺知章（659—744年），武则天证圣元年进士，曾任礼部侍郎、太子宾客、秘书监等。与李白、张旭等人在长安称"饮中八仙"。

张旭（675—约750年），曾官常熟县尉，金吾长史。善草书，性好酒，世称张颠，也是"饮中八仙"之一。

张继（生卒年不详），天宝十二年进士，曾官盐铁判官、检校祠部郎中。多写抑郁怨愤之思，不事雕琢，而清新可喜。

杜秋娘：金陵女，年十五为李锜妾，后籍之入宫，有宠于景陵。穆宗即位，命秋娘为皇子傅母。皇子壮，封漳王，被罪废削，秋因赐归乡。

薛涛（？—832年），幼随父居成都，八九岁能诗，16岁入乐籍，脱乐籍后终身未嫁。

这36位当然只是大唐诗人群中的一部分。

这一部分当然也是我们称道的最明亮的星辰,是他们撑起了大唐近三百年的灿烂的诗歌天空。他们每一位,都是后代人跪拜的大师。他们每一个人足矣担当诗歌的一座山,或者一条河。他们构成了诗歌的万里山河。

但由此也可以发现,36位大诗人中只有11位没有中得进士。

其中有孟浩然、温庭筠、卢纶、骆宾王4位久考不中,书没少读,诗还不错,运气不行的大诗人。

除此之外还有一位是皇上,李隆基,除外。

两位女士,杜秋娘和薛涛,除外,女子没有资格读书考进士。

入明经科,元稹,除外。

和尚,贾岛,除外。

书法家,张旭,除外。

早年就混江湖的王之涣,除外。

隐士,孟浩然,除外。

还有两位没有中进士的就是李白和杜甫。这两位足矣遮蔽大唐诗歌天空的巨匠,却没有中得大唐王朝的进士。也就是说没有在全国高考中胜出,没有上过全国名校。"进士"一词距离现今似乎遥远,不妨百度一下"进士"这个词条:

进士:中国古代科举制度中,通过最后一级中央政府朝廷考试者,称为进士。是古代科举殿试及第者之称。隋炀帝大业年间始置进士科目。唐亦设此科,凡应试者谓之举进士,中试者皆称进士。唐朝时以进士和明经两科最为主要,后来诗赋成为进士科的主要考试内容。元、明、清时,进士经殿试后,及第者皆赐出身,称进士。

通过简介还可以看出，只要中得过进士上过名校，朝廷都会从这些文化人中选拔治国安邦之才，低则书记官、县官，或者刺史、巡抚一级的地方长官，高则企及朝廷大员。而真正诗名大震却又流浪在体制之外的只有贾岛、王之涣、孟浩然等少数人。就连天王老子都不放在眼里的李白也被体制招安过，只是他那性格，实在不是伺候人的性格。后边再说他。其他人呢，大大小小都在体制内混过，都是自家人。

再深入分析，就得出三个特点：

一是要想成为大诗人，最好是中得进士并入过名校。

二是要想成为大诗人，最好是官僚阶层的某个螺丝钉。

三是要想成为大诗人，最好是诗书门第官宦富裕之家。

也就是说，你的出身决定了你能不能读书，或者能不能读得起诗书。要是出生在庶人、贫苦人家庭，你是没有机会读书的，想当大诗人，出身就给你关闭了这一道门。

再者，就是要上过名校。古时候读书人也多，想考功名的也多，可是最终中得进士入得名校的还是凤毛麟角，是少数中的少数。《范进中举》告诉我们，考个名校不死也得疯，会脱去几层皮。有的读一辈子书，连个秀才也没中。这需要学习开悟，需要举一反三或举一反六。不然，四书五经读一肚子，没有消化，也是白费劲。

只要读了名校，中得进士，这就进入了体制内，朝廷会给你一个身份，就是"吃官饭"，端"铁饭碗"。从此，你就进入了另一个层级，有了另一种路径和方向，也就有了千千万万个可能。命运从此改写，混的圈子也不同了，通过各种关节，相互献诗，彼此抬举，诗文就在体制内流传。一经流传、发表，距离出名就不远了。于是，大诗人，基本都是体制内的一分子。"家国情怀"

也就根深蒂固。

有了这三点，似乎对大唐诗人的来龙去脉也就厘清了。

你要是在躬耕田园，你若不是诸葛孔明，那你就别想混迹于朝堂之上。你要是天赋异禀，少年成才，但又藐视体制，远离朝堂，那么你也将命埋深山古寺。你要是进入了体制，又不服从体制，东张西望，东摇西摆，那么你也会被罢黜，被踢出圈子。

但，对于李白杜甫这样级别的大唐诗人，又不得不多说几句。

李白，没有中过进士不假，但他是天才级的诗人，四五岁吟得的诗已经超过好多四五十岁人才写得出的诗，中不中进士，对于他来说还真不是一回事。不中也罢。中了，还能不能再写出好诗就难说了。所以，李白的诗是天马行空，诗性天然。要是被大学教化过，估计也就废了。所以，李白自小不考进士，不求功名，选择是对的。拿现在话说，天才不是教化出来的。曹雪芹也不是培养出来的。

那么，出生呢？

李白生于701年。生地无确说。唐剑南道绵州（巴西郡）今江油为其故乡。据《新唐书》记载，李白为兴圣皇帝（凉武昭王李暠）九世孙，按照这个说法李白与李唐诸王同宗，是唐太宗李世民的同辈族弟。李白之父李客为任城尉。显然他的出身不是问题，皇族无疑。这成为大诗人的第一条他具备了。

李白5岁发蒙读书，5岁诵六甲。六甲，唐代的小学识字课本。天资聪慧无疑，少年时代便显示出出色的诗文功夫，出口成章。但是早年他并没有被教育去考取功名，而是早早地有遁入空门的念头，入了道教。这个选择很要命，因为他早早地出了世，进入了悬空圣境。那是一个纯粹的思想的空明之域，远离了喧闹的红尘，也看破了体制内的坛坛罐罐。这一点，要命。

要命的是李白一辈子没有进入仕途的管道，都在体制外徘徊，喝喝酒，问天问地问月亮是可以的，但又不事稼穑，想混个生活的仪式感都是不可能的。不要命的是，这也成就了李白在诗歌方面的伟大。所以，他的诗是自由的，没有看人看眼色吃饭的拘谨。

但他想不想入仕呢？想。一辈子都在想。

他唯一拿得出手的敲门砖就是自己的诗歌。

715年，李白15岁。已有成型的拿得出手的诗赋多首，并得到一些社会名流的推崇与奖掖，开始从事社会活动。18岁那年，他有过一段时间的隐居，在四川大匡山，今江油县内，隐居也是为了读书。后来，"仰天大笑出门去"，出游四川江油、剑阁、梓州等地，增长阅历见识。724年，24岁的李白，离开故乡踏上远游的征途，游成都、峨眉山，然后东下至渝州。725年，出蜀，"仗剑去国，辞亲远游"。726年，李白26岁，春往会稽，今浙江省绍兴市。秋，病卧扬州。冬，离扬州北游汝州，与李邕相识。

这期间，李白以道家的身份云游四海，他的思想并没有归位什么体制。他是自由的。

727年，是年皇上诏令"民间有文武之高才者，可到朝廷自荐"。李白27岁，与故宰相许圉师之孙女结婚，逐家于安陆。结婚后，李白继续出游江夏。再会孟浩然。上面说过，孟浩然40岁的时候考过一次科举，不中，生气了，回到老家隐居，看书，写诗，倒也自在。李白在云游的途中，两次见到闲云野鹤的孟浩然。

当然，结婚后拖家带口的李白日子并不那么好过，朋友倒是不少，酒也有喝，但毕竟还得顾烟火人间，养家糊口。730年，30岁的李白对过日子有了一些想法，多次谒见本州裴长史，因遭人谗谤，终为所拒。可能李白那放荡不羁的天性，得罪的小人不少，嫉恨的人也多。小地方不好打理，干脆去了长安，结识了宰相的儿子张相，似乎傍上了官二代。寓居终南山玉真公主，也就是玄宗御妹的别馆。在这期间想等待奇迹发生，似乎难。

几年间，30多岁的李白穷愁潦倒于长安，自暴自弃，与长安市井无赖之徒交往。今朝有酒今朝醉，日子过得并不明亮。看来此处不留爷自有留爷处，出长安，去洛阳。当朝皇帝玄宗在那里办公，李白想去碰个运气。732年，玄宗到洛阳以北出巡，诏令巡幸所至，地方官员可将本地区贤才直接向朝廷推荐。这是大唐王朝向民间传递的一个好消息。

直到735年，玄宗狩猎，云游的李白逮住了好机会，直接乘机向皇上献诗《大猎赋》，希望能博得玄宗的赏识。诗歌写得有些投机，还契合玄宗当时崇尚道教的心情。是年，李白进长安，结识卫尉张卿，并通过他向玉真公主献诗，并表达愿为朝廷效劳。由此，他一步步地接近了统治阶级的上层。在长安还结识了贺知章。贺惊异万分："你是不是太白金星下凡到了人间？"这一句赞叹，令李白的名字在长安城像金币一样流通。

742年，玉真公主和贺知章都在玄宗耳朵边频频提及李白，玄宗再看李白的诗赋，果然心生仰慕，便召李白进宫。李白进宫朝见那天，玄宗下车步迎，"以七宝床赐食于前，亲手调羹"。玄宗问到一些当世事务，李白凭半生的游历帮了他大忙，胸有成竹，对答如流。玄宗大为赞赏，随即令李白供奉翰林，职务是给皇上写诗文娱乐，陪侍皇帝左右。这简直是美死人的差事，紧跟皇上左右，写的诗只要皇帝高兴，也不愁在"国家级刊物上"发表，简直羡慕死整个大唐王朝的诗人们。

按照李白的智商和情商，他完全可以平步青云。但是，之后的事不用多说，虽然李白距龙颜很近，机会很多，但他那个性，狷介，不羁，把谁都不放在眼里，跟贵妃也敢开玩笑，还侮辱高力士提靴。这不是朝堂里的做派啊，你耍大了！进入了体制，你是"李家人"，你得遵循王法家规的。但只要有酒，李白才没把"李家人"当一回事呢。这下，他坏了规矩。皇帝召见了，他还在宿醉，还在呼呼大睡哦。于是，很正确的结果，从哪里来回哪里去吧。

滚！

滚出体制的李白，诗歌的大名却在江湖里如雷贯耳。在东都洛阳，他遇到仕途蹭蹬想找机会上位的杜甫。中国文学史上最伟大的两位诗人见面了，此外，还遇到了诗人高适。三人各有大志，理想相同。畅游甚欢，纵谈天下，都在为国家的隐患而担忧。那是初唐盛世即将过去的时间节点上，大唐诗歌王朝三颗璀璨的星辰相会。

好机会，人的一生只有一次。之后，李白还想重回朝堂，可是，机会之门再无。后来流浪的日子真不好过，虽然，家国情怀一肚子，也只能拿来打发喝酒。直到762年，李白溘然去世，虚岁62岁。至于死因，也众说纷纭：

其一，醉死。以饮酒过度，醉死于宣城。

其二，病死。垂暮之年，请缨杀敌，为国立功，因病中途返回，病死当涂。

其三，溺死。在当涂的江上饮酒，因醉跳入水中揽月，溺死。

真希望是第三种死法，这种死法符合李白的天性。第二种有些玄乎，也是最丑的一种死法，61岁的老人了，还仗剑杀敌，情怀似乎有了，但不符合逻辑。第一种最有可能，他一生以酒为乐，按现在的说法，早就酒精肝，酒精中毒了。

乐于那一口，也终于那一口。

在大唐诗歌群中，李白之后，杜甫必须走上前台。

杜甫，被称之为唐代伟大的现实主义诗人。这称谓来自于他的"忧国忧民"。照现在的说法，他的诗歌写作是观照现实，是最接地气的。这一点，从他书写的《春望》《北征》"三吏""三别"等名作可以为证。在他的笔下，锦绣唐朝的民间疾苦跃然纸上。

先来看看杜甫的家庭背景。

杜甫出身于京兆杜氏，乃北方的大士族。其远祖为汉武帝有名的酷吏杜周，祖父杜审言。杜甫与唐代另一大诗人即"小李杜"的杜牧同为晋代大学者、名将杜预之后。不过两支派甚远，杜甫出自杜预次子杜耽，而杜牧出自杜预少子杜尹。杜甫青少年时因家庭环境优越，因此过着较为安定富足的生活。他自小好学，7岁能作诗。少年时也顽皮。

19岁时，杜甫开始出游山东。

20岁时，漫游吴越，历时数年。

玩够了，735年回故乡参加"乡贡"。

736年在洛阳参加进士考试，落第。

杜甫的父亲时任兖州司马一职，杜甫于是赴兖州省亲，开始齐赵之游。

744年，杜甫在洛阳与被唐玄宗赐金放还的李白相遇，两人相约同游河南开封、商丘一带。之后，杜甫又到齐州（今山东济南）。过了4年，秋天转赴兖州与李白相会，二人一同寻仙访道，谈诗论文，结下了"醉眠秋共被，携手日同行"的友谊。

秋末，握手相别，杜甫结束了江湖漫游，回到长安。

虽然有天赋，但进士不第，缺少了走上仕途的必要管道，因此后来想在体制内混饭吃，似乎也不那么容易。加之个人理想或者三观，也与当时的最高统治者不那么搭拍，创作的许多作品都是反映当时的民生疾苦和政治动乱、揭露统治者的丑恶行径，也就是忧国忧民。随着唐玄宗后期政治越来越腐败，他只能绝望。

天宝六载，玄宗诏天下"通一艺者"到长安应试，杜甫也参加了考试。由于权相李林甫编导了一场"野无遗贤"的闹剧，参加考试的士子全部落选。科举之路既然行不通，杜甫为实现自己的政治理想，不得不转走权贵之门，想依附于权贵，实现人生抱负，但都无结果。

客居长安十年，只能是"困长安"。奔走献赋，郁郁不得志，仕途失意，生活贫困。

又一个机会来到。

天宝十年正月，玄宗将举行祭祀太清官、太庙和天地的三大盛典，杜甫于是在天宝九载冬天预献三《大礼赋》，得到玄宗的赏识，命待制在集贤院等候分配。因主试者还是李林甫，杜甫之前的诗歌惹过他，结果在"人才中心"排队多年，也没有等到一个职位。天宝十四年，杜甫被授予一个河西尉这种小官，但杜甫看不上眼，不愿意为这种小官折腰，朝廷就将之改任右卫率府兵曹参军，相对于军队的库房保管员。

这年杜甫四十有四了，在京城长安也晃荡了十多年，但为生计不得不接受这几乎是侮辱人格的差事。往奉省家，刚刚进家门就听到哭泣声，原来小儿子饿死了。

天宝十四年十一月，安史之乱爆发，第二年六月，潼关失守，玄宗仓皇西逃。七月，太子李亨即位于灵武，是位肃宗。这时的杜甫已将家搬到今陕西富县羌村避难，听说了肃宗即位，立即只身北上，投奔灵武。途中被叛军俘虏，押至长安。在做俘虏的时候，遇上也是俘虏的王维。杜甫因为官儿太小，没有被囚禁。家国不幸，杜甫无时无刻不忧国忧民。期间写了两篇文章为剿灭安史叛军献策，考虑如何减轻人民的负担，表达了爱国的热情。

757年，郭子仪大军来到长安北方，杜甫冒险逃跑到凤翔投奔肃宗。被肃宗授为左拾遗，故世称"杜拾遗"。不料杜甫很快因营救房琯，触怒肃宗，被贬到华州（今华县），负责祭祀、礼乐、学校、选举、医筮、考课等事。他再次对仕途失意、世态炎凉、奸佞进谗表达了愤懑。从此之后，肃宗对杜甫不再重用。之后杜甫被贬为华州司功参军。

在此之间，杜甫暂离华州，到洛阳探亲。见到战乱给百姓带来的无穷灾难和人民忍辱负重参军参战的爱国行为，感慨万千，便奋笔创作了不朽的史诗——"三吏"《新安吏》《石壕吏》《潼关吏》和"三别"《新婚别》《垂老别》《无家别》。之后，决绝在体制里讨一杯羹的想法，再次远游。

杜甫几经辗转，最后到了成都，在严武等人的帮助下，在城西浣花溪畔，建了一座草堂，世称"杜甫草堂"，也称"浣花草堂"。760年，严武表荐杜甫为检校工部员外郎，做了严武的参谋，后人又称杜甫为杜工部。不久杜甫又辞了职。这几年间，杜甫寄人篱下，生活依然很苦，秋风暴雨茅屋破，饥儿老妻，彻夜难眠，他写了《茅屋为秋风所破歌》：

安得广厦千万间，大庇天下寒士俱欢颜。

严武去世，杜甫离开了成都。沿着长江东去，经嘉州、戎州（宜宾）、渝州（重庆）、忠州（忠县）、云安（云阳），于大历元年到达夔州（奉节）。夔州有朋友，暂住。开始种田自营求生。这一时期，诗人创作达到了高潮，不到两年，作诗四百三十多首，有的诗句更是千古绝唱：

无边落木萧萧下，不尽长江滚滚来。

大历三年，杜甫思乡心切，乘舟出峡，先到江陵，又转公安，年底又漂泊到湖南岳阳，这一段时间杜甫一直住在船上。日子很焦苦，有时候吃了上顿没下顿，甚至好几天断炊。大历五年冬，杜甫在一条小船上去世。时年59岁。

杜甫的死似乎雷同李白，两个足矣光耀大唐诗歌王朝的巨星，都在体制外因生机窘迫而死。但正因为不入朝堂，他们才看到了更广阔的真实的民间生活，所以他们才写出了令整个中华文化闪耀光华的诗篇。

只能一声叹息：诗幸。人悲。

对大唐诗歌王朝最闪烁的两颗星辰施以长文，是应该的。

李白的命运，是中国社会两千多年来一个文化人命运的缩影。但李白是独特的，他以卓越的诗赋才情直接打动了当朝最高的统治者，而不是走进士这个独木桥；李白的独特还在于，他没有进大学堂，他天然的诗性没有遭到损伤，所以他的天马行空以及玄空的思想，非常契合一个时代最高的人文追求；李白的独特还在于，他虽然涉猎了体制，但最终没有被体制阉割，他保持了艺术的纯粹性。少了这三点，李白将不是李白。

杜甫也有点类似李白，都是没有中过进士上过当朝的大学堂，而失去进入体制的唯一通道。之后，皇帝心情好了，昭告天下选贤，可是他们偏偏又都遭遇权臣甚至奸臣陷害。曾经那自由的笔都得罪过那些小人。乌云迷漫，想见太阳难了。凄风苦雨，颠沛流离。好在苦难的生活涵养了别样的诗文，他们来到人间的使命就是，为诗歌而生。

相比同时代其他诗人，李白杜甫都是大师级别的。

但还有另外一个群体，他们人生诗文都很独特，都是家国天下。这个群体就是边塞诗人，他们的诗文更是契合了千年文人的家国意识。唐朝四大边塞诗人是：高适、岑参、王昌龄、王之涣。

高适，生于704年，死于765年，62岁。

岑参，生于715年，死于770年，56岁。

王昌龄，生于698年，死于757年，60岁。

王之涣，生于688年，死于742年，55岁。

关于西域，关于轮台，必须要说到的是岑参。

一直以为岑参的轮台就是汉代的轮台，也即是今天的轮台。当在轮台县博物馆没有见到关于岑参一个字的时候，我是纳闷的，几乎要直问这种博物馆的构思者是不是个"诗盲"。从我看来，岑参就是轮台的"诗魂"。但真还没有岑参一个字。倒是大门口矗立着一尊横跨大门达5米之宽的巨像，瘦瘦的，以为是。不是。是西域屯田的功臣：郑吉。

巨大的迷茫带来巨大的打击。自小从教科书里得来的关于岑参的边塞佳句"轮台东门送君去，去时雪满天山路""轮台城头夜吹角，轮台城北旄头落""轮台九月风夜吼，一川碎石大如斗"似乎都成了虚空。怀疑，令我措手不及。我在空旷的轮台街头，声嘶力竭地呼唤着岑参。并且也坚信，他不应该被一个时代屏蔽。

后来从诗考里得知，轮台居然有汉轮台和唐轮台之分。汉轮台在天山之南，唐轮台在天山之北。时代虽有汉、唐之别，地域亦有南、北之限，但唐轮台与汉轮台作为历史概念，实有不可分割的联系。

汉轮台在《史记》《汉书》中均有记载。《西域传》："轮台亦国名"。汉武帝为获取大宛马，遣贰师将军李广利伐大宛，"至轮台，轮台不下，攻数日，屠之。自此而西，平行至宛城"。可见轮台在军事上的重要性。后传不载轮台国，大约正是它已被李广利攻灭的缘故。

唐代，轮台是一个县名，属庭州。轮台县设置于贞观十四年（640年）。唐轮台县沿用了汉轮台的名称。即《旧唐书》所谓"取汉轮台为名"。轮台县在庭州州治金满县之西。轮台县所在的庭州，是军事要地。轮台显然是用汉轮台之典，指西部边地。

由此说来，岑参所在的轮台在天山之北，他诗词里的轮台，又只是一个泛指。

轮台县，汉代是西域36国中的城邦之一。

轮台国于汉太初三年（前102年）被李广利所灭。

汉宣帝本始二年（前72年）复国为乌垒国。

西汉神爵二年（前60年），境内设西域都护府，历时72载，统领西域诸国。

唐时属龟兹都督府乌垒州。

清光绪二十八年（1902年）改置轮台县。

赶紧转身，调头北望。在天山之北，在距离汉代西域六七百年之后的北庭之轮台，我要去预约岑参。他诗歌的边塞情绪，非常契合我的气质。时隔千年之远，我对接上了大唐的气质。那是一个独特的诗歌群体的气味：雄浑悲壮、磅礴豪放、浪漫瑰丽。

《走马川行奉送封大夫出师西征》：

君不见走马川行雪海边，平沙莽莽黄入天。轮台九月风夜吼，一川碎石大如斗，随风满地石乱走。匈奴草黄马正肥，金山西见烟尘飞，汉家大将西出师。将军金甲夜不脱，半夜军行戈相拨，风头如刀面如割。马毛带雪汗气蒸，五花连钱旋作冰，幕中草檄砚水凝。虏骑闻之应胆慑，料知短兵不敢接，车师西门伫献捷。

《白雪歌送武判官归京》：

北风卷地白草折，胡天八月即飞雪。忽如一夜春风来，千树万树梨花开。散入珠帘湿罗幕，狐裘不暖锦衾薄。将军角弓不得控，都护铁衣冷难着。瀚海阑干百丈冰，愁云惨淡万里凝。中军置酒饮归客，胡琴琵琶与羌笛。纷纷暮雪下辕门，风掣红旗冻不翻。轮台东门送君去，去时雪满天山路。山回路转不见君，雪上空留马行处。

　　这是他非常著名的直接书写西域北庭轮台的诗歌。这些诗共通的特性就是临战气息浓稠，似乎将军和士兵都枕戈待旦，随时进入备战状态，掀开帐幕，跃身上马，抽剑杀敌，为国立功。彰显出了边关将士舍身为国的家国情怀。

《天山雪歌送萧治归京》：

　　天山雪云常不开，千峰万岭雪崔嵬。北风夜卷赤亭口，一夜天山雪更厚。能兼汉月照银山，复逐胡风过铁关。交河城边鸟飞绝，轮台路上马蹄滑。晻霭寒氛万里凝，阑干阴崖千丈冰。将军狐裘卧不暖，都护宝刀冻欲断。正是天山雪下时，送君走马归京师。雪中何以赠君别，唯有青青松树枝。

《北庭贻宗学士道别》：

　　万事不可料，叹君在军中。读书破万卷，何事来从戎。曾逐李轻车，西征出太蒙。荷戈月窟外，擐甲昆仑东。两度皆破胡，朝廷轻战功。十年只一命，万里如飘蓬。容鬓老胡尘，衣裳脆边风。忽来轮台下，相见披心胸。饮酒对春草，弹棋闻夜钟。今且还龟兹，臂上悬角弓。平沙向旅馆，匹马随飞鸿。孤城倚大碛，海气迎边空。四月犹自寒，天山雪蒙蒙。君有贤主将，何谓泣途穷。时来整六翮，一举凌苍穹。

　　这是两首在北庭送别同事的诗。

　　古时候的诗主要目的不是拿来在国家级别的刊物发表，而是用于文人之间的赠送。朋友要走了，两杯送别酒，挥挥手，长路漫漫，自此天各一方。最好的礼物是诗，朋友是个诗人，转身就吟诵出"儿女情长"，小楷一写，抄一份，留存一份，朋友带走一份。因此，诗歌就充满了人情味。

还有下边这几首小诗，也很不错。

《胡笳歌送颜真卿使赴河陇》：

君不闻胡笳声最悲，紫髯绿眼胡人吹。吹之一曲犹未了，愁杀楼兰征戍儿。凉秋八月萧关道，北风吹断天山草。昆仑山南月欲斜，胡人向月吹胡笳。胡笳怨兮将送君，秦山遥望陇山云。边城夜夜多愁梦，向月胡笳谁喜闻。

《临洮泛舟赵仙舟自北庭罢使还京》：

白发轮台使，边功竟不成。云沙万里地，孤负一书生。池上风回舫，桥西雨过城。醉眠乡梦罢，东望羡归程。

颜真卿是大书法家，名臣。给他赠诗一首，也是很有面子的。但看得出来，写赠诗的时候，是在一个饭馆，边吃边喝，好酒好菜，当然还有好音乐，踏拍而歌。至于踏拍而歌者是谁，也许是酒肆里的歌女，或者就是作者自己。高兴了，边歌边诗，那就是大唐王朝文人骚客们的真实写照，很高级的送别宴会，不带目的。

岑参还有些诗歌很有意思，也是诗人典型的"诗言志"，大白话就是发发牢骚。这种诗写自己的当下心情，也是写给上级的。

《北庭作》：

雁塞通盐泽，龙堆接醋沟。孤城天北畔，绝域海西头。秋雪春仍下，朝风夜不休。可知年四十，犹自未封侯。

《银山碛西馆》：

银山碛口风似箭，铁门关西月如练。双双愁泪沾马毛，飒飒胡沙迸人面。丈夫三十未富贵，安能终日守笔砚。

《送张都尉东归》：

白羽绿弓弦，年年只在边。还家剑锋尽，出塞马蹄穿。逐虏西逾海，平胡北到天。封侯应不远，燕颔岂徒然。

这些诗词里，首首有"封侯"的字眼。拿现在的话说，这是典型的小官迷，想当官。进入仕途，就进入了另一条路径，那是天下文人所有的欲望向度，求得一个恰当的官位，施展抱负。没有平台和机会，即便满腹经纶，你也只能流浪在体制之外，在白云青崖间当一只闲云野鹤。那种安贫乐道清心寡欲的生活，不是每一个人都能坚持的。李白，不是每一个诗人都能成为的。

岑参也不例外，他一直在用诗敲门，一直在用诗投石问路，还一直在用诗表达情绪。但总体来说，岑参还是把得住的，有格调的。他不惜两次远赴西域从职，也契合那个朝代有志青年赴边关，报效家国的崇高理想。命运不济，自嘲也不错，《戏题关门》：

来亦一布衣，去亦一布衣。羞见关城吏，还从旧路归。

岑参的这种心情几乎是绝望的，不过再来看看他的出身和背景。

岑参于开元三年，715年生于湖北荆州，时父为仙州刺史。他出身于一个官僚贵族家庭，曾祖父岑文本相太宗，伯祖长倩相高宗，伯父羲相睿宗。但长倩被杀，五子同赐死，羲亦伏诛，身死家破，岑氏亲族被流徙数十人。他的父亲植曾作过仙、晋二州刺史，不幸很早就去世。

也就是说他依然承袭了先前分析的成就大诗人的条件之一，即家庭出身。他还兼备了第二个条件，就是天资聪慧。5岁开始读书，9岁就能赋诗写文。这种聪明早慧与他出生在书香门第是分不开的。岑参20岁到都城长安，献书求仕无成，奔走京洛，漫游河朔。天宝三载，就是744年，登进士第，授右内率府兵曹参军。也就是说，他考取了功名。具备了成就大诗人的所有条件。只是，仕途似乎并不畅通。

天宝八载，他到安西四镇节度使高仙芝幕府任书记官，也就是小文书。初次出塞，满怀报国壮志，在戎马中开拓前程，但未得意。天宝十载，回长安，与李白、杜甫、高适等闲游，深受启迪。不几年，又充安西北庭节度使封常清判官，再次出塞，报国立功之情更切，边塞诗名作大多成于此时。

高仙芝和封常清，都是大唐王朝非常著名的边将，相当于大军区司令员，这两人后来因安史之乱会都城驻防长安。可惜的，唐玄宗听信奸臣之言，误以为两员大将贪生怕死，怒而斩杀，将头悬于城门。等玄宗醒悟过来，后悔已经来不及了，叛军取了长安，害得玄宗只有亡命南逃，去四川。在马嵬坡乱了朝堂的杨贵妃兄妹，领赏了迟来的正义之剑。杨贵妃赐三尺白绫，杨国忠被愤怒的士兵卸成八块。

两次出塞，都是在大将军幕府里当文书，当秘书之类的职务。不得重用。所以，岑参的诗歌里串联一些个体情绪也在所难免。但毕竟，他是封建官僚体制的一分子，家族史决定了他们是士族的一部分，所以，他把国当家，也是基因的密码。他不会反叛，只会忠诚于他的阶级、他的体制和他的理想。

后来，安史之乱，他随大将军回调内地，似乎对于西域的生活颇为失望。

他在《首秋轮台》里这样书写了内心的小不幸：

异域阴山外，孤城雪海边。秋来唯有雁，夏尽不闻蝉。雨拂毡墙湿，风摇毳幕膻。轮台万里地，无事历三年。

无事三年。他认为白费了三年光阴，可见，他的内心是波澜的。置身边塞，夏季头顶大漠烈日，冬季忍耐西域寒苦，到头来，似乎还是一事无成。不过，从另一个角度，他对西域边塞风光的诗歌呈现，是功不可没的。

写酒泉，《过酒泉忆杜陵别业》：

昨夜宿祁连，今朝过酒泉。黄沙西际海，白草北连天。愁里难消日，归期尚隔年。阳关万里梦，知处杜陵田。

他在武威写的诗：《武威春暮，闻宇文判官西使还，已到晋昌》：

岸雨过城头，黄鹂上戍楼。塞花飘客泪，边柳挂乡愁。白发悲明镜，青春换敝裘。君从万里使，闻已到瓜州。

他在玉门关写的诗，《玉关寄长安李主簿》：

东去长安万里馀，故人何惜一行书。玉关西望堪肠断，况复明朝是岁除。

写瓜州，《碛中作》：

走马西来欲到天，辞家见月两回圆。今夜不知何处宿，平沙万里绝人烟。

还是写瓜州，《日没贺延碛作》：

沙上见日出，沙上见日没。悔向万里来，功名是何物。

写焉耆，《早发焉耆，怀终南别业》：

晓笛别乡泪，秋冰鸣马蹄。一身虏云外，万里胡天西。终日见征战，连年闻鼓鼙。故山在何处，昨日梦清溪。

写铁门关，《银山碛西馆》：

银山碛口风似箭，铁门关西月如练。双双愁泪沾马毛，飒飒胡沙迸人面。丈夫三十未富贵，安能终日守笔砚。

还是写铁门关，《题铁门关楼》：

铁关天西涯，极目少行客。关门一小吏，终日对石壁。桥跨千仞危，路盘两崖窄。试登西楼望，一望头欲白。

写火焰山，《火山云歌送别》：

火山突兀赤亭口，火山五月火云厚。火云满山凝未开，飞鸟千里不敢来。平明乍逐胡风断，薄暮浑随塞雨回。缭绕斜吞铁关树，氛氲半掩交河戍。迢迢征路火山东，山上孤云随马去。

可以说，岑参两次在西域从职，虽然没有成就功名，但成就了功名之外的伟大功德，他为西域每一座山，每一条河，每一片沙漠，每一座关隘，还有每一场大雪，每一次沙尘暴，都留下了精致华美且宏大的诗句。一个伟大的诗人，就是记录时代，为时代抒情，并不经意间将赋予山河的文字，流传千古。

等回到长安，等待他的是国破山河在。

在一片乱局中，他遇到了杜甫。杜甫等推荐他为右补阙。掌供奉讽谏，隶中书省。岑参和杜甫两个人都是谏官，是天子的近臣，主要工作是负责记录皇帝和国家大事。后来，由于岑参"频上封章，指述权佞"，经常仗义执言，在朝廷上公开指责佞臣权贵的不作为和贪赃枉法，得罪了不少同僚，且他性情耿介，直话直说，惹得皇帝也大不高兴，改任起居舍人。不满一月，贬谪虢州长史。后又任太子中允、虞部、库部郎中，最后干脆贬出朝廷，到四川乐山古嘉州任刺史，因此人称"岑嘉州"。在嘉州任职三年，觉得没意思，心灰意冷，主动罢官，想跟随自己的恩人杜甫去游历世界，可是长江涨潮，东归不成，最后客死成都。

他在四川也写过不错的诗句，不过相比在西域写的诗，就低了情调。

《初授官题高冠草堂》：

三十始一命，宦情多欲阑。自怜无旧业，不敢耻微官。涧水吞樵路，山花醉药栏。只缘五斗米，辜负一渔竿。

他在成都的琴台写的诗，《司马相如琴台》：

相如琴台古，人去台亦空。台上寒萧条，至今多悲风。荒台汉时月，色与旧时同。

一生不得志，令初唐这位伟大的诗人结满愁绪。他在《登嘉州凌云寺作》

最后两句写到"一官讵足道,欲去令人愁",这是他对自己一生所求最后的别意。在四川的烟雨迷雾中,他转过身,既想告别"功名",也想告别"仕途"。这是最后的告别,怎一个"愁"字了得。

770年,岑参逝于成都,斯年56岁。

斯年冬天,长他3岁的大恩人杜甫也去世了,时年59岁。

两颗大唐王朝的诗歌巨星同时陨落,而早于他们8年前,诗歌王子李白早已仙逝。

陆游曾称赞岑参的诗,他把岑参放在与李白、杜甫比肩的重要位置:

以为太白、子美之后一人而已。

岑参配得大诗人陆游的称颂。

在整个大唐的诗歌王朝里,最能打动我的就是李白、杜甫和岑参。

家国不幸诗歌兴。这是很多时代的文化现象。

从岑参的边塞轮台抽身回来,从凄风苦雨的烟雨成都抽身出来,从长江岸边的飘摇扁舟抽身出来,回到长安,回到唐朝,不难发现唐朝诗歌的特点。总体感觉,唐朝是中华诗歌史上的黄金时代,流传至今的有两千多位诗人的近五万首诗歌。唐诗反映了唐代社会生活的丰富内容,具有完美的艺术形式,是我国封建社会灿烂文化的一朵奇葩。

根据时间断代,唐朝的诗歌又可以分为四个时期:初唐、盛唐、中唐、晚唐。

初唐:大唐诗歌王朝的青铜时代。

初唐这一时期是唐朝诗人的起步,代表作家主要是"初唐四杰",他们分别是王勃、杨炯、卢照邻、骆宾王;此外,还有陈子昂,其代表作有《送杜少府之任蜀州》《滕王阁诗》《登幽州台歌》等等。

盛唐：大唐诗歌王朝的黄金时代。

出现"边塞诗派"与"田园诗派"等流派。伟大的浪漫主义诗人李白和现实主义诗人杜甫，以及王维、岑参、高适皆是这一时期最杰出的代表。代表作有李白《蜀道难》《将进酒》；杜甫"三吏三别"等。

中唐：大唐诗歌王朝的白银时代。

代表人物有白居易、元稹、李贺、韩愈、柳宗元。成绩最卓著的要数中唐时期的白居易。白居易的诗通俗易懂，深受群众喜爱，代表作有《长恨歌》《琵琶行》等。

晚唐：大唐诗歌王朝的白玉时代。

晚唐诗人著名的有：李商隐、温庭筠、杜牧等。其代表作出名的有李商隐《锦瑟》《无题》；杜牧《江南春》《清明》等等。特别是著名的《无题》："相见时难别亦难，东风无力百花残。春蚕到死丝方尽，蜡炬成灰泪始干。"究竟是爱情之作，还是政治隐喻，至今无解。

那是一个审美的时代。

那是一个精神洁癖的时代。

那是一个思想自由生长的时代。

那是一个国家大统和多民族杂糅的时代。

那也是一个中央高度集权和自我意识被屏蔽的时代。

从诗歌的外在化来说，那个时代，是中华民族最鼎盛的模样，也是一千多年来文人回望文化故乡的时代。那个时代怎么歌颂似乎都不过分。因为，它也是世界文化的高峰时代，人类文明鼎盛的时代。因此，大唐，成为中世纪以后很多国家的文明探照灯。比如东亚的日本最受大唐的影响，他们至今保存着非常完好的"唐文化"。

包括经过五代十国之后的宋朝,他们的文化气韵对接了唐朝,他们的文化根脉承接了唐朝。所以,宋朝的诗词达到了另一个高峰。由此可见,文化审美和艺术审美,唐宋是一家。唐宋文化走上的巅峰,为世界人类留存了文化遗产。

大唐这个伟大的诗歌王朝对接欧洲时间表:

公元7世纪(601年—700年):唐帝国、波斯帝国、阿拉伯帝国、拜占庭帝国。

公元8世纪(701年—800年):阿拉伯帝国征服其他帝国,版图跨亚、非、欧三大洲。

公元9世纪(801年—900年):唐朝的西域为吐蕃占有。后长达半个多世纪,吐蕃与阿拉伯人形成尖锐对立。阿拉伯帝国分裂割据,拜占庭帝国走向繁荣。

看得出来,那时在中亚和欧洲,是封建王朝最集中崛起的时代。那个时代最典型的特征就是地盘扩展,消灭弱小部族,江山大一统,将封建集权发挥到恐惧的极致,万民臣服,因此称帝国。帝国你生我灭,封建王朝集结了丰盛的物质财富,缔造了以皇权为尊的封建文化。而唐朝,封建文明称霸人类世界。

500年之后,欧洲才开始文艺复兴。

那次复兴,一下就将欧洲艺术推送到了世界的顶峰,至今仍然是顶峰。这跟那些艺术家文学界彻底摆脱中世纪的黑暗,摆脱神权对人权的束缚有绝对的关系。至此,欧洲走上了人权高于主权的自由的民主时代。

回到唐朝,当然无可更改的是,唐朝承袭的秦汉以来的封建体制和封建治理形式，它无论制造了怎样的诗学高峰，但都是属于神权式的专制政治下的文化形式。人民缺乏自我意识，思想道德只能是奴役道德。皇帝是一个庞大官僚集团的独裁领导者，个体诗人在道德上并无自我意识。也看得出，唐朝的绝大多数诗人都出自官僚阶级，他们个体都是某个统治链条上的螺丝钉，他们的思想都是忠君，服从皇帝。由此推论，他们的家国情怀来自于自己就是统治阶级的一分子。所以，从这个角度上说，唐朝的诗学高峰只是封建王朝思想和封建道德的一次集体盛宴：有人吃肉，有人喝酒，有人跳舞，有人弹琴，有人歌吟，还有人在写诗。他们思想快感和文化快感共同的指向，是皇帝和皇权。

这种皇权的集中指向，也构成了鲜明的唐朝诗歌特色。

这个特色，有鲜明的代表性。

权贵派：这是在体制里的诗歌派，比如中得进士，早早就获得统治阶级认可的那个庞大的诗歌集团，算权贵派。他们的诗歌不愁发表，生活都在富裕阶层。

边塞派：也是体制里的一部分，骏马奔驰保边疆，他们相当于家国情怀的实践派、行动派。保家卫国待封侯，动机还是相当明确的。

山水派：这里边多是不得仕、不得志的人，是被排挤在体制之外和利益集团之外的自由主义者，他们将思想和道德转移别处，诗学思想因此更接近艺术的本真。

浪漫派：典型代表就是李白，根魂是自由主义，思想还找到宗教皈依，蔑视权贵，逍遥自在，但在现实生活困窘的时候又彷徨无助，最终成就了诗，苦了命。

看得出，活得好的是诗歌权贵派。这个派在哪个王朝都活得如鱼得水。他们是时代正统文化的代表，不跟这个世界打擦边球，正中。依附权贵的那一帮偶尔活得也不错，但次之。至于失落的和逍遥在世外的，他们也有自己的苦楚。正因为这样多重的生活样式和命运摆渡，才成就了大唐诗歌的多样性，共同构成了大唐诗歌宛如大唐丝绸一般的华美。

西域大地，从来不乏诗歌打粉。

岑参、高适、王昌龄、王之涣们，他们为西域的城池和关隘，赋予了文化的灵魂。一千多年之后的今天，阳关还活在王维"西出阳关无故人"的惆怅里，玉门关还活在王之涣"春风不度玉门关"的悲切里，轮台也还活在"轮台九月风夜吼，一川碎石大如斗，随风满地石乱走"的边塞苦寒里。诗人们一个句子，就让江山千年定格定调，这是诗歌的魅力，也是诗人的伟大。

前278年，中国诗人屈原去时遗言：举世皆浊我独清，众人皆醉我独醒。

761年，李白留世遗言：仲尼亡兮，谁为出涕？

770年，杜甫留在人间的格言：安得广厦千万间，大庇天下寒士俱欢颜！

770年，岑参的人间遗言：一官诓足道，欲去令人愁。

1936年，鲁迅去时遗言：让他们怨恨去，我一个都不宽恕！

我倒是很中意德国伟大的文学家歌德在公元1832年去世时的遗言，他说：

给我更多的灯吧。

The Kingcraft

of the Silk Road

in the Western Regions

外 篇　丝绸之路西域之王道

西域三十六国,是——

三十六只陶罐,三十六匹织锦;

三十六丝弱水,三十六条大河;

三十六座雪峰,三十六羽飞鹰;

三十六匹骏马,三十六条牧鞭;

三十六只天鹅,三十六头雪豹;

三十六面手鼓,三十六枚鹰笛;

三十六首刀郎,三十六支乐舞;

三十六块美玉,三十六顶皇冠;

三十六口馕坑,三十六座巴扎;

三十六色眼仁,三十六种语言;

三十六部圣经,三十六弯星月;

三十六座麻扎,三十六块墓碑;

三十六条偈语,三十六封秘籍;

三十六把腰刀,三十六副白骨;

三十六座佛塔,三十六道轮回。

丝绸之路之西域:丝绸包裹利剑
书写的壮丽诗篇

西域西域：东方王朝的边际视野

国运兴，丝路通

西域闭，王朝衰

这是东方王朝几千年颠扑不破的真理

当一条丝绸打结的时候

长安城里就开始忧虑

当和亲的公主托梦大雁南归的时候

弯弓和利箭就走上前台

有些死结很难解开

三百年河西，三百年河东

铁蹄与丝绸似乎永远水火不容

匈奴是汉朝的死敌，打打杀杀几个世纪

吐蕃突厥是唐朝的外忧，你死我活三百个年头

政治是战争的总结

战争是政治的延续

一条和平的丝绸,是丝绸的最高理想

也是人类大同

最凡国五十。自译长、城长、君、监、吏、大禄、百长、千长、都尉、且渠、当户、将、相至侯、王，皆佩汉印绶，凡三百七十六人。而康居、大月氏、安息、罽宾、乌弋之属，皆以绝远不在数中，其来贡献则相与报，不督录总领也。

——《西域传·下》

西域一词，最早见于《汉书·西域传》。

狭义的西域是指玉门关、阳关（位于今甘肃敦煌）以西，葱岭（帕米尔高原）以东，昆仑山以北，巴尔喀什湖以东、以南，即汉代西域都护府的辖地，今天新疆地区。

广义的西域还包括葱岭以西的中亚细亚、西亚、印度、高加索、黑海沿岸等地，包括今阿富汗、伊朗、乌兹别克至地中海沿岸，甚至达东欧、南欧。

最宽泛的理解，就是丝绸曾经到达的地方，统称为西域。

据《汉书·西域传·上》：

汉兴至于孝武，事征四夷，广威德，而张骞始开西域之迹。

说到西域，张骞必须走上前台。

张骞何许人也？

史载，张骞大约出生于公元前164年，死于公元前114年。那年代似乎寿命都不是很长，五六十岁算是"高寿"。他是陕西省汉中市城固县人，中国汉代杰出的外交家、旅行家、探险家。他有三个称谓：

丝绸之路的开拓者

东方的哥伦布

第一个睁眼看世界的中国人

特别是"丝绸之路的开拓者"这一称谓令张骞永耀史册。

公元前139年，张骞奉汉武帝之命出使西域，打通了汉朝通往西域的南北道路，即赫赫有名的丝绸之路，汉武帝以军功封其为博望侯。史学家司马迁称张骞出使西域为"凿空"，意思是"开通大道"。他将中原文明传播至西域，又从西域诸国引进了汗血马、葡萄、苜蓿、石榴、胡麻等物种到中原，促进了东西方文明的交流。

在汉武帝继位的时候，张骞在朝廷担任名为"郎"的侍从官。据史书记载：

为人强力，宽大信人。

也就是说，他具有坚韧不拔、心胸开阔，并能以信义待人的优良品质。汉武帝看人没有走眼。也正是因为具有这样的优秀品质，他才能担当出使西域的重任，并战胜各种难以想象的危难，完成使命。

为什么非要凿空西域呢？

其实在汉武帝看来，凿空西域主要是政治因素，或者是为了战争。至于张骞这一次出使，不自觉地完成了对东西方一条重要的经济商贸之路——丝绸之路的开通，在当时是没有想到的。有时候，历史就是这样的偶合。

因为早在楚汉战争时期，趁着浑水摸鱼，北方的马背民族匈奴就乘机扩张势力，控制了中国东北部、北部和西部广大地区，建立起统一的奴隶主政权和强大的军事机器。西汉初年，匈奴冒顿单于征服西域，向各国征收繁重的赋税。匈奴站稳了后方根据地，就经常骚扰汉朝的领土，掠夺中原居民。他们最大的目的就是想让江南的农田变成牧场。这仇不是不报，只是还没腾出手来。西汉王朝一直在隐忍，这是儒家文化最典型的做派，不到万不得已不出手。

西汉第六个皇帝继位，他就是汉武帝刘彻。时机已到，他不忍了。汉武帝从匈奴降人的口中得知，西迁的大月氏与匈奴有杀王之仇，夺地之恨。敌人的敌人就是朋友。汉武帝决定联合大月氏，夹攻匈奴，断匈奴右臂。

那个为人强力、宽大信人的张骞就被历史推上了前台。

自此，张骞便与西域缠绕一生。

前139年，张骞率领100多名随行人员，匈奴人堂邑父为向导，从长安出发前往西域。西行进入河西走廊，这一地区自月氏人西迁后，已完全为匈奴人所控制。正当张骞一行匆匆穿过河西走廊时，不幸碰上匈奴的骑兵，全部被抓获，立即把张骞一行人押送到匈奴王庭，就是今内蒙古呼和浩特附近，见当时的军臣单于。

也就是说，还没走多远，就当了俘虏。

单于得知张骞欲出使月氏后，对张骞说："月氏在吾北，汉何以得往使？吾欲使越，汉肯听我乎？"这就是说，站在匈奴人的立场，无论如何也不容许汉使通过匈奴人地区，去出使月氏。就像汉朝不会让匈奴使者穿过汉区，到南方的越国去一样。张骞一行被扣留和软禁起来。

这一软禁就是十余年之久。

但张骞始终没有忘记自己的使命。十年过后，待匈奴监视渐有松弛，张骞趁其不备带领随从逃出了匈奴人的控制区。但这十余年期间，形势已经大变，月氏被乌孙攻击，远遁咸海附近的妫水地区，并征服大夏，在新的土地上另建家园。张骞得知情况，经车师后没有向西北伊犁河流域进发，而是折向西南，进入焉耆，再溯塔里木河西行，过库车、疏勒，翻越葱岭，直达大宛（今乌兹别克斯坦费尔干纳盆地）。

这一路飞沙走石，热浪滚滚；冰雪皑皑，寒风刺骨。沿途人烟稀少，水源奇缺。加之匆匆出逃，物资准备又不足，风餐露宿，备尝艰辛。使团多数人献出了生命。

张骞到大宛后，说明情况，得到大宛的热情款待和大力支持。大宛派了向导和译员，将张骞等人送到康居。康居王又遣人将他们送至大月氏。不料，时过境迁，这时大月氏人国土肥沃，物产丰富，并且距匈奴和乌孙很远，不想再续战争，只想过和谐幸福的日子，也无意再报家仇国恨了。张骞等人在月氏逗留了一年多，从公元前128年踏上归途。

归途中，张骞为避开匈奴势力，改走南道，经莎车、于阗、鄯善、青海羌人地区。但羌人也已沦为匈奴的附庸，张骞等人再次被匈奴骑兵所俘，又扣留了一年多。到前126年初，匈奴为争夺王位发生内乱，张骞趁机和堂邑父逃回长安。此次出使历时13年。出发时100多人，回来时仅剩下张骞和堂邑父两人。

张骞这次远征，使中国的影响直达葱岭以西。自此，不仅西域同内地的联系日益加强，而且中国同中亚、西亚，以至南欧的直接交往也建立和密切起来，此谓"凿空"。

前119年，汉武帝再任张骞为中郎将，率300多名随员，携带金币丝帛等财物数千巨万，牛羊万头，第二次出使西域。此行的目的，一是招与匈奴有矛盾的乌孙东归故地，以断匈奴右臂；二是宣扬国威，劝说西域诸国与汉联合，使之成为汉王朝之外臣。恰逢乌孙内乱，没有达到劝说乌孙东归的目的。但是张骞派副使分别访问了中亚的大宛、康居、大月氏、大夏等国，扩大了西汉王朝的政治影响，增强了相互间的了解。

张骞第二次出使，随身带了很多金银财宝和丝帛之物，招抚西域诸国；很多人认为这标志着"丝绸之路"的发轫。当不用大刀说话的时候，丝绸是最硬通的武器。可以说，也自那时候起，东方的丝绸更广泛地进入了西域人的视野。一旦他们的肌肤与丝绸亲密接触，他们就再难以忘怀东方王朝的韵调。那是与兽皮决然两样的感觉。那种滋味可谓是销魂蚀骨。自此，两千多年来，人类的肌肤最缠绵的梦,就是东方的丝绸。

一条丝绸,展示了儒家文化的柔软。

地球的北纬,被一条丝绸牵动了一千年。

张骞出使,也顺带摸清了西域大小城邦的情况,西汉初年,有三十六国:南缘有楼兰(鄯善,在罗布泊附近)、婼羌、且末、于阗(今和田)、莎车等,习称"南道诸国";北缘有尉犁、焉耆、龟兹(今库车)、温宿、姑墨(今阿克苏)、疏勒(今喀什)等,习称"北道诸国"。此外,天山北麓有前、后蒲额和东西且弥等。它们面积不大,多数是沙漠绿洲,也有山谷或盆地。

这些国家的基本结构被了如指掌。

这些国家距离长安有多远,多少个家庭,多少人口,多少官员,多少兵,距近邻国多远,出产什么,都一清二楚。这些城邦之国人口不多,一般两三万人,最大的龟兹有八万人,小的只有一两千人。而且匈奴贵族势力伸展到西域,在焉耆等国设有幢仆都尉,向各国征收繁重的赋税,对这些小国进行奴役和剥削。各国怨声载道,但又因实力悬殊不敢反抗。

这就为下一步战争提供了第一手资料。《汉书·西域传》载:

骠骑将军击破匈奴右地,降浑邪、休屠王,遂空其地,始筑令居以西,初置酒泉郡,后稍发徙民充实之,分置武威、张掖、敦煌,列四郡,据两关焉。自贰师将军伐大宛之后,西域震惧,多遣使来贡献。汉使西域者益得职。于是自敦煌西至盐泽,往往起亭,而轮台、渠犁皆有田卒数百人,置使者校尉领护,以给使外国者。

一条丝绸调动了西域大小城邦之国的注意力。

在此期间,汉武帝开始了对匈奴的战争。一手丝绸,一手利箭,两手出牌都很硬。在他执政期间，对匈奴进行了20余次大的战争。卫青、霍去病、李广、赵破奴、赵充国等，都是抗击匈奴的名将。骠骑将军霍去病就是匈奴的克星。前121年，匈奴浑邪王杀了休屠王，带领四万部众投降汉朝。河西走廊，基本无战事。

战争是政治的前奏，政治又是对战争的总结。

就在那一年，汉武大帝开始了对西域的直接管理，在曾经匈奴的地盘河西走廊上开始"列四郡，据两关"。前121年设立酒泉郡、武威郡；前111年设立张掖郡；前88年设立敦煌郡。开设两个国家口岸：阳关、玉门关。

大汉王朝政治的管控力开始横贯河西走廊，并抵达阳关、玉门关两个关口。汉朝的管控触须并没有满足到阳关，虽然他们早期并无心吞并距离长安万里之远的地方，但是，凿空的西域将是东方王朝的"政治后窗"，那是一个通道，一个崭新的世界，谁也不想把它屏蔽，除非国难家破时，只要缓过劲来，东方王朝都会无比坚定地西顾这块土地。

政治是对战争的总结。当不需要战争的时候，一个国家的管控力和治理能力就凸显出来。作为封建王朝的集权政治，它的集约和高效超过地球上任何一个国家。从两千多年的历史也看得出来，这个中央王朝对脚下这片土地是有信心的。

自秦始皇建立大一统的中华江山之后，汉保持了400年的稳固，之后就是三国破碎，接着是晋、五胡十六国，南朝北朝，这一破碎就是200多年的时间，直到隋结束了分裂，唐集约了近三百年封建文明的高潮，五代十国又开始破碎，宋朝再次完成统一，宋之后又是一片稀碎，直到蒙古人完成大统一。从这些年代记也可以清楚地看出，江河破碎的时候，谁也顾不上西域那摊子事。但一旦缓过气来，东方王朝就开始了对西域的整治。

反正你就在那里，时间等得起。

必须说道说道刘彻这个人。

汉武大帝的雄才武略很受后人追捧。汉室江山四百多年，他确实将历史的追光集于一身。不说别的，仅就凿空西域，开通丝绸之路，谁也没法跟他分享帝王的辉煌。

汉武帝刘彻，4岁册王，7岁立为太子，16岁登基，在位54年，享年70岁，在封建帝王中算一个长寿者。历史上尊称他为杰出的政治家、战略家、诗人。他开创了西汉王朝最鼎盛繁荣的时期，那一时期亦是中国封建王朝第一个发展高峰。他的雄才大略、文治武功，使汉朝成为当时世界上最强大的国家，他也因此成为中国历史上伟大的皇帝。

他开创汉朝江山，至今都是汉人乐于回望最辉煌的山峰。

他一生功绩卓著：一是巩固皇权，汉武帝建立了中朝，在地方设置刺史，开创察举制选拔人才；二是颁行推恩令，解决王国势力，并将盐铁和铸币权收归中央，加强了中央的管控力和经济主宰力；三是采用了董仲舒的建议，"罢黜百家，独尊儒术"，结束先秦以来"师异道，人异论，百家殊方"的局面；四是开疆拓土，国威远扬，东并朝鲜、南吞百越、西征大宛、北破匈奴，奠定了大汉的范围。

此外，汉武帝是中国第一个使用年号的皇帝。其在位期间，曾用年号有：

建元、元光、元朔、元狩、元鼎、元封、太初、天汉、太始、征和、后元。

为打通丝绸之路，他采取软硬兼施的手段，一方面自公元前133年马邑之战起结束高祖以来对匈奴的和亲政策，开始对匈奴正式宣战，先后派卫青、霍去病征伐，解除了匈奴威胁，夺回河套和河西走廊地区，扩张了西域版图，将匈奴置于被动称臣的局面，保障了北方经济文化的发展。同时，他派张骞两次出使西域，获得了大量前所未有的西域资料，打通了著名的丝绸之路，进一步加强了与西域的联系，促进了西域社会的进步，丰富了中原的物质生活，并发展了中西经济文化。

在东北方，他灭卫氏朝鲜（今朝鲜北部），置乐浪、玄菟、临屯、真番四郡，汉帝国的版图至此基本成形。

在南方，灭南越，使得夜郎、南越政权归附汉朝，在西南设立诸郡，还在今海南岛置儋耳郡、珠崖郡。疆土最南端超过今天越南胡志明市，这也使得今天的两广地区自秦朝后重归中国版图。

他建立了一个国家前所未有的尊严。

他给了一个族群挺立千秋的自信。

他的国号成了一个伟大民族永远的名字。

最重要的是，他通过丝绸之路加强了中国和世界其他国家的联系。

通过丝绸之路，中国传出了冶铁术、凿井术、丝绸制造、漆器制造等技术，西域传入胡瓜、胡豆、胡麻、石榴、胡萝卜、葡萄、汗血马、核桃等，历史意义重大。

他还是第一个用《罪己诏》进行自我批评的皇帝。

前89年，汉武帝向天下人昭告：自己给百姓造成了痛苦，从此不再穷兵黩武、劳民伤财，甚至表白内心悔意。这就是《轮台罪己诏》。这份诏书，是中国历史上第一份帝王罪己诏。敢于罪己，置自己过失于天下舆论中心，汉武帝无疑是第一人。至此，后代皇帝犯了大错，也会下《罪己诏》，公开认错，展示明君姿态。那都是跟他学的。

但是,他也备受争议。

汉武帝阉割了中国历史上最伟大的史家司马迁。司马光在《资治通鉴》中对他褒有贬:

臣光曰:孝武穷奢极欲,繁刑重敛,内侈宫室,外事四夷,信惑神怪,巡游无度,使百姓疲敝,起为盗贼,其所以异于秦始皇者无几矣。然秦以之亡,汉以之兴者,孝武能尊先王之道,知所统守,受忠直之言,恶人欺蔽,好贤不倦,诛赏严明,晚而改过,顾托得人,此其所以有亡秦之失而免亡秦之祸乎!

班固绝口不提汉武帝的武功。《汉书·武帝纪》载:

孝武初立,卓然罢黜百家,表章《六经》,遂畴咨海内,举其俊茂,与之立功。兴太学,修郊祀,改正朔,定历数,协音律,作诗乐,建封禅,礼百神,绍周后,号令文章,焕焉可述。后嗣得遵洪业,而有三代之风。如武帝之雄才大略,不改文、景之恭俭以济斯民,虽《诗》《书》所称,何有加焉!

千秋功过,留与后人评说。还是看看刘彻写的诗吧。他是一位文学爱好者。《秋风辞》正是他的杰作:

秋风起兮白云飞,草木黄兮雁南归。

兰有秀兮菊有芳,怀佳人兮不能忘。

泛楼船兮济汾河,横中流兮扬素波。

箫鼓鸣兮发棹歌,欢乐极兮哀情多。

少壮几时兮奈老何!

关于晚年巫蛊之案,他使太子及孙子蒙冤而死。清醒过来后悔不及,怜太子无辜,派人在湖县修建一座宫殿,叫作"思子宫",又造了一座高台,叫作"归来望思之台",借以寄托对太子刘据和那两个孙子的思念,天下闻而悲之。

再伟大的人，也怕老糊涂。上了年纪，都要干糊涂事。皇帝也不例外，除了自封是上天的儿子外，他也就是一个七情六欲的人。不过总的来说，这个汉武大帝刘彻，已经是光耀千秋了。他治国有方，胸怀宽广，征夷四海，有一股狠劲，还讲法治，不过当朝理政，没有辛辣手段也不行。总之，封建王朝的集约统治艺术，在他这里体现得比较充分。

封建专制体制下使用人才，一是任人唯亲，只用自己熟悉亲信的人。二是论资排辈，必须按三十九级台阶，一级一级往上爬，不能乱了规矩。而汉武帝一不会因言废人，只论才华；主父偃持不同政见，汉武帝照样求贤若渴。二是敢于破格提拔，因为有能力，卫青家奴出身，汉武帝竟然破格提拔。

汉武帝摈弃正统，容纳异类，慧眼发现东方朔，将庄严的朝堂变成一个充满温情和快乐的休息室，君臣之间宛如玩伴。他不以狎亵而丧失原则，对东方朔的诤言击节赞叹，言听计从。他初读《子虚赋》大为倾慕，得见作者司马相如，如获至宝，让他享受与自己同等的写作待遇。能识人、能容人、能用人，汉武帝千古无二。

司马迁的宫刑，也是因为北方的狼族匈奴。李陵兵败被俘，他直言辩护，却遭到了飞来横祸。在死刑判决之后，有两种方式减刑：一是掏50万钱买命，二是宫刑。当时《史记》正在书写之中，刀笔小吏哪有钱财赎命，只好选择"去势"。他只有一个信念，就是一定要活下去，一定要把《史记》写完。按照他自己的话说"是以肠一日而九回，居则忽忽若有所亡，出则不知所往。每念斯耻，汗未尝不发背沾衣也。"

忍辱而活，《史记》成为千古绝唱。

匈奴令大汉王朝几百年不得安生。

当在河西走廊设置四郡,在国门边上开设阳关、玉门关两个关隘之后,一条坚实的"手臂"已经伸向了匈奴的腹部。对地盘的经营和治理,东方朝廷比马背上的民族要智慧和有经验得多。将国家驮在马背上奔跑的匈奴,打仗也许是去如闪电来如风;但要巩固根据地,将脚像钉子一般插入大地,匈奴又是望尘莫及。

"普天之下,莫非王土;率土之滨,莫非王臣。"站在阳关和玉门关的国家口岸,汉武大帝看见了整个帕米尔高原及葱岭之远。从张骞两次出使西域摸回来的情报分析,必须建立根据地,施以国家管控。于是,在西域设置的第一个政府管控机构出现了。

《汉书·西域传》记载:

于是自敦煌西至盐泽,往往起亭,而轮台、渠犁皆有田卒数百人,置使者校尉领护,以给使外国者。

也就是说从敦煌向西直到盐泽,处处建起亭燧,而轮台、渠犁等地都有汉朝的屯田兵卒数百人,分别设置使者、校尉加以统领护卫,用以供给出使外国的使团所需。

这是汉朝最早设置的西域管理机构。他们在轮台等地开始屯田,种植庄稼,因为西域三十六国多是马背上的民族,不事稼穑,只知道喝牛奶吃羊肉,根本不懂农作物种植技术。为了给过往使团提供后勤保障,专门派出兵士屯田,既自给自足保证军粮,也顺便为使团提供粮食保障,一举两得。其实,那是东方的农业技术第一次走进西域,铁器、农耕器、取水法等先进的生产工具和技术,将东方的文明在西域大地进行推广。

不与当地人争粮吃,看似事小,其实这一招很是厉害。因为张骞提供的情报是,匈奴对西域的城邦小国苛以重税,令那些国家苦不堪言,心生愤怒。屯田，自己种自己吃，不向那些小国伸手，也不收取他们的赋税，这对匈奴来说就是釜底抽薪。可以说，这种智慧性的大手笔，只有东方民族干得出来。这就是用一捧小麦换取了民心。

在阳关玉门关，东方王朝看见了一条丝绸向西的从容，但也看见了丝绸之路并不平坦。因为匈奴对西域诸国的势力分割，那些城邦小国就在大汉和匈奴之间摇摆不定，谁的拳头够大就倒向谁，在两个大个子之间当墙头草，换得生存空间。正如《汉书·西域传》记：

楼兰既降服贡献，匈奴闻，发兵击之。于是楼兰遣一子质匈奴，一子质汉。后贰师军击大宛，匈奴欲遮之，贰师兵盛不敢当，即遣骑因楼兰候汉使后过者，欲绝勿通。时汉军正任文将兵屯玉门关，为贰师后距，捕得生口，知状以闻。上诏文便道引兵捕楼兰王。将诣阙，薄责王，对曰："小国在大国间，不两属无以自安。愿徙国入居汉地。"上直其言，遣归国，亦因使候司匈奴。匈奴自是不甚亲信楼兰。

楼兰国王别无选择，将两个儿子一个送汉当人质，一个送匈奴当人质，在两个大国家的夹缝中生存，左右为难。这期间，大汉没少跟匈奴在西域作战。其中李广利是个戏剧性人物。

李广利在西汉属于外戚，汉武帝宠姬李夫人和宠臣李延年的长兄，昌邑哀王刘髆的舅舅，另有一弟名李季。李夫人得宠时，李延年为协律都尉，而李广利则为贰师将军征大宛，因远征大宛封海西侯。李广利数次出征大宛及匈奴等地。前90年，李广利出征匈奴前与丞相刘屈氂密谋推立李夫人之子刘髆为太子，后事发，刘屈氂被腰斩，李广利投降匈奴，其家族灭。李广利投降匈奴一年后，被杀。

李广利两次征讨大宛，两次都乏善可陈。第一次远征大宛，因一路上城邦小国闭城不迎，不提供粮食，打又打不下来。能攻下来的就有饭吃，不能攻下来的，只好几天就离开。饿着肚子是没法打仗的。往返两年，回到敦煌，士兵剩下不过十分之一。第二次远征大宛，做了充足的准备，从敦煌出发就有六万人，牛十万，马三万匹，驴、驼以万数。天下骚动。沿途小国无不迎接，拿出粮食供养军队。

李广利的两次出征，要么败归，要么惨胜。

在西汉抗匈名将卫青霍去病的时代，他的光辉当然暗淡。

但两次征讨，让西域诸国见识了大汉对西域这片土地的坚强意志。

特别是郑吉的出现，让经营西域成为可能。汉宣帝都说："都护西域骑都尉郑吉，拊循外蛮，宣明威信，迎匈奴单于从兄日逐王众，击破车师兜訾城，功效茂著。"

前68年，郑吉由于为人坚韧刚毅，熟悉外国事务被选为"使者"，与校尉司马熹率领三校士卒屯田渠犁。同年秋，郑吉即奉命发诸国兵3万人及屯田卒1500人西击车师，车师王降汉。郑吉根据渠犁屯田积谷的成功经验，派士兵300人屯田车师，因功晋升为卫司马，被任命为护鄯善以西南道使者，这是西汉在轮台设置使者校尉的发端。

前60年，匈奴发生内乱。日逐王遣使至渠犁，向郑吉表示愿意率众归属汉朝。郑吉尽发渠犁屯田军与龟兹诸国人马五万人前往迎接，日逐王率众来归。汉宣帝封日逐王为归德侯，留居长安。

匈奴统治西域的僮仆都尉随之撤销。

随即，大汉对西域的管理机构马上成立，那就是西域都护府。《汉书·西域传》记载：

> 至宣帝时，遣卫司马使护鄯善以西数国。及破姑师，未尽殄，分以为车师

前后王及山北六国。时汉独护南道,未能尽并北道也。匈奴不自安矣。其后日逐王畔单于,将众来降,护鄯善以西使者郑吉迎之。既至汉,封日逐王为归德侯,吉为安远侯。是岁,神爵二年也。乃因使吉并护北道,故号曰都护。都护之起,自吉置矣。僮仆都尉由此罢,匈奴益弱,不得近西域。于是徙屯田,田于北胥鞬,披莎车之地,屯田校尉始属都护。都护督察乌孙、康居诸外国动静,有变以闻。可安辑,安辑之;可击,击之。都护治乌垒城,去阳关二千七百三十八里,与渠犁田官相近,土地肥饶,于西域为中,故都护治焉。

西汉宣帝神爵二年(前60年),为了管理统一后的西域,西汉在乌垒城,今轮台县境内建立西域都护府,正式在西域设官、驻军、推行政令,开始行使国家主权,这就是《汉书·郑吉传》中所称的"汉之号令班西域矣"。西域从此成为我国领土不可分割的一部分。

都护府是汉、唐等时代中原王朝为督察边境各民族而设置的军事机关。汉代在西域设有西域都护府,魏、西晋设有西域长史府,唐代曾设六大都护府。都护府长官称为都护。

"都护"一词为汉语,"都"为全部,"护"为带兵监护,"都护"即为"总监护"之意。"都护"秩比二千石,相当于内地的"郡都尉"。"郡都尉"是一郡首脑太守的副职,掌管军事。西域因地位特殊,故设"都护",实际上与郡级区划相当。主要职责在于守境安土,协调西域各国间的矛盾和纠纷,制止外来势力的侵扰,维护西域地方的社会秩序,确保丝绸之路的畅通。

《汉书·西域传·下》:

最凡国五十。自译长、城长、君、监、吏、大禄、百长、千长、都尉、且渠、当户、将、相至侯、王,皆佩汉印绶,凡三百七十六人。

也就是说,西域诸国皆接受汉朝的管理。为此,《汉书·西域传·下》的作者点赞：

　　孝武之世，图制匈奴，患其兼从西国，结党南羌，乃表河西，列西郡，开玉门，通西域，以断匈奴右臂，隔绝南羌、月氏。单于失援，由是远遁，而幕南无王庭。

　　郑吉作为西域都护府首任长官，他对西域进行有效的管理，调解西域诸国之间的关系，做了大量的工作。特别将西域屯田推向高潮，轮台成为汉朝在西域的著名粮仓之一。让泥土抒情，让大地开花。屯田，是对土地进行管理的最高智慧。

　　汉宣帝神爵二年设西域都护府，名为乌垒城，就是以前的轮台国，是当时汉朝管理西域三十六国的政治、经济、文化和军事中心。西域都护由皇帝亲自任命，三年一替，也有延长和缩短的，但从未间断，据《汉书》记载：西汉历任都护18人，著名的有韩吉、郑宣、甘延寿、段会宗、廉褒、韩立、郭舜、孙健、李崇、但钦等10人。

　　轮台国是个城郭之国，都护府直接对其统辖，轮台王曾多次受皇帝亲召幸朝。汉朝对当地的少数民族上层人物封以王、侯、将、相、大夫、都尉等官职。西域从汉武帝刘彻时起属于汉朝。三十六国中，一部分是游牧部落，另一部分是城郭之国。

　　西汉时西域各城国人口：

　　龟兹8.1317万人，焉耆3.21万人，姑墨2.45万人，扜弥2.004万人，于阗1.93万人，疏勒1.8647万人，莎车1.6373万人，鄯善1.41万人，尉犁、温宿、车师前国在5000人以上，危须、皮山、精绝、乌秅、渠勒、戎卢、且末、小宛在1000人以上。

　　丝绸之路南道，塔里木盆地南缘、西缘属于雅利安人。

丝绸之路北道，塔里木盆地东部和北部诸国属于吐火罗人。

西域三十六国于公元前后分裂成55国。东汉初，鄯善、于阗、车师曾分别兼并附近的一些小国。东汉重新设立西域都护以后，进行了干预，被兼并的小国又纷纷恢复独立。

东汉时，于阗从西汉时的0.33万户1.93万人增至3.2万户8.3万人，焉耆从0.4万户3.21万人增至1.5万户5.2万人，疏勒亦从0.151万户增至2.1万户。

当时于阗、焉耆、疏勒是西域三大强国。

随后的西域都护府随着汉室的混乱也一并关停。

王莽篡权后，西域都护李崇退保龟兹，音讯全无；遂罢都护。

东汉光武帝建武二十一年（45年），西域十八国请复置都护，光武帝不许。

东汉明帝永平十七年（74年），始以陈睦为都护。次年，焉耆、龟兹叛，共攻杀陈睦，遂罢都护。

和帝永元三年（91年），将兵长史班超平定西域，遂以班超为都护，驻龟兹。

和帝永元十四年（102年），班超还洛阳，继任者有任尚、段禧。

安帝永初元年（107年），西域乱，自此不复置都护。

延光二年（123年），以班勇（班超之子）为西域长史，复平西域，遂以长史行都护之职。

历史上，丝绸之路随着政治、战争等因素影响多次关停。

东汉光武帝至安帝时出现了"三绝三通"的局面：

第一次绝：16年至73年，原因是王莽乱后，西域怨叛，各国又役属于匈奴，国内元气未复，避免与北匈奴接触。

第一次通：73年至77年，汉明帝使窦固等击走北匈奴，取伊吾（今喀密）隔绝58年之后的西域交通恢复。汉置屯田都尉后，又设宜禾都尉，建立起玉门关外的立足点，同年，班超带领63名使士出使西域，杀鄯善国匈奴使官，于阗国杀匈奴监督官，鄯善、于阗国王都遣子入侍。

第二次绝：77年至79年，原因是不愿引起对北匈奴的战争，放弃伊吾。

第二次通：91年至102年，窦宪大破北匈奴，班超经营西域完全成功。

第三次绝：107年至124年，原因是汉官腐败、庸劣，被北匈奴及一部分西域国家攻击，朝廷召回汉官。

第三次通：124年以后班超第三子班勇又击走北匈奴，渐成半通状态。

在东汉，管理西域最重要的一个人就是班超。他等同于西汉的郑吉。

班超，东汉时期著名军事家、外交家，史学家班彪的幼子，其长兄班固、妹妹班昭也是著名史学家。

班超为人有大志，不修细节，但内心孝敬恭谨，审察事理。他口齿辩给，博览群书。不甘于为官府抄写文书，投笔从戎，随窦固出击北匈奴，又奉命出使西域，在31年的时间里，平定了西域50多个国家，为西域回归、促进民族融合，做出了巨大贡献。官至西域都护，封定远侯，世称"班定远"。

62年，班超的哥哥班固被召入京任校书郎，班超和他的母亲也一同迁居至洛阳。班超家境贫寒，靠替官府抄写文书来维持生计。日子恓惶，便找人算命。

相面的人说：你日后定当在万里之外封侯。

班超问他原因，相面的人说：你额头如燕，颈脖如虎，飞翔食肉，这是万里封侯的相貌啊！

后来，汉明帝问班固说：你弟弟现在哪里呢？

班固说：在替官府写书，用挣来的钱奉养老母亲。

于是明帝就任命班超为兰台令史，掌管奏章和文书。

73年，奉车都尉窦固等人出兵攻打北匈奴，班超随从北征。班超一到军旅中，就显示出与众不同的才能。他率兵进攻伊吾，与北匈奴交战，斩获甚多。深得窦固赏识。

班超第一次奉命出使西域，到达了鄯善国。鄯善王对班超等人先是嘘寒问暖，礼敬备至，后来突然改变态度，变得疏懈冷淡。班超估计是北匈奴有使者来到这里，因此犹豫不决。于是，班超用计，歼灭了北匈奴使团，鄯善王别无选择表示愿意归附朝廷，并把自己的王子送到朝廷作为人质。班超第一次出使西域，完美。

班超第二次出使西域，到了于阗国。当时，于阗王广德刚刚攻破莎车国，在天山南道称雄，北匈奴派使者驻在于阗，对外说是监护它，实际上掌握着于阗的大权。班超到达于阗后，于阗王对他并不是很礼貌，态度颇为冷淡。班超洞悉缘由，斩杀巫师，把巫师的首级送还于阗王，说明利害。于阗王惶恐，当即下令杀死北匈奴使者，重新归附朝廷。

班超凭借智勇，先后使鄯善、于阗、疏勒三个王国恢复了与汉朝的友好关系。

班超奉召将回国时，从汉诸国大为震动。疏勒国大官黎弇怕龟兹又来报复，拔刀自杀，于阗国王、侯大臣抱住班超的马脚，哭泣不让走。班超与所率36人见状只好留了下来。

80年，汉章帝派徐韩率兵一千人支援班超，超率西域诸国兵25000人，大破龟兹等国50000人。

90年，班超率龟兹等8国兵7万人，连同汉吏士商贾1400人破焉耆，葱岭东西路通，西域50余国全部内属。

102年，班超奉召回国，不久病逝，时年71岁。

123年，汉安帝使班勇率将士500人出关经营西域。

126年，班勇大破北匈奴呼衍王，北匈奴向西逃遁，葱岭以东诸国又来归附。

127年，黑暗、昏庸的朝廷又说班勇有罪，召还下狱。

此后汉在西域的政治势力逐渐削弱，班勇的后任任尚更不听班勇的意见，任意胡来，无所作为，汉遂尽失西域。

汉室江山四百年，凿西域，通丝路，功莫大焉。汉武大帝、张骞、卫青、霍去病、李广利、郑吉、班超、班勇等等，宛若西域的星辰，永不凋零，光照千秋。

那是一个出产英雄的时代，那也是一个英雄治理山河的时代。

中华民族的"汉"的基因，在那个朝代得到了彰显。

那股血脉，至今令中华民族"光宗耀祖"。

丝绸之路，以战争为强力支撑凿空西域的瀚海大漠、城墙关所，它彰显的是意志，表现的是智慧，交流的是文化，互惠的是文明，结出的是硕果。按照教科书式的解读，丝绸之路开通的意义：

一是使西域诸国摆脱了匈奴的残酷统治，转向生产技术先进，经济比较发达的汉王朝，从而加强了与内地经济、政治与文化的联系。

二是西域都护府这些政治、经济、军事措施密切了西域同中原地区的关系，西域各地政治经济和社会生活的变化进一步加快。成为后代中央王朝统治者仿效的范例。

在此，我们从令人傲骄的大汉王朝回到另一个光辉灿烂的时代。

唐朝，至今都是中华民族想精神回归的圣地。唐朝的胸怀一点也不亚于大汉，他们都是将中华文化推向高点的朝代，也是在帝国时代彰显了民族威仪的时代。大汉王朝和唐王朝，令世界诚服，推动了人类社会的进步。

从大汉在世的时间来看，公元前206年至公元220年，刨去王莽篡权的时间，治国400多年，是中国封建王朝治国较长的朝代。唐朝也还行，从公元618年到公元907年，也有289年近300年时间。大汉王朝和大唐王朝在世治理达700多年，两个朝代足以为中华民族两千多年的历史奠定坚实的民族格局和精神内涵。

唐朝设置了安西都护府和北庭都护府治理西域。

首先，还是因为北方另一个少数民族的不断做大，直接威胁到唐王朝的统治和西域的治理。一个是漠北的突厥民族，另一个就是青藏高原崛起的吐蕃民族。解决匈奴之忧，汉王朝前前后后折腾了400年。解决两个北方民族，唐王朝也是费尽了功夫，而最终安史之乱祸害了王朝的根基，断了气数，自此唐王朝日暮西山。

唐朝的时候，北方在曾经匈奴经营的地盘上，陆续出现很多少数民族政权。拳头够硬的有突厥、吐蕃、回鹘。还有吐谷浑、靺鞨、铁勒、室韦、契丹等。对付这些北方狼族，也够唐王朝费尽心机，绞尽脑汁。投鼠忌器，稍有不慎，伤及中央王朝。

在持续的民族对抗中，唐王朝也采取过大汉王朝的和亲这一招。这招还是管用的。也就是说，一个女人往往胜过百万军。最熟知的莫过于文成公主和金城公主。可比汉朝的细君公主和解忧公主。

文成公主对付的是吐蕃。

文成公主，唐朝宗室女，汉族被吐蕃尊称为"甲木萨"；藏语中"甲"的意思是"汉"，"木"的意思是"女"，"萨"的意思为神仙；意思就是汉族女菩萨。

文成公主原本是李唐远支宗室女，640年，太宗李世民封李氏为文成公主；641年，文成公主远嫁吐蕃，成为吐蕃赞普松赞干布的王后。唐蕃自此结为姻亲之好，两百年间，无战事，有事必请唐天子"册命"。

当然，谁也不愿意轻易送女人，这也是不得已而为之。

634年，吐蕃赞普松赞干布遣使大唐，你来我往，唐太宗遣行人冯德遐出使吐蕃。松赞干布再次派人到唐朝，提出要娶一位唐朝公主。唐太宗想也没想，一口拒绝。由于当时吐谷浑王诺曷钵入唐朝见，吐蕃特使回来后便告诉松赞干布，声称唐朝拒绝这个婚约是由于吐谷浑王从中作梗。

638年，松赞干布遂借口吐谷浑从中作梗，出兵击败吐谷浑、党项、白兰羌，直逼唐朝松州（今四川松潘）。这次吐蕃显示了拳头的硬度，扬言若不和亲，便率兵大举入侵唐朝。唐太宗还是不理会，派牛进达率领唐军先锋部队击败了吐蕃军。松赞干布大惧，在唐将侯君集率领的唐军主力到达前，赶紧退出吐谷浑、党项、白兰羌，并再次遣使谢罪，再次请婚，还派薛禄东赞携黄金五千两和其他珍宝来正式下聘礼。

这似乎仁至义尽了。唐太宗这才将一宗室女封为公主，嫁给松赞干布。

松赞干布非常喜欢贤淑多才的文成公主，专门为公主修筑的布达拉宫，共有1000间宫室，富丽壮观。但后来毁于雷电、战火。经过17世纪的两次扩建，形成现今的规模。布达拉宫主楼13层，高117米，占地面积36万余平方米，气势磅礴。布达拉宫中保存有大量内容丰富的壁画，其中就有唐太宗五难吐蕃婚使噶尔禄东赞的故事，文成公主进藏一路遇到的艰难险阻，以及抵达拉萨时受到热烈欢迎的场面等。

松赞干布迎娶文成公主后，中原与吐蕃之间关系极为友好，使臣和商人频繁往来。松赞干布十分倾慕中原文化，他脱掉毡裘，改穿绢绮，并派吐蕃贵族子弟到长安求学。这说明松赞干布是一个举眼望世界的人。他也知道，丝绸要比兽皮高级。

649年，唐太宗李世民逝世，李治继位，遣使入蕃告哀，并授松赞干布"驸马都尉"，封"西海郡王"。松赞干布派专使往长安吊祭太宗，献金十五种供于昭陵，并上书唐高宗，表示对唐朝新君的祝贺和支持。650年，松赞干布逝世，文成公主继续在吐蕃生活达30年，致力于加强唐朝和吐蕃的友好关系。她热爱藏族同胞，深受百姓爱戴。文成公主与松赞干布的故事，至今在藏区广泛传播。文成公主也被认为是"绿度母"的化身。

680年，文成公主因患天花去世，吐蕃王朝为她举行隆重的葬礼，唐遣使臣赴吐蕃吊祭。至今拉萨仍保存藏人为纪念她而造的塑像，距今已有1300多年历史。

可以说，文成公主是汉王朝跟少数民族"和亲"中非常成功的典范。

吐蕃那时候的势力已经扩展到整个青藏高原，蔓延到西域。当然，安史之乱之后，吐蕃势如破竹占领了河西走廊，包括敦煌，完全切断了丝绸之路的河西道。在吐蕃血腥统治河西走廊期间，河西人民始终不忘汉族基因，寻找机会驱赶侵略者，最成功的案例就是敦煌张议潮收复河西的案例。张议潮光复汉唐的壮举，令人肃敬。

西域，依然是唐王朝治理的重点。

唐代初年，唐朝军队在消灭回纥、突厥势力时，将触角伸向西域，除高昌不服统治被消灭以外，西域各国均臣服唐朝政府。不久西域统治交由安西都护府及北庭都护府进行处理，在西域设立了完备的行政体系，将西域划归陇右道，并设立安西四镇作为西域地区的主要城市，唐玄宗开元年间曾设立碛西节度使，统辖安西、北庭两大都护府，自此新疆地区成为唐朝的一部分。安史之乱后，唐朝无力控制西域，西域再次出现半独立政权。

唐王朝借鉴大汉治理西域的成功经验，设置安西都护府这一管理机构，类同于西汉时期的西域都护府，赋予一样的职能和功用。

唐朝治理边境的时候，共设置了安东、安北、单于、安西、北庭、安南6个都护府：

安东都护府。安北都护府。单于都护府。安西都护府。北庭都护府。安南都护府。

安西都护府，属陇右道。630年伊吾城主石万年降唐，献所属七城。唐平定高昌王麴文泰勾结突厥叛乱后，于640年命吏部尚书侯君集为交河道大总管，置安西都护府。府治交河城，辖东起阳关、玉门关，西至咸海一带。

安北都护府，属关内道。646年唐破薛延陀后，铁勒诸部内附。府治故单于台，辖内蒙古乌加河以北、蒙古人民共和国全部、俄罗斯额尔齐斯河、叶尼塞河上游和安加拉河、贝加尔湖周围地区。

单于都护府，属关内道。650年唐平突厥车鼻可汗，突厥诸部尽为封疆之臣。辖境北距大漠，南抵黄河。

安东都护府，属河北道。668年平高句丽，置安东都护府于平壤城以统之。辖境西起辽水，南尽高句丽故土，东北有原依附于高句丽的诸部地。

安南都护府，属岭南道。679年以交州都督府改置安南都护府，为岭南五管之一。治所在今越南河内。辖境北抵今云南南盘江，南抵越南河静、广平省界，东有广西那坡、靖西和龙州、宁明、防城部分地区，西界在越南红河黑水之间。

北庭都护府，属陇右道。702年分天山以北于庭州设北庭都护府，管辖天山北路23个州。北庭都护府辖境东起伊州，西至咸海，北抵额尔齐斯河及巴尔喀什湖，南依天山。

从唐王朝初期盛世所辖可以看出，唐王朝的江山也是雄阔四海。北达到了贝加尔湖，南达到了河内，东达到了汉城，西达到了咸海一代，是东方王朝两千多年来难得的鼎盛模样，其开疆拓土的能力超过了汉武大帝。但近三百年在朝的时间，疆域面积也在不停地变化，很快从鼎盛时期的雄阔四海收缩到黄河长江流域。这也应了那句话：打江山易，守江山难。

安西都护府，设置于唐太宗贞观十四年（640年），府治交河城。管辖包括今新疆、哈萨克斯坦东部和东南部、吉尔吉斯斯坦全部、塔吉克斯坦东部、阿富汗大部、伊朗东北部、土库曼斯坦东半部、乌兹别克斯坦大部等地。安西都护府下辖安西四镇，即：

碎叶、龟兹、于阗、疏勒。

安西四镇，是唐朝前期在西北地区设置，由安西都护府统辖的四个军镇。

718年，唐玄宗任命汤嘉惠为四镇节度经略使，从此四镇由专设的节度使统领。四镇节度使或称碛西节度使。节度使常驻安西府城龟兹，由安西都护兼领，又称安西节度使。唐安西四镇在历史上存在了一个半世纪，它们对于唐朝政府抚慰西突厥，保护中西陆上交通要道，巩固唐的西北边防，都起过十分重要的作用。

安西四镇就是唐王朝植入西域广袤疆土的四根定海神针，既是政治主权的象征，也是军事要塞。可是这四镇的最终命运还是丧在武则天手上。684年，武则天在平定徐敬业之乱以后有意笼络人心，显示其"务在仁不在广，务在养不在杀，将以息边鄙，休甲兵，行乎三皇五帝之事者也"，故下令放弃安西四镇。

当然在这之前，吐蕃和唐朝反复争夺安西四镇，此处几度易手。自那时起，东方朝廷也就丧失了碎叶镇所管辖的哈萨克斯坦东部和东南部、吉尔吉斯斯坦全部、塔吉克斯坦东部、阿富汗大部、伊朗东北部、土库曼斯坦东半部、乌兹别克斯坦大部等地。

安史之乱后，早已虎视眈眈在北昆仑的吐蕃，趁机进占安西四镇。

670年，吐蕃军队攻陷安西都护府。

673年，唐朝恢复了安西四镇。

678年，安西四镇又被吐蕃控制。

679年，安西四镇被唐将裴行俭收复

687年，武则天被迫收缩战线，放弃安西四镇。

692年，王孝杰收复了安西四镇，在龟兹国恢复设置了安西都护府。

702年，北庭都护府设立，抵制吐蕃对丝绸之路北侵的战略目的。

756年—758年，为平定安史之乱，唐政府组建"安西行营"奉诏平叛，吐蕃乘机占领陇右、河西，安西都护府与唐朝通道中断，但安西四镇留守军队仍孤军坚守。

760年，陇右军镇多被吐蕃攻陷。

763年，吐蕃攻占了唐朝的京城长安，半个月后才撤离。

780年，德宗封李元忠为北庭大都护，郭昕为安西大都护。随后，吐蕃联军攻击唐军、回鹘。

790年，吐蕃攻占北庭，唐朝与安西失去联络，不知安西存亡。

据推论，安西最后陷落的时间大概是唐宪宗元和三年（808年）冬。

有史记安西副大都护高仙芝折兵"安西军"的惨痛一幕。

公元751年，正值大食易代之际，高仙芝率数万胡汉健儿西出葱岭，与黑衣大食战于怛罗斯城下，大败而归。两万余汉军精锐，返回安西的只有数千，其余战死被俘各半。高仙芝雄心勃勃，趁着大食易代之际火中取栗，本意为大唐开拓更广大的国土，可惜天意不遂人愿，怛罗斯川（今塔拉斯河畔）一战，安西铁军遭遇了一场前所未有的惨败。

公元前6年，西汉名将陈汤率领蕃汉兵马4万挺进到塔拉斯河畔，消灭北匈奴郅支单于，留下一句名言："明犯强汉者，虽远必诛。"800年后，汉家铁军再次挺近到塔拉斯河，安西铁军几乎全部覆没。

安史之乱大唐由盛转衰，怛罗斯之战是大唐由盛转衰的前奏。安西军是大唐坚强兵锋，怛罗斯之战后，大唐的势力范围不再出葱岭。几年之后安史之乱爆发，大唐更是完全放弃了整个西域。高仙芝被调回京城平叛，遭到奸臣谗害，被唐玄宗误以为胆怯不战，一怒之下砍了脑袋，悬挂城门示众。

安西都护府历任都护是：

乔师望、郭孝恪、柴哲威、麴智湛、陶大有、董宝亮、崔智辩、杜怀宝、王方翼、杜怀宝、李祖隆、昝斌、朱某等。

安西大都护府历任的大都护是:

杨胄、苏海政、高贤、匹娄武彻、裴行俭、王世果、阎温古、许钦明、公孙雅靖、田扬名、郭元振、周以悌、郭元振、张玄表、吕玄璟、郭虔瓘、李琮、张孝嵩、李玢、李林甫。

后两个是遥控。

其实,唐对安西的治理是精心的。他们除了设置沿袭汉代在西域设置都护府这一管理机构外,还设置了唐朝独有的另一个轻量级的管理机构,那就是:守捉。守捉驻兵少则300,多则数千人不等。

《新唐书·兵志》:

唐初,兵之戍边者,大曰军,小曰守捉,曰城,曰镇,而总之者曰道。

守捉,是唐朝在边地的驻军机构,其主要分布在陇右道与西域,具体大致在今天甘肃、内蒙古阿拉善右旗及新疆。

甘肃境内:

平夷守捉城、绥和守捉城、合川守捉城、赤水守捉城、乌城守捉城、蓼泉守捉城、张掖守捉城、交城守捉城、酒泉守捉城、白亭守捉城。

内蒙古阿拉善右旗境内:

百帐守捉城、豹文山守捉城、威远守捉城、同城守捉城。

新疆北部境内:

罗护守捉城、赤亭守捉城、独山守捉城、张三城守捉城、沙钵城守捉城、冯洛守捉城、耶勒城守捉城、俱六城守捉城、张堡城守捉城、乌宰守捉城、叶河守捉城、黑水守捉城、东林守捉城、西林守捉城。

新疆南部境内:

张三守捉城、坎城守捉城、葱岭守捉城、于术守捉城、榆林守捉城、龙泉守捉城、东夷僻守捉城、西夷僻守捉城、赤岸六守捉城。

　　守捉这种带军队的把守建制，是一种历史性开创，对统治边塞之地发挥了重要的作用。

　　可以说，大唐王朝对西域及周边少数民族区域的治理是很见成效的。但是，山河依旧，王朝更替。大汉王朝、大唐王朝对西域的有效治理，也难以克敌时间的利刃。江山依旧在，但王朝并不永固，真是铁打的营盘流水的兵，城头变幻大王旗。

　　宋朝并没有对西域进行有效的治理。元朝西域之地主要由察合台汗国、钦察汗国、伊尔汗国、窝阔台汗国。明朝，西域仍然在东察合台汗国统治之下，并没有直接归明朝中央政权管辖。清代，康、雍、乾三朝征战西域，中央王朝重新在新疆建立统治。清末，西方列强兴起，阿古柏分裂新疆。左宗棠率领湘军收复新疆，并于1884年设立新疆省。

　　海陆丝绸之路的历史性兴替，既与特定政治局势的转换息息相关，也是由中国经济重心南移、陆上贸易的内在局限以及中国的海上优势等一系列因素所共同促成的。陆上丝绸之路的管理和维护成本太大。那些以鲜血和人头铺展的丝路，让每一根蚕丝都价值连城。唐朝中后期，当长安成为世界性的大都市，世界的追光越过帕米尔高原，越过西域大漠，向度长安便有了另外一条路，那就是海上丝绸之路。海上丝绸之路的兴起缓解了西域的烽烟。互利互惠，互联互通，作为一个东方王朝，不会总是做亏本的买卖。

　　大道，总会通天。

丝绸丝绸：利箭挺度的东方文明

护送丝绸过狼烟

大刀在后，利箭在前

匈奴足够强大，它配与汉庭为敌

他们的伟大梦想就是牧马中原

但他们遭遇的是一个血性的朝代

霍去病：匈奴未灭，何以家为

陈汤：犯我大汉者，虽远必诛

匈奴悲歌绝西域

亡我祁连山，使我牛羊不蕃息

失我焉支山，令我妇女无颜色

西域足够宽广，它自垒三十六国城池

突厥和吐蕃也足够强大

从唐诗里觉醒的大唐王朝，抽刀北上

出敦煌 | Travel all over Dunhuang

汉家儿郎逐楼兰,将军铁骑护边关

一条丝绸的远渡已被血染

西域我在,大道通天

西域诸国，各有君长，兵众分弱，无所统一，虽属匈奴，不相亲附。匈奴能得其马畜旃罽，而不能统率与之进退。与汉隔绝，道里又远，得之不为益，弃之不为损。盛德在我，无取于彼。故自建武以来，西域思汉威德，咸乐内属。唯其小邑鄯善、车师，界迫匈奴，尚为所拘。而其大国莎车、于阗之属，数遣使置质于汉，愿请属都护。圣上远览古今，因时之宜，羁縻不绝，辞而未许。虽大禹之序西戎，周公之让白雉，太宗之却走马，义兼之矣，亦何以尚兹！

——《西域传·下》

北方有佳人，绝世而独立。

一顾倾人城，再顾倾人国。

宁不知倾城与倾国？

佳人难再得！

这首《佳人曲》是西汉音乐家李延年的代表作。他通过这首《佳人曲》，成功地将自己和自己的妹妹双推到汉武大帝面前，兄妹俩深得皇帝喜爱而显贵。

李延年出生歌舞世家，与其妹妹能歌善舞，一个是美男子，一个是美女。早年不幸，李延年因犯法而受到腐刑，也就是宫刑，去掉男根，跟司马迁一个命运。

男人没法做了，但歌舞还行，颇得武帝宠爱。

一日为武帝献歌："北方有佳人，绝世而独立，一顾倾人城，再顾倾人国。宁不知倾城与倾国？佳人难再得。"跳舞的正是其妹。佳人难得，皇帝宠幸，后来封为李夫人，汉武帝死后李夫人被追封为汉武皇后。可惜李夫人命短，生下刘髆，产后不久病逝。

李延年却因此得宠，被封"协律都尉"，专门负责管理皇宫的乐器，极得武帝幸爱。"与上卧起，甚贵幸，埒如韩嫣。久之，寖与宫人乱。"这段话意思是说，李延年跟汉武帝睡在一起，获宠幸的程度，不逊于另一位宠臣韩嫣。后来，他更是跟宫女乱搞起来。至于他为什么能跟宫女搞起来，这是一个问题，按理说，他不能。当然，后来因其弟李季奸乱后宫被连坐，李延年也被灭族。

其兄李广利，正在攻打大宛未归，未受李季牵连。

但李广利第一次出征没有粮草无功而返，汉武帝大怒，令其不得入玉门关。第二年武帝倾尽国力以助李广利攻下大宛，归来后被武帝封为海西侯。公元前90年，李广利出征匈奴前与其亲家左丞相刘屈氂密谋推立刘髆为太子被人告发，汉武帝勃然大怒，腰斩刘屈氂，刘屈氂妻子儿女被枭首于市，李广利家族被收监。李广利闻之投降匈奴。

李广利投降匈奴后，李家又一次被族诛。

两次被灭族，历史上仅有。

当时，汉武大帝的爱将霍去病和卫青相继去世，汉武帝因感到国中人才匮乏下诏求贤。这时李延年用一首《佳人曲》将自己和妹妹推入宫中。卫青去世两年后，李延年的长兄李广利才被命为贰师将军，出塞西域，攻打大宛。刘彻对李家人是寄予厚望的。李延年的哥哥李广利和弟弟李季，都成为刘彻预备重用的人选。

然而，奇迹并没重演。

按理说，李延年是因为其弟弟李季在宫廷里胡搞受牵连。《佞幸列传》的汉朝外戚，李延年排在第一个，这可能也是历史上唯一一个倡出身列入佞幸当中的外戚。倡，就是古代的歌舞艺术家，那年代是被人瞧不起的。李延年确实是个优秀的艺术家，既能表演，还能原创，他曾为司马相如等文人所写的诗词配曲，还将张骞从西域带回的《摩诃兜勒》编为28首"鼓吹新声"，用来作为乐府仪仗之乐。他为汉武帝作《郊祀歌》19首，用于皇家祭祀乐舞。

李延年对汉代音乐风格的形成及我国后来音乐的发展，做出了卓越的贡献。

由李延年，推延到李广利。

这个被称为"贰师将军"的李广利，战功跟卫青霍去病没法比，但也两次出塞入西域，讨伐大宛，也还算没有功劳也有苦劳。但他这个舅舅又想得太多了，出征前跟自己的亲家商量，要将自己妹妹李夫人生的孩子昌邑哀王刘髆立为太子，还想将自己"外戚"的身份彻底转正，这确实乱了纲常，也就是说真的想多了。

想多了很要命。果真，他的想法要了他李氏家族所有人的命。

据《西域传·上》记载：

自贰师将军伐大宛之后，西域震惧，多遣使来贡献，汉使西域者益得职。

前104年，以李广利为贰师将军，带领属国的六千骑兵和郡国那些流氓恶少好几万人，以这些兵力去攻伐大宛，目的地是贰师城夺取良马，所以为"贰师将军"。初战不利，往返两年，回到敦煌，士兵剩下不过十分之一。汉武帝大发雷霆，派使者拦守玉门关，胆敢入关者，斩！李广利害怕了，只好留驻敦煌。遥想卫青霍去病当年征伐西域，哪曾有这样的败象啊。经过一年多的筹备，再伐大宛。

全国总动员，敦煌出兵就有6万人，牛10万头，马3万匹，驴、骆驼以万数计算。庞大的出征队伍，令西域小国魂飞魄散，赶紧拿出粮食供养军队。包围大宛城，攻城40多天。得大宛国王毋寡人头。汉军挑选了好马几十匹，中等以下公马母马共3000多匹。立盟，撤兵。军队返回，进入玉门关的有1万多人，军马1000多匹。损兵折将甚多。盘算利弊，惨胜。

前90年，匈奴入侵。三月，武帝命李广利率7万人出击。就这一次出征之前，李广利干了一件满门抄斩的事。正在指挥大军对匈奴作战的李广利听到家中妻儿因巫蛊被捕收监，如五雷轰顶。他想立功赎罪，于是盲目进军。单于知汉军往返近千里，已很疲劳，便亲自率领五万骑兵袭击汉军。七万汉家儿郎全部葬送在李广利手中。

李广利兵败后投降匈奴，单于便将女儿嫁给他，对他的尊崇超过了卫律。按汉律，李广利在大汉被囚禁的妻儿家人，悉数被杀，族灭。投降一年后，李广利被卫律设计杀害。临被杀时，李广利怒骂道：我死必灭匈奴！李广利死后，匈奴接连数月雨雪不断，家畜死亡，百姓疫病不断，种植的黍稷也无法丰收。

《资治通鉴》批判了汉武帝使李广利对匈奴用兵一事：

武帝欲侯宠姬李氏，而使广利将兵伐宛，其意以为非有功不侯，不欲负高帝之约也。夫军旅大事，国之安危、民之死生系焉。苟为不择贤愚而授之，欲侥幸咫尺之功，借以为名而私其所爱，不若无功而侯之为愈也。然则武帝有见于封国，无见于置将；谓之能守先帝之约，臣曰过矣。

早在秦汉之际，北方匈奴就成就了草原劲旅。养好了精兵，目的就是打仗。

冒顿即位后，先是东破东胡，随后西击月氏，定楼兰、乌孙、呼揭等西域26国，将北方草原众多部落统而为一。他还建立了一套完整的政治军事管理体系。匈奴成为一个庞大的游牧王朝。拥有控弦之士30万，势力空前强大。北方夷人完全臣服于匈奴之后，他们最大的梦想就是在中原的农田里牧放牛羊。

诸侯叛秦，楚汉相争。人口锐减，生灵涂炭，满目疮痍。戍守边境的将士离关而去，匈奴便乘隙渡黄河而南下，复夺蒙恬所争之地，与汉塞接壤，时而侵犯汉地。汉高祖七年（前200年）冬，白登之战爆发，汉军在惨败的同时，也见识了匈奴骑兵的精锐。自此，一场持续百余年的汉匈战争正式拉开序幕。

匈奴虎视眈眈，刘邦深以为虑。刘敬献策和亲，单于稍稍收敛。

前192年，冒顿作书辱吕太后，群臣不想战，献匈奴车马，嫁宗室之女予冒顿。

前176年，冒顿作书炫耀北州统一，提出和亲之约。文帝与众臣议，前元六年，决定馈送匈奴锦绣华服、黄金器物及精美织品以修边事。

前174年，冒顿之子稽粥立，号老上单于。文帝遣宗室女嫁予单于为阏氏。

前166年，因匈奴每年盗边之故，文帝忧患，遣使言和亲事。

前162年，复约和亲之事。

前160年，稽粥之子军臣单于立，文帝再次与匈奴约为和亲。

前156年，景帝遣御史大夫庄青翟至代地与匈奴言和亲事。

前155年，景帝再次与匈奴言和亲，通关市，嫁公主。

前140至前135年，汉武帝明修和亲，赠予匈奴大量财物，通关市。

这60余年，汉朝在隐忍，不但送出了大量的丝绸和金银财宝，也送出了不少宗室女人，但匈奴反复背信，绝和亲盗汉边。60余年中，汉朝统治者主要将精力放在了民生与经济的复苏上，等待着自己的拳头长大，长硬。

白登之围时，刘邦亲眼看见了匈奴骑兵马匹的壮观，而西汉连天子都没有四匹颜色相同的马匹，将相只有牛车可乘。百姓更是苦不堪言。休养生息，无为而治。定顺时宜之法以宽民。刘邦及之吕后、文帝、景帝都采用这一方略，顺从百姓的欲望，让百姓安居乐业。

经过60余年，到武帝即位，老百姓粮食多到太仓已经积压不完，府库挂铜钱的绳子也已腐坏，田野间马匹成群。西汉的财政为大规模反击匈奴之战提供了强大的物质基础。在此之间，他们加强了军事准备，扩充军队，提升战斗力，改良兵器，打制劲弩长戟、坚甲利刃。还注重马政，鼓励民间养马，规定百姓家养战马一匹可免除三人的徭役或赋税。禁止优秀马种运往关外。

在这几十年中，大汉王朝边送女人还边挨打。匈奴入侵地点有：

代国、云中、狄道、阿阳、北地、河南、上郡、燕国、雁门、武泉、上谷、辽西、渔阳、定襄、右北平、五原、光禄塞、张掖、酒泉等地。

入侵边地的小战争如下：

汉高帝时期：数战；汉高祖时期：数次；汉高后时期：两次；汉文帝时期：四次；汉景帝时期：三次；汉武帝时期：十六次。

忍辱并不能偷生。这期间，他们做了精心的战略防御准备，在陇西、北地、上郡、渭北、飞狐、句注塞、细柳营、霸上、棘门、云中、雁门、渔阳、朔方、五原、光禄塞、卢朐等地开始屯兵，诸如灌婴、周舍、张武、张相如、董赫、栾布、令免、苏意、周亚夫、刘礼、徐厉、李广、程不识、韩安国、郭昌、韩说这些将领也走马到位。

对匈奴大规模之反击战由此展开：

元光六年冬，卫青至龙城，获首虏七百级。

元朔元年秋，卫青出雁门，李息出代，获首虏数千级。

元朔二年春，卫青、李息出云中，至高阙，遂西至符离，获首虏数千级。

元朔五年春，卫青将兵十余万人出朔方、高阙，获首虏万五千级。

元朔六年春，卫青将兵十余万骑出定襄，斩首三千余级。

元朔六年夏，卫青斩首虏万九千级。

元狩二年春，霍去病出陇西，至皋兰，斩首八千余级。

元狩二年夏，霍去病、公孙敖出北地二千余里，过居延，斩首虏三万余级。

元狩二年夏，李广杀匈奴三千余人，尽亡其军四千人，独身脱还。

元狩四年夏，卫青至漠北围单于斩首万九千级，霍去病与左贤王战，斩获首虏七万余级。

天汉二年夏，李广利三万骑出酒泉，与右贤王战于天山，斩首虏万余级。

天汉四年春，李广利将六万骑、步兵七万人出朔方，公孙敖万骑、步兵三万人出雁门，韩说步兵三万人出五原，路博德步兵万余人与贰师会，战余吾水上连日。

征和三年春，李广利将七万人出五原，广利败，降匈奴。

元狩二年秋，匈奴昆邪王杀休屠王，并将其众合四万余人来降，置五属国以处之。

元封元年冬，汉武帝发诏：

南越、东瓯咸伏其辜，西蛮、北夷颇未辑睦。朕将巡边陲，择兵振旅，躬秉武节，置十二部将军，亲率师焉。

勒兵十八万骑，旌旗千余里，威震匈奴。

首先，从土地来说，汉占领匈奴世代生息繁衍的地方并徙民使之彻底汉化。匈奴只能远遁漠北，但漠北苦寒，环境极为严苛，匈奴生存已经成为问题。

其次，从人口上来说，匈奴即使最盛之时人口不过二百万，而在武帝数十年不间断地打击之下，其人口的损失惨重。匈奴至少被直接歼灭24万以上。

再者，从财产上来说，由于匈奴以游牧为生，牲畜是他们最重要的财产。而在武帝数十年的挞伐之下，损失巨大，匈奴脆弱的经济难以承受。

武帝对匈作战，汉军取得了极大战果，对匈奴造成了沉重打击，连得河南、河西等地，逼迫匈奴远遁，从此漠南无王庭，使得匈奴由盛转衰，为日后匈奴的彻底覆灭奠定了基础。但是，武帝四十余年的对匈作战，也严重消耗了自身国力，几乎使亡秦之事复现。

汉匈真正的战事一直延续三百年之久，直到东汉永元三年（91年）大将军窦宪、耿秉深入瀚海沙漠，出击鹿塞三千里，大破匈奴于金微山（今阿尔泰山），彻底解决汉朝历时三百年之久的匈奴之患。

在征战匈奴的大战中，卫青、霍去病成为匈奴的克星，匈奴人闻名而噤。

战争促使将军的诞生。

李广、卫青、霍去病、李广利、赵充国、傅介子、甘延寿、陈汤等都是西汉名将。战争检验了他们，他们推演了战争。他们的名字将永存于史。特别是卫青、霍去病两位将军，堪称两千年王朝难得的奇才。

卫青，汉武帝第二任皇后卫子夫的弟弟。

卫青的首次出征是奇袭龙城，揭开汉匈战争汉朝反败为胜的序幕，曾七战七胜，收复河朔、河套地区，击破单于，为北部疆域的开拓做出重大贡献。卫青善于以战养战，用兵敢于深入，为将号令严明，对将士爱护有恩，对同僚大度有礼，位极人臣而不立私威。

卫青童年可谓不幸。

卫青的母亲卫媪与丈夫生有一男三女：长子即卫长子，长女卫孺、次女卫少儿、三女卫子夫。后卫媪与来平阳侯家中做事的县吏郑季私通，生了卫青。因生活艰苦，卫青被送到亲生父亲郑季的家里。但郑季却让卫青放羊，郑家的其他儿子也没把卫青看成兄弟，当成奴仆一样虐待。卫青稍大一点后，不愿再受郑家的奴役，便回到母亲身边，做了平阳公主的骑奴。前139年春，卫青的三姐卫子夫被到灞上扫墓做客平阳府的汉武帝看中。卫青随姐姐入宫，其才干深得武帝信任。

前129年，匈奴兴兵南下。汉武帝任命卫青为车骑将军，率领一万骑兵，迎击匈奴。卫青首征，果敢冷静，深入险境，直捣匈奴祭天圣地龙城，首虏700人，取得胜利。紧接着来年卫青出雁门，领三万骑兵，长驱而进斩首虏数千人。

随后，与匈奴交手，七战七捷。

前119年春，卫青远征漠北书写经典战例。

卫青大军出塞一千多里，与匈奴单于主力遭遇。

卫青布好战营，恰巧太阳将落，刮起大风，两军都无法看见对方，汉军包抄了单于。单于乘着六头骡子拉的战车，带几百名壮健骑兵，冲开汉军包围圈，向西北奔驰而去。汉军捕到匈奴俘虏，说单于在天未黑时已离去。于是汉军派出轻骑兵连夜追击。直到天快亮时，汉军已行走二百余里，未追到单于，但俘获和斩杀敌兵一万九千余人。

漠北之战击溃了匈奴在漠南的主力，十几年内再无南下之力。

前106年，卫青病逝，汉武帝为纪念他的彪炳战功，在茂陵东北修建了一座阴山形状的墓冢，"起冢象庐山"。谥号为"烈"，取《谥法》"以武立功，秉德尊业曰烈"之意。扬雄言说：

使卫青、霍去病操兵，前后十余年，于是浮西河、绝大幕，破寘颜，袭王庭，穷极其地，追奔逐北，封狼居胥山，禅于姑衍，以临瀚海，匈奴震怖，益求和亲，然而未肯称臣也。

霍去病是上天专门为匈奴而降的战神。

霍去病，跟舅舅卫青出身颇似，都是偷情后的产物。

平阳公主府的女奴卫少儿，也就是卫青的姐姐与平阳县小吏霍仲孺的儿子偷情，但这小子敢做不敢当，不敢承认自己跟公主的女奴私通，于是霍去病只能以私生子的身份降世。

公元前123年，17岁的霍去病被汉武帝任命为嫖姚校尉，随卫青击匈奴于漠南，斩获敌人2028人，其中包括相国、当户的官员，同时也斩杀了单于的祖父辈籍若侯产，并且俘虏了单于的叔父罗姑比，勇冠全军，受封冠军侯。

公元前121年，汉武帝任命19岁的霍去病为骠骑将军。于春、夏两次率兵出击占据河西地区浑邪王、休屠王部，歼敌4万余人，俘虏匈奴王5人及王母、单于阏氏、王子、相国、将军等120多人。同年秋，奉命迎接率众降汉的匈奴浑邪王，在部分降众变乱的紧急关头，率部驰入匈奴军中，斩杀变乱者，浑邪王得以率4万余众归汉。从此，汉朝控制了河西地区，为打通西域道路奠定了基础。匈奴为此悲歌：

失我焉支山，使我妇女无颜色；失我祁连山，使我六畜不蕃息。

公元前119年春，汉武帝命卫青、霍去病深入漠北，寻歼匈奴主力。霍去病率军北进两千多里，越过离侯山，渡过弓闾河，与匈奴左贤王部接战，歼敌70400人，俘虏匈奴屯头王、韩王等3人及将军、相国、当户、都尉等83人，乘胜追杀至狼居胥山，在狼居胥山举行了祭天封礼，在姑衍山举行了祭地禅礼，兵锋一直逼至北海（今俄罗斯贝加尔）。经此一战，匈奴远遁，而漠南无王庭。

公元前119年，大将军卫青、骠骑将军霍去病皆加官为大司马。

公元前117年，霍去病去世。陪葬茂陵。

汉武帝对霍去病的死非常悲伤。他调来铁甲军，列成阵沿长安一直排到茂陵东的霍去病墓。他还下令将霍去病的坟墓修成祁连山的模样，彰显他力克匈奴的奇功。

卫青和霍去病关系亲厚，漠北大战时，李广因丧失了立功封侯的最后机会，因为迷路贻误军机而自尽。一年后继承其父郎中令的李敢怨恨卫青，击伤了大将军。卫青没有追究这件事，霍去病知道后，果断射杀了李敢为亲复仇。

霍去病生为家奴之子，长于绮罗，却从来不曾沉溺于荣华富贵，他将国家安危和建功立业放在一切之前。汉武帝曾经为霍去病修建过一座豪华的府邸，霍去病却断然拒绝，说：

匈奴未灭，何以家为？

霍去病是霍仲孺的私生子。其父未曾尽过一天当父亲的责任。霍去病长大后，知道了父亲的事，有次出征时顺道到了平阳，命下属将霍仲孺请到休息的旅舍，跪拜道：

去病早先不知道自己是大人之子。

霍仲孺愧不敢应，匍匐叩头说：

老臣得托将军，此天力也。

随后，霍去病为霍仲孺置办田宅奴婢，并将同父异母的弟弟霍光带到长安栽培成材。他是一个有情有义的人。一代战神去世后，后世诗人们争相凭吊。

李白《塞下曲》之三：

功成画麟阁，独有霍嫖姚。

杜甫《后出塞》之二：

借问大将谁，恐是霍嫖姚。

王维《出塞作》：

玉靶角弓珠勒马，汉家将赐霍嫖姚。

崔颢《霍将军》：

长安甲第高入云，谁家居住霍将军。

一条丝绸的西渡确实牵扯到太多的精力。具备政治和军事双重保障后，丝绸才有可能安心上路。西域三十六国，在两个强大民族汉和匈奴之间摇摆不定，他们既收取丝绸通关的关税，也因为丝绸的争端而奉上家国命运。本就是城邦之国，多则万余人，少则三五千人，这样的弹丸之国在强大的汉庭和匈奴之间，只能是以卵击石。城池用鲜血染红了过往的丝绸，他们的命运总是系于别人的长剑之上。

他们的命运，被一条丝绸捆绑。

时间在岁月的长河里流逝。丝绸也在江南的丝绸作坊里生长。谁也不会轻易放弃西域的交通，那已经是丝绸之国的重点关照。当和亲也无法拉拢关系，当金银财宝都笼络不了感情，当政治束手无策的时候，军事是最后的选项，也是唯一的可行方略。用弯弓利箭说话，有时候更干脆。于是，战争成了最硬通的政治。

三百多年的南来北往，你死我活，匈奴最终被打残，翻过了葱岭和阿尔泰山，去了更加辽阔的草原。狼族的血性不会轻易改变，卧驼作城，上马作战，在刀锋上舔食，已经成了他们的生活方式。当大汉王朝将他们逐出西域后，他们在葱岭之外的大草原上跟别的民族依然在缠斗，甚至活过了好多个世纪。最后，这个马背上的民族，在欧洲成立了匈奴帝国。

匈奴人的荣耀终于在西方找了回来。整个欧洲都沉浸在对匈奴的恐惧之中。吃干砸尽东罗马帝国，匈奴又将目光投向了西罗马帝国。大单于要求娶西罗马皇帝的妹妹为妻，并拿一半的国土作为嫁妆。这是羞辱，也是战争的借口。匈奴召集50万军队渡过莱茵河，向西罗马的高卢(今法国)发动进攻。一天时间双方战死15万人。匈奴损失惨重，只得退守。

公元452年，喘息过来的匈奴帝国再次发动了对西罗马的战争，被称作"上帝之鞭"的匈奴帝国开始了对西罗马的惩罚。意大利北部所有的城市都被匈奴人摧毁。挥师直捣帝国的首都罗马城。西罗马皇帝惊恐，议和。匈奴军中突发瘟疫，逼迫无奈，答应议和，撤军。匈奴仍扬言，如果西罗马皇帝不把他的妹妹送到匈奴，还会来攻打西罗马。但是，"上帝之鞭"只能被上帝收走。匈奴帝国大单于娶了一名少女为妃，他却神秘地死在了自己的婚床上。"上帝之鞭"折毁后，匈奴帝国瞬间瓦解崩溃。

公元454年，东哥特组成联军在匈牙利打败了匈奴，匈奴人被迫又退回了南俄罗斯草原。

公元461年，阿提拉的一个儿子妄图重建匈奴帝国，发动了对东哥特人的战争，遭到失败。

公元468年，阿提拉之子又发动对东罗马帝国的战争，战死沙场。从此，匈奴人被历史彻底遗忘。

"上帝之鞭"跟汉王朝缠斗了一百多年，在汉武大帝近40年的"重锤"之下，逃命葱岭之外。在冷兵器时代，他们就是上帝之鞭，饥饿、贪婪、野蛮且血腥。他们始终没有进入到人类文明的体系，他们的最高哲学就是弯弓和大刀。他们收割人头就像收割秋天的土豆，他们喜爱那一口血腥。他们一直在残忍地摧残文化，践踏文明，对人类社会的贡献只能是"负资产"。后来，依然在出产血腥民族的蒙古高原又演绎诞生了另一个民族——突厥。

突厥和吐蕃，他们找到了另一个对手：唐朝。

唐朝这个生产诗歌的喜乐朝代，也一地狗血。

大唐王朝在跟突厥和吐蕃的缠斗中，最后也气血散尽，一命呜呼。"安史之乱"，乱在一首西域的胡歌，一曲来自西域的乐舞，安禄山直接打入唐朝的皇宫，煽起妖风，乱了朝纲。而吐蕃的铁蹄呼啸下山岗，阻隔了河西，占了西域，最后干脆打入长安城，在长安城纵马驰骋，打马过闹市，他们觉得城市的路面太硬，不利于马蹄飞驰，最后索然地回到高原。

这个歌舞昌盛的朝代，他们边唱歌跳舞边刀光剑影，血雨腥风。面对西域得失和在为丝绸护航的问题上，他们从不含糊。这时，在匈奴气绝的蒙古高原，一个叫突厥的民族悄然长大。北方民族与中原王朝都交换了对手，替代大汉王朝的是大唐王朝。大唐与突厥的战斗，基本跟汉武大帝与匈奴的恶战时间相当，四十来年。

这场战争发生在公元620年—公元657年之间。主要战役：

公元624年：五陇阪之战。

公元626年：泾阳之战和渭水之盟。

公元629年：定襄之战。

公元630年：阴山之战。

公元651年：庭州之战。

公元657年：唐灭西突厥之战。

战争期间，唐朝由开始的安抚和防御转为进攻，加之突厥内部的分裂和内乱，唐朝分别于公元630年和公元657年彻底击败东、西突厥，俘虏东突厥颉利可汗和西突厥沙钵罗可汗，导致了突厥汗国的灭亡。唐朝在原东、西突厥领地分别设立都督府和都护府。

突厥是中国北方的游牧民族，于公元552年完成统一，以漠北为中心建立突厥汗国。之后，突厥汗国逐渐发展壮大，版图扩大东自辽海，西至里海，南自蒙古沙漠，北至贝加尔湖，东西长万里，南北五六千里。汗庭设在都斤山（今鄂尔浑河上游杭爱山之北山）。

这些草原民族的疆域确实比农耕文明的中原民族要广阔。江南春播秋收，人们只盯着一亩三分地安置目标和理想，年复一年地对一片固定的土地抒情，而游牧民族迥然不同，他们马蹄跑到的地方，都是他们的地盘，逐水草而居，他的地盘一天就扩展三百里。这与中原文化的固守和忠诚俨然两样。

一个是要扩展地盘，寻找牧草。

一个是要固守田园，春播秋收。

文化的外衣不同，文明的内核也不一样。

公元580年，突厥在西域设立小可汗，统管阿尔泰山以西的地区。

公元583年，突厥内讧，分裂为东、西两个汗国，开始了长达二十多年的内战。

突厥同当时统治中国中原地区的隋朝经常发生边境冲突，重大的战役：

公元581年：突厥攻隋之战。

公元583年：隋反击突厥之战。

公元599年：隋击突厥之战。

公元602年：杨素击突厥之战。

公元616年：李渊击突厥之战和隋王仁恭击突厥之战。

公元617年：突厥攻扰晋阳之战等。

隋朝也没有少跟突厥战斗。

从历史上看，没有隋朝的大一统奠定的基础，也就没有大唐王朝气吞山河的气势。隋炀帝也是一个有雄阔眼光的帝王。

他卓越的政治智慧和军事才能，在中国的皇帝中是少见的。平陈一统，二巡突厥，破吐谷浑，经略西域，开拓台湾，三征辽东，又遣使波斯、南洋诸国和日本。有的古代史家称赞他的武功"过于秦、汉远矣"。他是一个被历史误读的中国历史上的杰出政治家和军事家。

公元588年，时任晋王的杨广为平陈元帅，统领51万军队，渡江作战。

战前，他发出檄文，鼓舞士气，瓦解敌军斗志。公元589年，隋军进入建康，俘获陈后主。又命陈后主书写招降书，促使继续抵抗的陈军投降。仅仅两三个月内，陈全境归隋。至此结束中国长达170年的南北分裂局面，实现再次统一。

公元590年，在旧陈境内全面爆发反隋叛乱，隋文帝命杨广出任扬州总管平叛。平叛中，他一面派出军队镇压，一面延请吴郡名士陆知命出面向叛者晓谕，游说17城投降，不战而屈人之兵。隋炀帝在其后坐镇江南的10年间，收纳江南人士，推行文教事业，保护江南宗教，以稳定江南，巩固统一。

吐谷浑以隋为敌，多次随突厥入寇。公元608年，隋炀帝遣兵奇袭吐谷浑，使"其故地皆空"。次年，隋炀帝亲征围剿吐谷浑残部，迫使其部落十余万投降。又追至青海湖，占领其汗庭伏俟城，在其辖境置鄯善、且末、西海、河源四郡。地跨今青海、新疆。在河西走廊之南开辟了一条新的丝绸之路，同时，对河西走廊也起到拱卫作用。在中国古代疆域史上，隋炀帝第一次将青海几乎全部地区纳入中原王朝版图，归入郡县体制。

故《资治通鉴》赞曰：

是时天下凡有郡一百九十，县一千二百五十五，户八百九十万有奇。东西九千三百里，南北万四千八百一十五里。隋氏之盛，极于此矣！

与突厥的战斗权，隋炀帝交给了唐朝。

公元617年，唐高祖李渊在太原起兵，参与对中原的争夺。当时他用空城计吓退来犯的突厥军队。但是李渊担心进军长安时突厥与刘武周等会攻打自己后方，所以结好突厥以预防。李渊太原起兵时还是隋朝的臣，遣刘文静至突厥，见始毕可汗，请兵，且与之约：民众土地入唐公，金玉缯帛归突厥。

这当然是手段，也是目的。

公元624年，唐军终于平定四方，统一全国，开始商议反击突厥的战争。同年，东突厥倾其全部人马侵唐。双方在五陇阪交锋。李世民用反间计，使突厥退兵。

公元626年，李世民发动"玄武门之变"夺得唐朝帝位。东突厥趁乱围攻乌城，牵制住唐军主力，组建20万大军南下，兵锋直指长安城，占领离长安不远的武功城。可汗派遣帐下大将军进城威胁唐朝君臣，并同时兵抵长安城外的渭河北岸。李世民扣留了执失思力，冒险率长孙无忌、高士廉、房玄龄、侯君集、段志玄、独孤彦云等六骑到长安城外的渭水便桥南岸，隔河责问东突厥背信弃义。可汗等自知理亏，被迫与李世民在渭水桥上斩白马为盟，之后退兵。突厥可汗献马三千匹，羊万口。李世民也放回了执失思力。

自此，李世民就着手捻灭东突厥。

渭水会盟后，唐太宗采取一系列政治、经济措施以增强国力，在军事上积极备战。他一反前朝不许臣下带武器上殿的规定，每天引数百士卒在显德殿习武射箭，很快培养出一支能征善战的精锐部队。加之突厥内部分化。反击突厥的条件已经成熟。东突厥进扰河西，为李世民反击突厥找到了出兵的借口。

唐太宗诏命兵分六路出兵剿灭东突厥：歼万余，俘10余万。东突厥臣服，归顺。

唐朝将东突厥领地划入自己的版图，在其上设置了顺州、裕州、化州、长州、定襄、云中等都督府。唐朝的疆域由此扩大至阴山以北600里，势力范围达到贝加尔湖。东突厥所有的地区皆臣服于唐朝。

东边战事定，西边边患起。

在此期间，西突厥控制着西域，并拥有如高昌、焉耆、龟兹、于阗、疏勒等附属国。

公元637年，高龄的代国公李靖率领侯君集、李道宗、李道彦、李大亮、高甑生、契苾何力、执失思力、薛万彻、薛万昀等大将及十万大军袭击了青海的王国吐谷浑，国王慕容伏允败走后身亡，从此吐谷浑王国沦为吐蕃的附庸，后为吐蕃所灭。

公元638年，唐军击败吐蕃，随后唐朝将文成公主嫁给了吐蕃国王松赞干布，两国交好。

公元640年，唐军灭亡西域最强的高昌国，国王曲文泰被唐军吓死，王子曲智胜投降。

公元648年，唐军又陆续攻取了焉耆、龟兹等小国，原西突厥的附属国都脱离西突厥转而归附于唐。西突厥开始对唐发动战争。入侵大唐伊州（今新疆哈密），被安西都护郭孝恪击败。

公元649年，唐太宗逝世。唐设安西、北庭两都护府。

公元657年，唐高宗发兵，分南北两路讨伐西突厥，军抵今阿尔泰。苏定方大败突厥部队，斩获数万人。西突厥汗国亡，唐朝廷在当地设置了昆陵、濛池两个都护府，大唐行政区划扩大至中亚。

薛仁贵征西，战功显赫，声名远播。

将军三箭定天山，壮士长歌入汉关。

唐朝通过一系列战争强化了对西域的控制，保障了丝绸之路的畅通。促进唐朝和西域的文明交流，客观上亦促进了中华民族大融合。

大唐与吐蕃的战鼓也在同一时段擂响。

公元7世纪至公元9世纪，唐朝和吐蕃发生战争。

原因是吐蕃与唐朝争夺西域和青海地区。

公元638年，唐太宗时期，唐蕃发生松州之战，唐军击退了吐蕃军；唐高宗、武则天时期，唐朝、吐蕃互有胜负，安西四镇三失三复；唐玄宗时期，吐蕃处于守势，其间多次通过会盟划分唐蕃边界。安史之乱后，吐蕃借机控制了陇右十八州和安西四镇，一度攻陷唐朝都城长安。唐朝联合回鹘、南诏、大食，合围吐蕃，加之吐蕃连年征战，国势大衰，最终在末代赞普朗达玛被刺杀后，吐蕃于877年分裂崩溃。唐朝和吐蕃前后共有八次会盟，由于唐朝文成公主、金城公主先后嫁给吐蕃赞普，所以唐蕃关系又称舅甥之盟。

与吐蕃的战斗，直接关系到河西走廊的安危，关系到丝绸之路南道和西域的畅通。

吐蕃是居住在西藏高原的古老民族，即今藏族的前身，于公元7世纪建立的中国藏族古代奴隶制政权。是一个位于青藏高原的古代王国，自松赞干布到达摩延续两百多年。

从唐高祖武六年（623年）到唐亡（907年），唐朝在河西、陇右、关中，即今甘肃、青海、陕西一带和今新疆、中亚一带长期和吐蕃进行作战。

公元634年，松赞干布遣使与唐朝修好，唐朝也派臣入蕃。

公元636年，松赞干布派专使去长安请婚，唐朝不允；松赞干布灭吐谷浑献礼。唐太宗决定安抚吐蕃，将文成公主嫁给松赞干布。虽然唐军击退了吐蕃军，但是唐朝也见识到了吐蕃的力量。

公元648年，唐使王玄策被困在印度，王玄策要求吐蕃和尼泊尔援助，公元649年王玄策率领从唐朝附属国中借来的番兵横扫印度，并且攻灭了当时印度五国中最强大的中印度，俘虏其国王阿罗那顺。唐太宗征伐高句丽回唐后，松赞干布立即派禄东赞前去祝贺。奉表说：

> 圣天子平定四方，日月所照之国，并为臣妾，而高丽恃远，阙于臣礼。天子自领百万，度辽致讨，隳城陷阵，指日凯旋。夷狄才闻陛下发驾，少进之间，已闻归国。雁飞迅越，不及陛下速疾。奴忝预子婿，喜百常夷。夫鹅，犹雁也，故作金鹅奉献。

这是唐与吐蕃最交好的一段时间，也就是"蜜月期"。

松赞干布以子婿的身份对唐太宗歌功颂德，表述得相当到位，并制作一只金鹅代表大雁，祝福唐太宗吹灰之间灭掉高丽王朝凯旋。说实话，松赞干布还是真心与大唐王朝交好的。大唐王朝的铁拳，他看得清楚，没必要你死我活。唐高宗即位后，册封松赞干布为西海郡王、驸马都尉。松赞干布为了表示效忠，曾致书长孙无忌等大臣：

> 天子初即位，若臣下有不忠之心者，当勒兵以赴国除讨。

但是，松赞干布死后，吐蕃就逐渐摆脱了与唐朝的臣属关系。在唐太宗和松赞干布都去世十几年后，吐蕃和唐之间因吐谷浑和西域，冲突再起。吐蕃也不听唐高宗的诏谕，在次年灭亡了吐谷浑。吐蕃联合西突厥弓月部进攻龟兹，次年进攻疏勒，进攻亲唐的于阗。突厥也对唐朝离心，归附吐蕃。吐蕃暂时控制了瓦罕走廊。

公元670年，高宗派薛仁贵、阿史那道真等率军5万出击吐蕃，在大非川（今青海切吉草原）与吐蕃40万军激战，唐军大败，全军覆没。

之后，吐蕃一路攻城略地，势如破竹。

大唐王朝的军事重心，全部调转西部。

河陇地区是丝绸之路的要道，在战略上据有极重要地位。

吐蕃若控制了河陇，既可切断与西域的联系，又可成为进攻唐朝心腹地区的跳板。吐蕃奴隶主的攻唐战略，即是先蚕食边境军事据点，然后重点破陇右，遮断河西，孤立西域，进而兵锋直指唐朝政治中心长安。

长安对吐蕃的进攻是有准备的。但是，一个"安史之乱"直接要了大唐王朝的老命。

公元763年，陇右地尽亡。同年10月，吐蕃军乘胜长驱直入，进逼长安。代宗仓皇逃往陕州，吐蕃侵占长安，立金城公主侄李承宏为唐帝。吐蕃军据城15日后被唐将郭子仪驱逐。这一仗，是唐蕃交战中唐朝最大的一次失败。占领国都，还换了皇帝。大唐王朝的脸丢到家了。

丝绸之路上，吐蕃占甘州、肃州，再占瓜州、沙州，最后攻陷西州。安史之乱后不到半个世纪，河陇诸州及安西、北庭辖地皆为吐蕃所并。这一时期，吐蕃北占甘、肃、瓜、沙诸州和北庭、安西都护府地区；南占剑南、西川大片地方；东南与南诏相接，南达天竺；西至大食，为吐蕃的鼎盛期。

西域尽失，唐弱而吐蕃强，唐处守势。

西域两员大将就此走上前台，他们是高仙芝、封常青。这两人很有意思。

高仙芝，唐朝中期名将，高句丽人。姿容俊美，善于骑射，骁勇果敢。幼时随父入唐。20余岁时被授予将军。官至安西副都护、四镇都知兵马使等职，封密云郡公。

吐蕃占领小勃律，唐王朝三次出兵不捷，公元747年命高仙芝为行营节度使。率军出击，智取小勃律，升安西节度使。天宝九载进攻石国（今乌兹别克斯坦塔什干一带），先约和，后突袭，生俘其国王和部众。次年，石国引大食来攻，高仙芝出击大食败归。后入朝，授开府仪同三司，任右羽林大将军。

高仙芝任都知兵马使时，每次出军时，身边仅随从就有30多人，而且随从着装华丽。封常清见高仙芝很有才能，也想成为高仙芝的随从，便慷慨激昂向高仙芝投书一封，毛遂自荐。但封常清的形象却非常差，不但身材细瘦，而且还斜眼、脚短跛足。高仙芝见到封常清后，嫌他相貌丑陋，不愿接受。第一天失败后，封常清没有灰心，于第二天再次投书。

高仙芝不胜其烦地说："侍从已录取够了。"

封常清发怒说："我仰慕您的高义，愿意侍奉您，所以没人介绍自己来了，您为什么一定要拒绝呢？看容貌录用人，会把人看错，您还是考虑一下吧。"

高仙芝还是没接受他，他就每天到门口来等候，高仙芝没办法，就把封常清录取到侍从中。

天宝初年，达奚诸部叛乱。唐玄宗诏令平叛。高仙芝率两千精骑追击叛军。封常清在帐中私下写好捷报，捷书中详细地陈述井眼、泉水、驻军地点、胜敌的情况和战术，条理分明。高仙芝想说的，封常清都替他讲了出来，因此大为吃惊，便马上采用。回军后，判官争问："此前送来的捷报是谁写的？您帐下怎么有这样的人才？"

高仙芝回答说："是我的侍从封常清。"

大家都认为封常清是奇才。此后，经高仙芝不断提拔，封常清先后授镇将、果毅、折冲。

公元747年，唐玄宗下诏以安西副都护、都知兵马使、充四镇节度副使高仙芝为行营节度使，率军万人，征讨小勃律。这次行军要翻越雄伟的葱岭，高仙芝出征前做了充分的准备。经过20余日的艰苦行军，唐军到达葱岭守捉（今新疆塔什库尔干塔吉克自治县一带）。然后再向西，沿兴都库什山北麓西行，又经二十余日到达播密水（今阿富汗瓦罕附近）。唐军继续前行，再经二十余日到达特勒满川（今瓦罕河）。唐军经过百余日的跋山涉水，抵达前线。

高仙芝兵分三路，会攻吐蕃在中亚的阵地连云堡。三路兵按时出发，如期抵达。随后，高仙芝指挥唐军登山攻城。几经交战，拿下小勃律国，自此唐军声威大震，七十二国都来投归。高仙芝押着小勃律国王和吐蕃公主经赤佛堂路凯旋。

公元750年，高仙芝再次翻过葱岭击败揭师国的军队，俘虏揭师王勃特没。

高仙芝打出了自己的声威，被吐蕃和大食誉为山地之王。

高仙芝率蕃、汉兵3万攻打大食。唐军深入大食国境700余里，到怛罗斯城，与大食军遭遇。双方激战五日，未见胜负。在双方相持的时刻，唐军中的葛罗禄部众突然叛变，与大食夹击唐军，高仙芝大败，乘夜逃跑。这次战役，几乎全军覆没。怛罗斯之战后，高仙芝被解除了安西四镇节度使之职，入京任右金吾大将军。

安史之乱，唐玄宗听说封常清兵败，便削其官爵，让他以白衣在高仙芝军中效力，高仙芝命封常清巡监左右厢诸军，以助自己。自高仙芝退守潼关后，唐玄宗听信谗言，怒斩高仙芝与封常清。自此，唐王朝元气大伤。

高仙芝具有卓越的军事思想和指挥能力：一是长途奔袭，分进合击的作战指导；二是高超的山地行军艺术，已达出神入化的境界；三是夺取战略要地的思想。纵观中外名将，能够在帕米尔高原那种极为恶劣的环境下，统率大军两次完美地完成行军任务，鲜有其人，高仙芝便是之一。

唐玄宗斩杀高仙芝、封常青，令后世扼腕。《新唐书》云：

> 禄山裒百斗骄虏，乘天下忘战，主德耄勤，故提戈内噪，人情崩溃。常清乃驱市人数万以婴贼锋，一战不胜，即夺爵土。欲入关见天子论成败事，使者三辈上书，皆不报，回斩于军。仙芝弃陕守关，遏贼西势，以丧地被诛。呜

呼，非天熟其恶，使乱四海，举黔首而残之邪！彼二将奚诛焉？

后人纵观世界大战后评说：

高仙芝，中国这一位勇敢的将军，行军所经，惊险困难，比起欧洲名将，从汉尼拔，到拿破仑，到苏沃洛夫，他们之越阿尔卑斯山，真不知超过若干倍。

大唐王朝作为同时期地球上文明程度较高的国家，因此败落。

一条丝绸，从西汉开始，历经千辛万苦，即将走入暮途。

当唐玄宗从皇宫深处的歌舞厅走出来之后，他还没有意识到，他的王朝即将毁在一支胡歌里，一曲胡舞里。而曾经，胡歌胡舞是从西域古国的舶来品，是那么契合自己的胃口，是那么令人销魂蚀骨。一个女人，让他不顾家国。那些披荆斩棘的将军们，只因一句谗言就丢掉脑袋。还有那些万千将士和征夫，他们埋骨流沙魂不归。

一条丝绸，将千年的历史和血泪统统打包，藏进丝路的博物馆。

但不可否认，唐朝推动了丝绸之路的发展，加强了西亚中东的商贸往来，促进了世界大流通，经济大繁荣。为了打通这条商路，大唐王朝做掉了横亘在西域的突厥，一举控制西域各国，并设立安西四镇作为中国政府控制西域的机构，新修了玉门关，再度开放沿途各关隘。并打通了天山北路的丝路分线，将西线打通至中亚。丝绸之路的东段再度开放，新的商路支线不断开辟，这条商路再度迎来了繁荣时期。

大唐王朝控制了丝路上的西域和中亚的一些地区，并建立了稳定而有效的统治秩序。西域城邦林立的历史基本解除，丝绸之路显得更为畅通。不仅是阿拉伯的商人，印度也开始成为丝路东段上重要的一部分。往来于丝绸之路的人们也不再仅仅是商人和士兵，为寻求信仰理念和文化交流的人们也逐渐涌现。

中国大量先进的技术通过各种方式传播到其他国家,并接纳相当数量的遣唐使及留学生,让他们学习中国文化。佛教、景教各自迎来了在中国广泛传播的机会,一时间唐朝人在文化方面得到了极大的满足。

丝路商贸活动的直接结果是大大激发了唐人的消费欲望,因为商贸往来首先带给人们的是物质上的满足,其次是不同的商品来源地域带给人们的精神差异的影响。丝路商贸活动奇货可点、令人眼花缭乱,从外奴、艺人、歌舞伎到家畜、野兽,从皮毛植物、香料到金银珠宝,从书籍到乐器,几乎应有尽有。而外来工艺、宗教、风俗等的随商进入更是不胜枚举。为丝路商贸活动提供了更多的机遇。

但"安史之乱"改变了丝绸之路的命运。

唐朝开始衰落。北方地区战火连年,丝绸、瓷器的产量不断下降,商人力求自保而不愿远行。唐以后中国经济中心逐渐南移,因而相对稳定的南方对外贸易明显增加,带动了南方丝绸之路和海上丝绸之路的繁荣,成都和泉州也因此逐渐成为南方经济大城。当中国人将指南针和其他先进的科技运用于航海上时,海上丝绸之路迎来了它发展的绝佳机会。北宋南方高度发达的经济,助推了海上丝绸之路的繁荣。

因为战火不断,丝绸之路东端的绿洲文明被相继摧毁,城市坍塌,西域古国不复存在,万里流沙掩埋了丝路曾经的辉煌。陆上丝绸之路逐渐衰落。

一条丝路的命运,就是人类发展的命运,也是文明推演的命运。

一条丝路的命运,折射出多少个王朝的命运,那也是天地宿命。

突然我回到唐朝,那还是一个令人梦寐以求的故乡。

我没有在繁华的大长安遇到"北漂"的李白、杜甫。李白估计早已喝醉了,寻一只铁饭碗,他在乎,也不太在乎。太在乎,他就无法成就于天地之间。还有众多怀才不遇的"蹭蹬者",他们怀揣诗稿无处发表,我也不知道那时长安城里的国刊是谁在主编。

我没有冷不丁遇上从西域驻防回来的高适、岑参。他们在西域染镀的满脸风沙和一身的疲惫,估计跟我现在的模样差不多。岑参怀揣了一辈子"封侯"的梦想,但一辈子都没有如愿,只怪他手中的中锋狼毫太硬,写不了阿媚小楷。

我也没有遭遇从歌舞厅走出来的李隆基、杨贵妃。遇上这两个我还真不知道咋个表情,是避让开呢,还是斗胆凑上去,朝隆基拱一个大揖,唱一个诺,说一声"您好",然后掏出手机,来一个自拍合影,发发朋友圈,也顺便闻闻杨贵妃身上的香水味。

我也没有碰上高仙芝和封常清。这两个太有特色的军人,命运殊途同归,都在西域征战,浊酒一杯家万里,将军白发征夫泪。一个是美男子,是世界级的军事家;一个是歪鼻子斜眼,但满脑子智慧。他们最后的归宿,都是脑袋搬家得太不值当。这也是一个王朝的命运。

他们,我谁都没有碰上。

我遇上了一条丝绸。那是一条彩色的丝绸,它来自江南丝绸厂。它在长安城里的一家绸庄,隐身在铺天盖地的华丽之中。华丽消解了华丽,庞大消解了个体。但我还是从那琳琅满目的丝绸里,看见了它。只因为我多看了它一眼,它从成捆的丝绸里走了出来,成了她。

她是一个秀美的江南女子,令人呼吸紧促。

我大惊失色。她莞尔一笑,对我说:"你带我走吧。"

我说:"这可是大唐,人类梦想回归的地方呢。"

她说:"我想,找到我的那只蚕。"

我说:"你太浪漫了吧。"

她说:"蚕是我的故乡。"

2019/4/2　一稿于中国敦煌
2019/6/18　二稿于中国敦煌